LETTRES DE SANG

Né à New York en 1947, James Patterson publie son premier roman en 1976. En 1977, il obtient l'Edgar Award du roman policier. Il est aujourd'hui l'auteur le plus lu au monde. Plusieurs de ses thrillers ont été adaptés à l'écran.

Paru au Livre de Poche :

Bikini
Bons baisers du tueur
Crise d'otages
Dans le pire des cas
Dernière escale
Garde rapprochée
Les Griffes du mensonge
Invisible
Lune de miel
Lune pourpre
Menace sur Rio
La Maison au bord du lac
Moi, Michael Bennett
Œil pour œil
On t'aura prévenue
Private Los Angeles
Promesse de sang
Le Sang de mon ennemi
Tapis rouge
Un si beau soleil pour mourir
Une nuit de trop
Une ombre sur la ville
La Villa rouge
Zoo
Week-end en enfer

Les enquêtes d'Alex Cross
Cours, Alex Cross !
Cross, cœur de cible
Dernière chance pour Alex Cross
Des nouvelles de Mary
En votre honneur
Grand méchant Loup
La Lame du boucher
Le Masque de l'araignée
Moi, Alex Cross
La Piste du Tigre
Sur le pont du Loup
Tirs croisés
Tuer Alex Cross

Les enquêtes du Women's Murder club
2e chance
Terreur au 3e degré
4 fers au feu
Le 5e Ange de la mort
La 6e Cible
Le 7e Ciel
La 8e Confession
Le 9e Jugement
10e anniversaire
La 11e et Dernière Heure
12 coups pour rien
13e malédiction
14e péché mortel
15e affaire

JAMES PATTERSON
& MARSHALL KARP

Lettres de sang

TRADUIT DE L'AMÉRICAIN PAR SEBASTIAN DANCHIN

L'ARCHIPEL

Titre original :

NYPD RED 3
Publié par Little, Brown & Company, 2015.

ISBN : 978-2-253-18121-7 – 1re publication LGF

À Gerri et Victor Gomperts,
qui m'ont aidé à trouver ce que je cherchais.

PROLOGUE

« De l'argent facile »

1

Chaque année, lors du réveillon, Hubert Hutchinson Alden Junior prenait les deux mêmes résolutions :

1 – Accumuler une fortune de X dollars avant la fin de l'année.

2 – Arrêter de boire.

Cette fois, il avait fixé le montant de ses ambitions financières à 5 milliards. Comme il se trouvait déjà à la tête d'une fortune de 4,86 milliards, parvenir à ce premier objectif ne relevait pas de l'exploit. En revanche, après trois quarts d'heure et trois tristes verres de San Pellegrino à la fête traditionnelle du 1er janvier organisée par son père, il savait déjà qu'il avait peu de chances de tenir la seconde résolution.

Il se réfugia dans le canapé Himmel en cuir de veau bleu, au fond du grand salon, loin de la masse des ploutocrates narcissiques qui paradaient dans le triplex de Hutch Alden, sur la 5e Avenue, trop heureux d'exhiber leur bronzage de Noël à Saint-Barth.

Toujours les mêmes. Le microcosme des *riches et décérébrés*.

Hubert avait reçu de son père la mission de séduire ses invités, mais il était d'humeur trop sombre pour se lancer dans la moindre offensive de charme. Il lança un regard mauvais à son iPhone, dans l'espoir de le voir vibrer, biper, sonner ou se manifester d'une façon quelconque. Quelqu'un finirait bien par l'appeler, et il était prêt à parier qu'il ne s'agirait pas de son fils. Son gamin n'aurait jamais les couilles, il passerait le relais à Peter qui s'excuserait en long, en large et en travers avant de s'accuser des débordements de Tripp.

La première note de sa sonnerie se fit entendre et il s'empressa de poser l'index sur la touche verte à l'instant où elle se matérialisait à l'écran.

— Où es-tu ? aboya-t-il, sans attendre de savoir si c'était Tripp ou Peter au bout du fil.

— Est-ce ainsi que l'on s'adresse à une femme ? lui répondit une voix féminine nonchalante et sexy.

— Désolé, j'attendais un appel du gamin de dix-huit ans le plus irresponsable de l'univers. Ou plutôt du chauffeur que j'ai envoyé à sa rescousse il y a plusieurs heures.

— Mauvaise pioche, je ne suis qu'une pauvre blonde, mais tu m'as l'air très agité. Peut-être serais-je en mesure de t'apaiser ?

— Je n'ai aucun doute à ce sujet.

— Tu es libre ?

— Techniquement, je suis marié, mais je ne suis pas très à cheval sur les conventions.

— Parfait. Tu es exactement l'homme qu'il me faut.

— Mais encore ?
— Un homme imprenable.
— Rien ne t'empêche d'essayer. Où puis-je te retrouver ?
— Là où Roméo cherchait Juliette.
Hubert leva les yeux en direction de l'immense balcon qui dominait la pièce et d'où Janelle, sa femme, lui adressait de grands signes.
— Ne bouge pas, Roméo.
Hubert raccrocha et suivit des yeux l'ancienne Miss Alabama qui descendait l'escalier de marbre en se déhanchant et traversait le salon d'une démarche aérienne en saluant les invités au passage, telle une péripatéticienne blonde en fourreau de soie rose.
Janelle avait un faible pour le rose. Elle en portait souvent en hommage à sa sœur Chelsea, qui était parvenue à guérir d'un cancer du sein à l'âge de vingt-six ans pour mourir quatre ans plus tard dans l'effondrement des tours jumelles.
Hubert avait rencontré Janelle un an plus tard, très exactement. Le 11 septembre 2002. Ce jour-là, avec plusieurs milliers d'autres personnes, il était venu saluer la mémoire des disparus dans le trou béant de Ground Zero. Et là, au milieu d'un océan de tenues anthracite et noires, lui était apparu un ange blond vêtu de rose.
Janelle était tout le contraire de sa première femme disparue. Marjorie était une Yankee pur jus, ancienne élève de la Harvard Business School et financière de Wall Street sans scrupules dans le civil, alors que Janelle, sudiste jusqu'au bout

des ongles, n'avait jamais suivi un cours de management, ce qui ne l'empêchait pas de lever des millions pour diverses associations caritatives en usant du charme dont l'avait amplement dotée la nature.

Elle prit place sur le canapé et posa une main sur le genou d'Hubert.

— Je rentre à la maison. Je me lève tôt demain.

— Je viens avec toi. Nous n'avons pas fait l'amour de l'année.

— Pas si vite, cow-boy. Tu es demandé là-haut, le refréna-t-elle en pointant du doigt le balcon. Hutch tient à te présenter quelqu'un.

— Cet endroit regorge de gens qu'il veut me présenter.

— Peut-être, mais tout le monde n'est pas la nouvelle maire de New York, ce qui explique qu'elle soit autorisée à boire un verre avec Hutch dans le secret de son sanctuaire pendant que les autres sont condamnés à errer dans le château comme des âmes en peine. On se retrouve à la maison.

— Comment rentres-tu ? Je n'ai toujours pas de nouvelles de Peter.

— Il doit être en train de réparer la voiture de Tripp.

— Il n'est pas mécanicien, Janelle. Il est chauffeur. Je lui ai spécifiquement donné l'ordre de laisser la voiture de Tripp là où elle était et de ramener ce môme à la maison. Tripp est le roi quand il s'agit de ne pas donner de nouvelles, et voilà qu'il déteint sur Peter.

— Mon chéri, Tripp nous a donné des nouvelles, contrairement à ce que tu dis, lui rétorqua Janelle. Il nous a envoyé un texto disant qu'il avait besoin d'aide, et tu as fait le nécessaire. L'incident est clos. Maintenant, arrête de vouloir tout régenter et ne t'inquiète pas pour moi. Hutch a demandé à Findley de me reconduire. En attendant, évite de décevoir ton père, il t'attend dans son antre, et sois aimable avec la nouvelle maire. Je compte sur toi.

Le temps d'un baiser rapide et elle s'éclipsa. Hubert se leva et prit une longue respiration. Une forte odeur d'argent flottait autour de lui : l'argent du monde de l'édition, l'argent des cosmétiques et, bien évidemment, l'argent de *l'argent*, celui qui coule à flots lorsque l'on investit subtilement à contre-courant du reste de la planète. Il vida son quatrième verre d'eau gazeuse, arbora son plus beau sourire et plongea dans la meute des félins obèses.

— Hubert !

Il tourna la tête et reconnut Damon Parker, un méprisable journaliste de télévision qui avait décrit un jour Hutch Alden en Warren Buffett de carnaval que la malchance avait doté d'un fils aussi impitoyable que Rupert Murdoch.

Voyant que Parker s'avançait vers lui, tout sourire et la main tendue, Hubert se précipita dans l'escalier menant au saint des saints, le QG à 5 millions de dollars de Hutch où nul ne pénétrait sans y être invité.

— Te voilà, l'accueillit son père en le rejoignant d'un pas martial en compagnie de Muriel Sykes, une grande femme d'allure sportive dont le visage avait fait la une de tous les journaux new-yorkais ce matin-là. Viens saluer notre invitée d'honneur.

— Madame le maire, dit Hubert. Je vous serrerais volontiers la main, mais je constate que vous êtes déjà très prise.

Hutch ayant l'habitude de régaler ses invités avec des spécialités new-yorkaises, la maire tenait d'une main un hot-dog entamé et de l'autre un *egg cream* au chocolat[1].

Elle tendit une joue à Hubert qui y déposa un baiser.

— Je vous souhaite une bonne année et de beaux projets à la tête de la ville. Comment se sont déroulés vos débuts ?

— J'ai vécu une journée un peu folle dont je ne citerai que les événements les plus marquants : un coup de fil du président pour me souhaiter bonne chance ce matin, et le meilleur hot-dog new-yorkais qu'il m'ait jamais été donné de déguster, gracieusement offert par votre père.

— Hutch ne manque jamais une occasion de célébrer la tradition, remarqua Hubert.

— Au risque de paraître mal élevée, je vais devoir vous quitter après avoir avalé la dernière bouchée de ce hot-dog, répondit Sykes. Les déménageurs

1. Cette boisson traditionnelle est un mélange de lait, d'eau gazeuse et de sirop au chocolat. Contrairement à ce que laisse supposer son appellation, l'*egg cream* ne contient ni œuf ni crème. *(Toutes les notes sont du traducteur.)*

ont mis la journée à installer mes affaires à Gracie Mansion[1], je meurs d'envie d'enlever mes chaussures et de m'allonger dans ma nouvelle retraite. Bonne année !

— Tu es resté toute la soirée à surveiller l'écran de ton téléphone, déclara Hutch en regardant s'éloigner Sykes. Que se passe-t-il donc de si important ?

— C'est Tripp. Il est tombé en panne de voiture. À Harlem, par-dessus le marché. J'ai envoyé Peter à sa rescousse, mais ça fait plusieurs heures qu'ils n'ont pas donné de nouvelles.

— Détends-toi. Peter connaît Harlem comme sa poche, et je ne serais pas surpris qu'il ait entraîné Tripp faire la tournée des grands ducs. Ces braves Haïtiens ont le sens de la fête, dois-je te le rappeler ?

— Ces *braves* Haïtiens ? Le politiquement correct n'est pas ton fort, on dirait.

— Qu'est-ce que tu me chantes ? Si quelqu'un est politiquement correct, c'est bien moi. Il suffit de regarder la petite fortune que j'ai dépensée pour permettre l'élection de cette fichue gonzesse.

Hubert éclata de rire.

— Tu es fiscalement correct, en tout cas. Je ne doute pas qu'elle te renverra l'ascenseur le moment venu.

Le vieil homme passa un bras autour des épaules de son fils.

1. La résidence officielle du maire de New York, située dans l'Upper East Side de Manhattan.

— Qu'elle *nous* renverra l'ascenseur, corrigea-t-il. Comme on dit en espagnol : *Mi mayor es su mayor.* Maintenant, il ne te reste plus qu'à descendre charmer tous ces vieux schnocks.

— Papa, tu sais combien j'aime me frotter à cette faune, mais je préfère encore retrouver Tripp et Peter pour leur tordre le cou.

2

Hubert avait toujours détesté les fêtes de Nouvel An de son père, mais si ces conneries pouvaient le rendre heureux, après tout, il en avait bien le droit.

Il passa les deux heures suivantes à serrer des mains, claquer des bises et prononcer d'une voix sirupeuse des banalités suffisamment personnelles pour persuader ses interlocuteurs qu'il s'intéressait sincèrement à eux. Si les pauvres avaient pu se douter de tout ce qu'il savait à leur sujet !

La réussite financière d'Hubert Alden dépendait de sa capacité à obtenir des informations cruciales. Il dépensait des millions à placer des yeux et des oreilles partout. Il avait infiltré des États, des grands groupes, des organismes de réglementation. Et comme les riches possèdent plus de secrets inavouables que les autres, il scrutait soigneusement la vie privée de la quasi-totalité de ceux qui se trouvaient là, usant à bon escient des informations compromettantes qu'il possédait.

Sa tournée achevée, il quitta discrètement les lieux vers 22 heures et descendit dans le hall d'entrée de l'immeuble en empruntant l'ascenseur personnel de Hutch. Nils, le portier de nuit trapu, était de service.

— Fait pas chaud ce soir, monsieur Alden, remarqua-t-il. Moins sept, avec un ressenti de moins dix. Vous êtes sûr que vous n'avez pas besoin d'un manteau ?

Pourquoi diable aurais-je besoin d'un manteau? pensa Hubert. Son monde tout entier était soigneusement climatisé. Jusqu'au dais, à l'entrée de l'immeuble, équipé de chauffages à infrarouge destinés à tempérer les nantis le temps qu'ils traversent les cinq mètres de trottoir les séparant de leurs limousines.

— Merci, Nils, mais ça ira très bien.

La Cadillac noire de son père stationnait le long du trottoir. Findley St. John, le chauffeur de Hutch depuis toujours, écarta les bras en l'apercevant. Findley qui chantait déjà des chansons avec lui le jour où il l'avait conduit à la maternelle pour la première fois. Findley qui avait cassé la figure de trois jeunes racailles décidées à s'en prendre à Hubert au collège. Findley, enfin, qui avait failli perdre son emploi pour avoir affirmé que la bouteille de vodka retrouvée à l'arrière de la Cadillac était la sienne, alors qu'elle appartenait à l'ado de quatorze ans.

— Bonne année, mon garçon, dit-il d'une voix sonore en serrant Hubert contre sa poitrine.

— Bonne année à toi aussi, mon vieux. Je vois que tu restes fidèle à cette saloperie de vieille bagnole américaine.

Findley ouvrit la portière arrière d'une main gantée et la referma précipitamment derrière Hubert de façon que l'habitacle ne refroidisse pas.

— Une saloperie de vieille bagnole ? répéta-t-il en prenant place derrière le volant. Tu sais ce que dit ton père : « Si cette bagnole est assez bien pour le président des États-Unis, elle est assez bien pour moi. »

— Mon père est trop vieux et trop riche pour se contenter d'une voiture « assez bien ». Il n'y a rien de mieux que les allemandes.

La joute verbale à laquelle se livraient les deux hommes durait depuis plusieurs décennies, mais Findley ne s'en lassait pas.

— N'empêche, dit-il en jetant un coup d'œil à Hubert par-dessus son épaule, c'est bien cette merde fabriquée à Detroit qui a dépanné ta super bagnole allemande.

— Ce n'était pas la faute de ma voiture, mais celle de mon chauffeur haïtien, se défendit Hubert.

Findley, qui avait grandi dans le même village que Peter, laissa échapper un rire de gorge.

— Quand j'ai reconduit Mme Janelle tout à l'heure, elle n'a pas eu l'air de se plaindre de ton chauffeur haïtien. J'ai cru comprendre qu'elle s'inquiétait davantage pour ton ado de fils. Les chats ne font pas des chiens.

Les deux hommes n'eurent pas trop des cinq minutes de trajet sur Madison Avenue pour se retrouver.

— Bonne nouvelle, annonça Findley en tournant à gauche sur la 81e Rue avant de s'arrêter devant la demeure d'Hubert, une maison de trois étages de style Beaux-Arts. Le garage est allumé. Peter est rentré.

— Le salopard, gronda Hubert en sautant de voiture avant que Findley ait eu le temps d'ouvrir sa portière. Pourquoi ne m'a-t-il pas appelé ?

— Je ne tiens pas à le savoir, répondit Findley en redémarrant. Ne sois pas trop dur avec lui, mon garçon. C'est le Jour de l'an.

Hubert se dirigea vers le garage, souleva le couvercle du boîtier de sécurité et composa le code, plus enclin à s'extasier sur la voiture de ses rêves qu'à s'en prendre à Peter.

Sa Maybach 62 S avait été construite dans les ateliers de Sindelfingen, en Allemagne. À en croire le conseiller particulier avec qui Hubert avait été en contact durant la période de quatorze mois séparant la commande de la livraison, il s'agissait d'un « chef-d'œuvre unique, conçu à la perfection pour refléter le style et la personnalité de son propriétaire ». Hubert n'avait pas regretté un centime du 1,1 million de dollars que lui avait coûté ce bijou.

La porte du garage se souleva et Hubert sursauta en découvrant l'immense espace vide. Sa voiture avait disparu. Seule était posée sur le sol en damier gris et noir du garage une boîte jaune vif en plastique moulé. Hubert, soulagé, reconnut la valise de la caméra de Tripp. Son fils était donc rentré.

C'est alors qu'il remarqua des traces sur le plastique jaune. Il s'approcha. Les traits, d'un rouge brunâtre, n'avaient pas été tracés à l'aide d'un gros feutre, comme il l'avait d'abord cru. Il s'agissait de sang dont le dessin figurait des lettres :

HHA III. Hubert Hutchinson Alden, IIIe du nom. Les initiales de Tripp.

Hubert s'agenouilla précipitamment devant la boîte, dégrafa les fermetures métalliques et souleva le couvercle. Il découvrit un sachet en plastique transparent contenant un téléphone portable. Il l'écarta et eut un mouvement de recul, horrifié, en voyant une tête coupée au creux du rembourrage de mousse de la boîte. Des viscères sanguinolents s'échappaient du cou sectionné et le mort fixait Hubert de ses yeux écarquillés.

Peter.

Une feuille de papier avait été glissée entre les lèvres du malheureux. Hubert la déplia et lut ces quelques mots, soigneusement dactylographiés :

De l'argent facile.

Sa poitrine se contracta, il cessa de respirer. C'était impossible, inconcevable. Et pourtant. Quelqu'un était au courant du Projet Gutenberg.

Hubert Alden se releva et ferma la porte du garage d'une main tremblante, puis il monta à l'étage afin de se servir son premier verre d'alcool de l'année.

PREMIÈRE PARTIE

Les fautes du père

1

Après avoir passé le meilleur réveillon de ma vie, j'ai ouvert des yeux euphoriques sur le monde au matin du 2 janvier.

Je bénéficiais d'une vue à couper le souffle sur Central Park et la nature parsemée de taches blanches héritées d'un Noël enneigé. Au-dessus de ma tête, des nuées d'angelots et de femmes dévêtues gambadaient au centre d'une clairière tandis qu'à côté de moi était allongée une femme plus dénudée encore qui n'avait rien à envier aux déesses antiques des fresques du plafond.

— Tu sais quoi, Zach ? m'a dit Cheryl. Je crois bien que je pourrais m'habituer à tout ce luxe. Tu devrais accepter des pots-de-vin plus souvent.

Deux soirs plus tôt, Cheryl et moi avions pris une chambre dans les Steele Towers, sur Central Park South, le temps de vacances éclair de Nouvel An. J'avais réservé une chambre normale, mon salaire de flic n'étant pas mirobolant, mais le type de la réception s'était excusé à notre arrivée, affirmant que la chambre n'était plus disponible.

Il s'était empressé d'ajouter, en remarquant nos mines dépitées :

— Ne vous inquiétez pas, inspecteur Jordan. Nous vous avons installés dans une chambre de catégorie légèrement supérieure.

En fait de « légèrement supérieure », il nous avait octroyé la plus grande suite, située au dernier étage de cet établissement cinq étoiles.

— Seigneur ! s'était exclamée Cheryl quand le concierge nous avait fait les honneurs de notre nouvelle demeure. Figure-toi que ça coûte seulement 6 500 dollars la nuit, avait-elle ajouté en consultant la fiche accrochée à la porte.

— Le sort choisit toujours bien ses victimes, avait conclu le concierge, philosophe.

Sauf que le sort n'avait rien à voir là-dedans. Jason Steele, le propriétaire de l'hôtel, avait tenu à me manifester sa gratitude avec beaucoup de délicatesse. Sa femme était morte assassinée quelques mois plus tôt et c'est moi qui avais résolu l'affaire, avec ma collègue Kylie MacDonald.

Avant même d'entrer dans la suite, j'avais appelé ma patronne, le capitaine Cates, afin de lui expliquer la situation.

— Pas de problème, avait-elle réagi. Tu es là en tant que citoyen ordinaire, et non en qualité de flic.

— Sauf que le type de la réception m'a appelé inspecteur Jordan. Il savait forcément qui j'étais.

— Zach, tu es l'un des rares enquêteurs attachés au Red. Tu as fait la une des journaux à deux reprises au cours des six derniers mois, tu vas devoir t'habituer à ce que les gens te reconnaissent. Tu m'appelles pour me demander mon opinion, je te la donne : les hôtels passent leur temps à transférer les clients dans des chambres de qualité supérieure. Arrête de gamberger et passe un joyeux réveillon avec Cheryl.

Elle n'avait pas eu besoin d'insister.

Deux journées de rêve s'étaient écoulées depuis, et il était temps de reprendre pied dans la réalité.

— Je vais prendre une douche.

Cheryl s'est étirée comme une chatte au soleil et ses seins sont sortis des draps.

— Tout bien réfléchi, je reviens me coucher.

Elle m'a souri.

— Passe devant, je te rejoins dans la douche.

— Devant, derrière… On devrait pouvoir s'arranger.

Le portable de Cheryl a sonné.

— Sans doute mes parents qui veulent me souhaiter la bonne année. On a joué à cache-cache hier toute la journée, je n'avais jamais mon téléphone quand ils m'appelaient. J'arrive.

La suite était équipée de trois salles de bains, que Cheryl et moi avions testées l'une après l'autre. J'ai gagné notre préférée, tamisé la lumière et choisi un fond sonore jazzy, puis je me suis glissé dans l'immense douche aux murs recouverts de dalles de granit vert et j'ai ouvert le robinet. Le paradis sur terre.

J'ai beau côtoyer la fine fleur de l'aristocratie new-yorkaise grâce à mon boulot, je n'ai pas l'habitude de vivre de cette façon-là. Emporté par le rythme des six pommes de douche qui m'aspergeaient à la pression idéale, j'ai fermé les yeux et pensé à la Latina aux cheveux noirs et au teint caramel dont j'étais en train de tomber amoureux.

J'avais rencontré Cheryl Robinson quatre ans auparavant. Elle travaillait comme psychologue au sein du NYPD, à l'époque où je postulais un emploi dans l'unité d'élite la plus prestigieuse de la police new-yorkaise. Je n'avais jamais croisé une flic ou une psy aussi sexy, et sans l'alliance qu'elle portait à la main gauche, je me serais jeté à ses pieds.

J'ai fini par obtenir le poste, avant de conquérir Cheryl trois ans et demi plus tard, le jour où elle a définitivement retiré son alliance. C'était seulement la deuxième fois que j'étais amoureux. Il y a onze ans, j'avais eu une liaison torride pendant vingt-huit jours avec une jeune recrue avec qui j'étais à l'école de police. Kylie MacDonald, pour la nommer. C'est elle qui m'a laissé tomber pour retourner avec son ancien copain qu'elle a épousé un an plus tard.

Dix années se sont écoulées, et puis le destin s'est chargé de placer à nouveau Kylie sur ma route. Pas comme petite amie cette fois, mais comme coéquipière. Depuis six mois, Kylie et moi ne nous quittons plus, sinon lorsqu'elle retrouve son mari, Spence Harrington, le soir.

J'ai rêvassé un quart d'heure sous la douche, mais Cheryl n'est pas venue me retrouver.

J'ai enfilé un peignoir et je suis retourné dans la chambre.

Elle était toujours au téléphone.

— Ne craque pas, a-t-elle recommandé à son correspondant. J'arrive dès que je peux. Dis-lui que je l'aime.

Sur ces mots, elle a raccroché.

— Désolée, Zach. Une urgence familiale.

— Ta mère est malade ?

— Non. La mère de Fred.

Fred ? Son ancien mari ?

— C'était ton ex que tu avais au téléphone ?

Elle a hoché la tête.

— Il est bouleversé.

— Je croyais que tu ne le voyais plus.

— Sa mère est en train de mourir. Je comptais aller à Bedford en voiture le week-end prochain pour son anniversaire. Je doute qu'elle tienne jusque-là. Je file au bureau boucler un ou deux dossiers et je prends le premier train pour me rendre à l'hôpital de Northern Westchester.

Elle a sauté du lit et enfilé une robe de chambre.

— Je suis désolée, mon chéri, mais je vais devoir prendre une douche éclair. Toute seule.

Elle se dirigeait vers la salle de bains quand elle s'est retournée.

— Ah, j'allais oublier. Ton portable a sonné pendant que j'étais en ligne. J'ai répondu en voyant s'afficher le nom de Kylie, je lui ai dit que tu la rappelais tout de suite.

J'ai composé le numéro de Kylie.

— Bonne année !

— Pas pour tout le monde, a-t-elle répliqué. On a un corps sans tête à Riverside Park.

Les décapitations, si elles sont monnaie courante dans les cartels de la drogue au Mexique, sont rares à New York, plus encore dans notre unité.

— Tu es sûre que c'est une affaire pour le Red ?

— Le corps portait un uniforme de chauffeur, et on a trouvé une grosse bagnole noire dans le parking, immatriculation ALDEN 2. C'est tout ce qu'il y a de plus pour nous. Où es-tu ?

Je lui ai donné l'adresse de l'hôtel, et elle m'a proposé de me prendre devant dix minutes plus tard.

L'euphorie du Nouvel An avait vécu.

2

Peu de New-Yorkais le savent, mais Riverside Park a été dessiné par le paysagiste qui a dressé le plan de Central Park, Frederick Law Olmsted. Cette bande de terre qui longe l'Hudson sur six kilomètres, entre les 72e et 158e Rues, est le plus beau site naturel de la ville.

Kylie s'est engagée sur le Henry Hudson Parkway en direction du nord, puis elle a fait demi-tour au niveau du pont George Washington avant de repartir en sens inverse jusqu'à l'entrée du parc, au niveau de la 151e Rue.

Le parking était désert, à l'exception d'une douzaine de véhicules de police et d'une limousine à la carrosserie noire étincelante qui paraissait aussi hors de propos dans ce cadre qu'une ingénue à une fête de motards.

Nous avons cherché des yeux Chuck Dryden. Chuck est un brillant criminaliste, mais il a autant de charisme qu'un tapis de bain humide. On l'a surnommé Trident, pour son piquant. Je ne l'ai jamais vu manifester aucune émotion, jusqu'à ce que je découvre que Kylie produisait sur lui l'effet d'un défibrillateur. Comme la plupart des mecs, il est amoureux d'elle, aussi ai-je laissé ma coéquipière prendre la main.

— Nous avons de la chance, Zach. Notre expert préféré. Bonne année, Chuck, a-t-elle lancé en enfilant une paire de gants de caoutchouc avec des gestes enjôleurs.

Il s'est retourné.

— Toi aussi, a-t-il marmonné avant de reprendre son travail. La victime est apparemment un certain Peter Chevalier, cinquante-cinq ans, originaire de Cité Soleil en Haïti. Citoyen américain depuis 1988, domicilié sur la 81e Rue Est.

— *Apparemment ?* l'a interrogé Kylie.

— On a retrouvé un portefeuille dans sa poche, a répondu Dryden. En temps ordinaire, la photo de son permis de conduire aiderait à l'identification, mais la tête du mort a disparu, comme vous pouvez le constater.

Il a tiré la bâche qui dissimulait le corps et nous a laissés contempler le corps mutilé pendant dix secondes avant de le recouvrir pudiquement.

— Ainsi que le suggère sa plaque d'immatriculation personnalisée, le véhicule est enregistré au nom d'Alden Investissements, propriété d'Hubert Hutchinson Alden Junior. Je n'ai constaté aucune trace de lutte à l'intérieur de la voiture. À en juger par cette mare de sang, M. Chevalier se trouvait à l'extérieur du véhicule lorsqu'il a été décapité.

— L'heure du décès ?

— Entre 19 h 52 et 20 h 11 hier soir.

J'ai froncé les sourcils.

— Comment diable peux-tu te montrer aussi précis ?

J'ai bien cru que Dryden allait sourire.

— Nous avons retrouvé un téléphone portable par terre, au pied de la portière du conducteur. Il semble que la victime composait un texto à l'intention de M. Alden quand l'assassin s'est approché de lui par-derrière.

Il a tendu l'écran de l'appareil dans notre direction.

Je ne retrouve pas Tripp. Vous voulez que

— Comme il n'a pas eu le temps d'achever son message et de l'expédier, je ne peux pas déterminer avec précision l'heure à laquelle il l'a rédigé, a poursuivi Dryden, mais le portable a reçu de nombreux textos, tous émanant d'Alden, avec plus ou moins le même contenu : « Appelle-moi. Où es-tu ? » Dans la mesure où Chevalier a toujours répondu dans la minute aux messages précédents, la logique pousse à conclure que le décès est intervenu entre la dernière réponse de M. Chevalier, à 19 h 52, et le texto suivant de M. Alden, envoyé à 20 h 11.

— Cause du décès ? a demandé Kylie.

— Excellente question, a répondu Dryden. La plupart des flics ne penseraient pas à demander ce qui a provoqué la mort d'un individu décapité, et ils auraient tort. On ne relève sur le corps aucune blessure par balle ou à l'arme blanche, mais on remarque un hématome récent entre les reins, comme si la victime avait reçu un coup de genou au moment d'être étranglée par-derrière. Dans la mesure où la tête a été découpée à l'aide d'une scie fil, il est impossible de vérifier cette hypothèse. Il se peut également qu'il ait été étranglé avec la scie fil et que l'assassin ait continué à cisailler la tête. Dans un cas comme dans l'autre, la décapitation a eu lieu post mortem.

— Excuse mon ignorance, je suis une fille de la ville. C'est quoi, une scie fil ?

Chacun sait dans le service que Dryden possède une large panoplie d'armes dans sa tête. Nous le soupçonnons d'en avoir également une dans sa cave.

— La scie fil est un fil d'acier crénelé muni d'une poignée à chaque extrémité. Elle offre à son utilisateur les mêmes avantages qu'une tronçonneuse, le bruit en moins.

— Merci, Chuck. Comme à ton habitude, tu ne laisses rien au hasard.

Il a opiné.

— Je t'appellerai du labo dès que j'en saurai davantage. Inutile de le préciser, si vous trouvez *la tête de M. Chevalier*, a-t-il ajouté en français, n'oubliez pas de me l'adresser.

— Promis, s'est engagée Kylie.

Elle a attendu que nous nous soyons éloignés de quelques pas pour me glisser dans un chuchotement :

— Sans doute en a-t-il besoin pour sa collection.

3

— J’ai demandé à Matt Smith de vérifier si le nom de Peter Chevalier figurait dans nos bases de données, m’a expliqué Kylie. Il a accumulé plusieurs centaines de PV de stationnement depuis le temps qu’il travaille pour le compte d’Alden Investissements, ce qui n’a rien de surprenant. Les gens qui ont les moyens de s’offrir un chauffeur préfèrent payer des PV plutôt que de marcher. À part ça, Chevalier était un citoyen au-dessus de tout soupçon.

— Il est rare que les citoyens au-dessus de tout soupçon aient des ennemis. Son patron, en revanche, est l’un des financiers les plus impitoyables de Wall Street.

— Et comme par un fait exprès, les salopards friqués sont notre spécialité. Je te propose d’aller tailler une bavette avec M. Alden.

Nous nous sommes garés en double file dans la 81e Rue Est. Nous allions descendre de voiture quand la porte couleur vieux bronze de la maison d’Hubert Alden s’est ouverte. Le maître de maison raccompagnait un visiteur.

— Bon sang, a grommelé Kylie. Le petit type en manteau qui s'en va est Silas David Blackstone.

— Tu le connais ?

— Et comment. Le patron de l'agence SDB. Si tu as besoin de faire une enquête légale, Silas Blackstone s'en charge. Si elle est illégale, il s'en charge aussi, mais il demande plus cher. Allons voir ce qu'il fabrique ici.

Les deux hommes ont tourné la tête en nous voyant descendre de voiture.

— Kylie ? a fait Blackstone. Kylie MacDonald ?

Il a dévalé les marches du perron pour nous ouvrir la barrière.

— Quelle bonne surprise ! Je suis votre carrière avec beaucoup d'intérêt, vous faites des étincelles au NYPD.

— Je vous présente mon coéquipier, l'inspecteur Zach Jordan, a dit Kylie en ignorant le compliment.

— Silas David Blackstone, s'est présenté le privé. Jordan, vous avez une veine de pendu. Je tuerais père et mère pour avoir la chance de passer mes journées en compagnie de cette femme. Mais personnellement, je la véhiculerais dans une voiture plus reluisante.

Il m'a tendu la main et on s'est détestés au premier contact. Il s'est tourné vers Kylie.

— Comment va votre mari ? J'ai cru comprendre qu'il était malade.

Sans doute avait-il entendu dire que Spence était en cure de désintox, car il a dessiné des guillemets avec ses doigts en prononçant le mot *malade*.

— Il se remet, je vous remercie, a répondu Kylie. Elle a tiré son badge de sa poche.

— Hubert Alden ? NYPD.

— Entrez, nous a invités le milliardaire.

Nous avons grimpé les marches du perron, suivis par Blackstone.

— Je me présente : inspecteur Kylie MacDonald. Et voici l'inspecteur Zach Jordan. La présence de M. Blackstone me fait dire que vous devinez la raison de notre présence ici.

— Oui, comme Peter n'avait pas reparu depuis hier soir, je commençais à m'inquiéter. J'ai aussitôt fait appel à Silas.

— J'ai entendu passer le code 187 sur le scanner de la police et je suis venu annoncer la triste nouvelle à M. Alden.

J'ai froncé les sourcils.

— Comment avez-vous deviné qu'il s'agissait de lui ? Le nom de la victime n'a pas été prononcé.

Blackstone a retroussé les lèvres. Son sourire bidon s'est métamorphosé en un rictus méprisant.

— C'est exact, inspecteur, mais l'appel donnait une description de la voiture. Les Maybach ne courent pas les rues. Le modèle le moins cher doit coûter dans les 400 000 dollars, et celui-ci est équipé d'une carrosserie et de vitres blindées, ainsi que…

— Assez, Silas, l'a arrêté Alden.

— Je souhaitais juste leur signaler que le véhicule saisi coûtait plus d'un million de dollars et que nous leur serions reconnaissants de vous le rendre le plus rapidement possible. À propos, a-t-il ajouté en se tournant vers nous, ça se prononce Maïbar, et non Mébak. J'imagine que le répartiteur des appels d'urgence a davantage l'habitude des Honda et des Toyota.

— Ça suffit, s'est énervé Alden.

— Je m'en allais, a fait Blackstone. Ravi de vous avoir revue, Kylie. Souvenez-vous, il y aura toujours de la place pour vous chez SDB.

Il a fait trois pas avant de se retourner.

— Vous êtes en de bonnes mains, monsieur Alden. Vous n'avez pas affaire à deux simples flics du NYPD, mais à des membres du Red. C'est ce qui se fait de mieux. Dans la police publique, tout du moins, a-t-il ajouté en haussant les épaules.

4

Hubert Alden nous a fait pénétrer dans un hall d'entrée grandiose tel que l'on en voit uniquement au cinéma, avec un escalier à double volute. Le parquet brillait comme les touches noires d'un piano et un lustre en cristal pendait du plafond lourdement mouluré. À gauche se dressait une double porte en bois d'ébène incrusté de motifs en argent et de miroirs biseautés.

La seule touche de couleur dans cet univers noir et gris était un sapin de Noël géant, planté au centre du hall. Sa cime dépassait le balcon de fer forgé du premier étage et il aurait eu toute sa place à la Maison Blanche. J'avais l'impression de me glisser dans les pages du numéro de Noël d'une revue de décoration.

— Veuillez excuser Blackstone, a dit Alden en refermant la porte d'entrée. C'est un petit con agressif, mais c'est un as dans sa partie.

— Quelle était la raison de sa présence ici ? lui a demandé Kylie.

Si Alden avait l'intention de nous proposer le tour du propriétaire, il a changé d'avis à cet instant précis.

— En quoi ça vous regarde, inspecteur ? Ma famille traverse une crise particulièrement douloureuse. Peter était à notre service depuis vingt-trois ans. J'avais cru comprendre que vous étiez la crème du NYPD, et voilà que vous me posez une question inepte. C'est une atteinte à ma vie privée.

Un autre flic qu'elle se serait excusé, mais le mot « pardon » ne fait pas partie du patrimoine génétique de Kylie et c'est d'une voix sèche qu'elle a répondu :

— Monsieur Alden, je n'avais pas prévu d'entamer cet entretien avec une telle question, mais quand je découvre un *petit con agressif* comme Blackstone au domicile de la victime d'un meurtre, je cherche à comprendre ce qu'il fait là. Maintenant, je suis désolée de ce qui vous arrive, et comme nous avons tous envie de savoir qui a tué Peter Chevalier, je vais commencer par une autre question.

— Moi aussi, j'ai des questions à vous poser.

Il s'est détourné de Kylie afin de poser son regard sur moi.

— Dites-moi, a-t-il commencé sur le ton respectueux habituellement réservé à celui qui joue le rôle du bon flic. En voulait-on à ma voiture ? J'espère que Peter n'a pas été tué en cherchant à la protéger ? Comment est-il mort ? Blessure par balle ? Coup de couteau ?

— Non, monsieur. Tout indique que M. Chevalier a été étranglé avant d'être décapité.

Blackstone ne pouvait pas l'avoir averti, puisqu'il n'était pas au courant, et Alden a reculé machinalement.

— Dé… Je… je ne sais pas quoi dire.

— Dites-nous toujours ce que vous savez de Peter. Avait-il des ennemis ?

— Il avait une réputation de don Juan. J'imagine qu'il s'est attiré les foudres de plus d'un mari ou petit ami dans sa vie.

— Suffisamment pour être assassiné ?

— Je suis son employeur, inspecteur. Pas son copain de régiment.

— Vous a-t-il déjà emprunté votre voiture à des fins personnelles ?

Au regard qu'il m'a lancé, on aurait pu croire que j'avais craché dans le bol de punch.

— Jamais de la vie, a-t-il répondu sèchement.

— Dans ce cas, il travaillait pour vous lorsqu'on l'a assassiné. Pouvez-vous nous préciser ce qu'il faisait à cette heure-là dans un parking désert ?

Alden a répété ma question, preuve qu'il n'avait aucune envie d'y répondre, mais il pouvait difficilement prétendre qu'il n'en avait aucune idée.

— L'explication est simple. Ce jour-là, aux alentours de 18 h 30, j'ai reçu un texto de mon fils Tripp m'annonçant que sa voiture était tombée en panne, et j'ai envoyé Peter le chercher.

— Dans ce cas, Tripp a été l'une des dernières personnes à l'avoir vu vivant, a insisté Kylie qui sentait Alden sur la défensive.

— Non, parce qu'ils ne se sont jamais vus, s'est-il empressé de répondre. Tripp m'a appelé tard hier soir pour me dire que Peter n'était jamais venu. Il a fini par demander à un ami de passer le prendre et il a dormi chez ce copain.

— Quel type de véhicule conduit votre fils ? a demandé Kylie.

— Un de ces modèles hybrides ridicules. Une Prius bleue ou verte, je ne sais plus.

— Aucune voiture correspondant à cette description n'a été retrouvée dans les environs.

— Vous connaissez Riverside Park ? m'a rétorqué Alden. C'est immense. Vous finirez par la trouver. Rien d'autre ? Je suis assez pressé.

J'ai haussé les épaules.

— C'est tout pour le moment. Mais nous aimerions nous entretenir avec votre fils.

— Malheureusement, il n'est pas joignable. Il est en dernière année à Barnaby Prep, un lycée privé. L'usage du portable y est formellement interdit, mais je vais lui laisser un message.

Il a sorti un téléphone de sa poche.

— J'ai bien conscience que Silas ne s'y est pas pris avec tout le tact requis, a-t-il ajouté en composant un numéro, mais je vais avoir besoin de ma voiture le plus tôt possible. Puis-je compter sur vous pour… Un instant, je suis sur sa messagerie. Salut, Tripp. Il est arrivé malheur à Peter hier soir et la police aimerait te poser quelques questions. Appelle-moi vite pour que je puisse organiser un rendez-vous avec eux.

Il a raccroché.

— Laissez-moi vos coordonnées, je vous préviens dès qu'il se manifeste.

Je lui ai tendu ma carte.

— Une dernière question. Vous dites que votre fils était en panne à 18 h 30. À cette heure-là, le parc était désert, la nuit était tombée et il faisait un froid de canard. Que faisait-il aussi tard dans un endroit pareil ?

— Tripp est dingue de cinéma, m'a répondu Alden. Je lui avais demandé de réaliser une vidéo surprise pour mon père, qui aura soixante-dix ans en mars prochain. J'imagine qu'il a voulu tourner des images du quartier dans lequel mon père a grandi.

— Quel quartier, précisément ?

Alden a hésité.

— Si votre père ressemble au mien, il vous aura emmené là-bas plus souvent qu'à votre tour pour vous montrer le cadre de son enfance.

La mémoire lui est revenue d'un seul coup.

— Mon père a grandi au 530 de la 136e Rue Ouest.

— C'est à Harlem.

— Je sais, a réagi Alden. Un vrai parcours de Cendrillon. Je n'ose même pas imaginer la tête de mon père quand il verra cette vidéo.

Il a ouvert la porte d'entrée.

— Faites-moi signe dès que vous en saurez plus au sujet de ma voiture. C'est davantage qu'un simple moyen de transport pour moi. C'est un bureau itinérant, je suis perdu sans elle.

Il a conclu sa phrase par un sourire. Il semblait se remettre rapidement de la crise « particulièrement douloureuse » que traversait sa famille.

5

Kylie a démarré sur les chapeaux de roues.

— Quel connard, a-t-elle grondé.

Elle a remonté la 81e Rue en trombe, brûlé un feu et tourné brutalement à gauche sur la 5e Avenue.

— Son fils lui envoie un appel à l'aide par texto, le chauffeur qu'il envoie à sa rescousse se fait assassiner, et il est impatient de voir la réaction de son père quand il visionnera une vidéo familiale ?

La circulation était peu dense après les fêtes et j'ai bouclé ma ceinture en voyant l'aiguille du compteur frôler le cent à l'heure.

— J'ai tout lieu de croire que la décapitation de Peter relève plus de la gêne que de la crise familiale. Dans un autre ordre d'idées, ça t'ennuierait de ralentir ?

— À ton avis, m'a-t-elle demandé en faisant la sourde oreille, que fabriquait ce lèche-cul de Blackstone chez Alden ?

— À toi de me le dire, K-Mac. Visiblement, c'est toi qui as une histoire avec lui, pas moi.

Elle a lâché le volant le temps de m'adresser un doigt d'honneur.

— Non, Zach. *Toi et moi*, nous avons une histoire, alors que Blackstone a une dent contre moi, sans plus. Sympa de sa part de prévenir Alden qu'on appartient au Red.

— Alden sait désormais qu'on fait partie de la crème de la crème… dans le secteur public.

— Même si on appartenait à un service Platinum, ce crétin pompeux s'en ficherait éperdument. Jamais il ne nous lâchera la moindre information. Il ne voulait même pas nous dire où son père a grandi. Tu as bien joué, sur ce coup-là.

— À ceci près qu'il ne nous a rien appris qu'on n'aurait pas pu découvrir par nous-mêmes. Son histoire ne tient pas debout, mais j'ai la conviction qu'il disait la vérité quand il a affirmé que Peter n'avait jamais rejoint Tripp. C'est en substance ce que semble indiquer le texto que nous a montré Dryden, mais j'aimerais en être sûr.

Elle s'est arrêtée dans un crissement de freins au coin de la 72e Rue, a bondi hors de la voiture et déplacé la barrière en bois qui bloquait l'entrée de Central Park. Elle a repris le volant, franchi l'obstacle, puis elle est redescendue remettre en place la barrière derrière nous.

— Je me demande pourquoi ils ferment l'entrée du parc un jour comme aujourd'hui, a-t-elle remarqué en repartant à toute allure. Il n'y a ni joggeurs, ni cyclistes…

— Que des chauffards. J'en déduis qu'on ne retourne pas au bureau.

— Tu sais que tu pourrais être flic, Zach. Non, nous ne retournons pas au bureau.

— Dans ce cas, soit nous allons à Barnaby Prep pour avoir une petite conversation avec Tripp, soit nous nous rendons dans l'ancien quartier de grand-père à Harlem.

Elle a souri.

— Les deux. On coincera Tripp à l'heure de la sortie, mais on commence par aller voir du côté de la 136e Rue Ouest, au cas où quelqu'un aurait vu ce gamin traîner dans le coin hier avec une caméra.

Comme nous avions Central Park pour nous seuls, Kylie brûlait allègrement les feux rouges sans se soucier des limitations de vitesse, encore moins des plaques de verglas sur la chaussée.

— Si jamais on survit à ta conduite, il ne faudra pas oublier d'appeler Chuck Dryden pour lui demander de rendre sa *Maïbar* le plus vite possible à Alden. J'ai cru comprendre que le malheureux se sentait perdu sans sa voiture.

— Tu peux compter sur moi, a-t-elle répondu en prenant à la corde les virages d'East Drive. Je suis pressée de lui rendre son précieux bureau itinérant. Une fois découvert l'assassin de son chauffeur.

6

Kylie a traversé l'entrée nord de Central Park à vive allure, parcouru la 110e Rue jusqu'à Broadway, et atteint la 136e en huit minutes. Un record. Elle a poursuivi au ralenti en direction d'Amsterdam Avenue.

— Essaye de voir si tu n'aperçois pas une de ces voitures hybrides ridicules, bleue ou verte, je ne sais plus.

Je l'ai repérée presque aussitôt.

— Là ! Une Prius verte. Juste devant le 530.

Nous avons vérifié l'immatriculation. La voiture était enregistrée au nom d'Alden Investissements. Nous sommes descendus et avons essayé d'ouvrir les portes. Elles étaient verrouillées.

— Force la serrure, m'a conseillé Kylie.

— Elle est bien garée et rien ne nous permet de dire qu'elle a servi à commettre un délit. Ou alors la loi vient de changer.

— Pourquoi Tripp enverrait-il un texto à son père pour lui dire qu'il est en panne à Riverside Park s'il est garé ici ?

— Je tire peut-être des conclusions hâtives, mais je me dis que si tu as envie de trancher la tête de quelqu'un avec une scie fil, tu ne souhaites peut-être pas choisir le Jour de l'an sur la 136e Rue. D'autant que le parc est désert au même moment.

— Tu crois que Chevalier a été tué par Tripp ?

— Non, mais je ne veux pas rayer son nom de la liste pour autant. Et si ce n'est pas lui, il a bien fallu que quelqu'un d'autre lui prenne son téléphone pour envoyer ce texto et attirer Peter dans le parc.

— Quelqu'un, mais qui ?

— Je ne sais pas. Le mieux est encore de poser des questions autour de nous.

— À qui veux-tu poser des questions ? Il fait un froid de gueux. Je ne sais pas si tu as remarqué, mais les témoins ne se bousculent pas sur les trottoirs.

— Il suffit de se mettre en chasse d'une veuve à sa fenêtre. Elle a ouvert de grands yeux.

— Comment ?

— Une veuve à sa fenêtre. Il y en a une dans quasiment chaque quartier. Une petite vieille aux cheveux blancs qui habite généralement l'appartement du rez-de-chaussée donnant sur la rue. Ses enfants sont grands et ils ont quitté la maison depuis longtemps, son mari est mort, et elle passe son temps à tout observer de sa fenêtre. De nos jours, elle est probablement équipée d'un portable grâce auquel elle peut signaler à ses proches le moindre incident susceptible de les intéresser. Tu n'as peut-être pas connu ça dans le quartier où tu as grandi, mais je peux t'assurer qu'il y en a partout.

— C'est la théorie la plus idiote que je connaisse, a dit Kylie.

— Peut-être, mais c'est la seule dont on dispose à l'heure qu'il est. Fais-moi plaisir et suis-moi.

C'est ce qu'elle a fait, et nous avons remonté la 136e Rue de Broadway à Amsterdam sans trouver la moindre veuve à sa fenêtre.

— Si ça se trouve, ta veuve n'a pas encore pris son service, m'a raillé Kylie. Ou alors elle joue parallèlement le rôle de veuve en fauteuil à bascule devant sa télé. Il y a même une troisième solution : ta théorie est bidon.

— Très bien. Tu as une meilleure idée ?

— Ouais. La théorie du planton à l'accueil. Monte dans la voiture et fais-moi confiance.

7

Sugar Hill, à Harlem, est l'un des quartiers les plus majestueux et méconnus de la ville. Il a acquis son nom dans les années 1920 lorsque les Afro-Américains les plus fortunés s'y sont installés pour y mener une existence agréable, au plus fort du mouvement culturel connu sous le nom de Harlem Renaissance.

Nous avons pris la direction du nord en longeant les façades de maisons qui avaient abrité, en leur temps, les écrivains, les musiciens, les athlètes et les dirigeants politiques noirs les plus importants du XXe siècle. L'endroit, spectaculaire, a été décrété « district historique » par la Commission de préservation des monuments. Kylie a ralenti machinalement afin que nous puissions en profiter.

Le commissariat du 30e se trouve sur la 151e Rue Ouest, au niveau d'un pâté de maisons arboré, à l'est de Convent Garden. Nous nous sommes présentés au planton de l'accueil. Un simple coup d'œil nous a confirmé que nous étions en présence d'un vieux pro. Cheveux argentés coupés court, menton volontaire, deux yeux perçants, il avait la posture d'un ancien soldat.

— Steve Norcia, s'est-il présenté. Qu'est-ce qui vous amène au 30ᵉ, inspecteurs ?

— Nous sommes à la recherche de quelqu'un, une personne âgée par exemple, qui appellerait le commissariat régulièrement afin de dénoncer les tapages nocturnes, les voitures garées en double file, ou bien les gens qui oublient de ramasser les crottes de leur chien…

Le sergent Norcia a interrompu Kylie.

— Je vous arrête tout de suite, je vois très bien. Quelqu'un qui a besoin d'un flic pour discuter autour d'un café et d'une assiette de petits gâteaux. Nous en avons toute une collection. On leur a même donné un surnom collectif : le Club des cœurs solitaires. Vous cherchez quelqu'un en particulier, ou bien celle qui prépare les meilleurs cookies ?

— On va essayer de réduire le champ des possibles, a répondu Kylie. Quelqu'un qui aurait téléphoné hier pour se plaindre de la présence dans sa rue d'un gamin équipé d'une caméra vidéo. Elle le soupçonnait d'être un voyeur, ou bien de ne pas avoir d'autorisation de tournage.

— Je vois d'autant mieux que c'est moi qui ai pris l'appel, a dit Norcia en réveillant son ordinateur. Je vous demande une minute.

— Prenez votre temps, sergent. C'est nettement plus rapide pour nous que de regarder qui se tient derrière sa fenêtre, a fait Kylie en souriant.

— Bingo ! s'est exclamé Norcia moins d'une minute plus tard. Je savais bien que c'était elle.

— Son nom ? a demandé Kylie en sortant un carnet et un stylo.

— Fannie Gittleman. Elle habite au 530 de la 136e Rue Ouest, appartement 2A. Son appel a été enregistré à 15 h 35. Sauf qu'il ne s'agit pas d'une veuve gâteau esseulée. Gittleman est une emmerdeuse. Une militante de quartier, toujours prête à appeler les flics si ça peut mettre de l'huile sur le feu de sa croisade du jour. Elle nous a contactés hier pour nous signaler la présence de deux terroristes en train de filmer l'immeuble voisin. Elle était persuadée qu'ils préparaient un attentat.

— Des terroristes ? a répété Kylie. Qui avez-vous envoyé sur place ?

— C'était le Jour de l'an, inspecteur. On avait neuf flics en maladie, tous victimes de l'épidémie du réveillon. Je ne vais pas le leur reprocher, j'ai fait pareil quand j'avais leur âge.

— Si je comprends bien, vous n'avez envoyé personne.

Norcia a souri.

— J'ai fini par m'y résoudre. Avec ces femmes-là, c'est une question d'équilibre. Si on réagit trop vite, vous pouvez être certain qu'elles vous appelleront dix fois par jour. Ce n'était donc pas ma priorité, vu que je manquais d'effectifs. J'aurais envoyé la première voiture de patrouille disponible, mais Gittleman m'a rappelé dix minutes plus tard en me remerciant.

— De quoi ?

— Je suis infichu de vous le dire. À l'entendre, le type que j'avais envoyé sur place avait réglé le problème.

— Vous n'avez pas trouvé ça bizarre ? a insisté Kylie.

Norcia nous a toisés depuis son bureau en surplomb.

— Vous avez une idée du nombre d'appels que je prends chaque jour ? Non, je n'ai pas trouvé particulièrement bizarre qu'une vieille cinglée me remercie d'avoir envoyé un flic imaginaire arrêter des terroristes imaginaires. En revanche, a-t-il ajouté avec un sourire faussement naïf, deux inspecteurs du Red qui viennent enquêter sur un délit imaginaire, je trouve ça drôlement bizarre.

8

Il manque à Kylie une qualité essentielle : elle ne sait pas dissimuler sa jubilation. L'humilité n'est pas sa caractéristique première et l'efficacité de son stratagème lui a permis une nouvelle fois de me rappeler qu'elle avait terminé major de notre promo, alors que je n'étais que sixième.

Nous sommes retournés dans la 136e Rue où nous avons sonné à la porte de Mme Gittleman. Ce n'était pas exactement la vieille dame à cheveux blancs à laquelle je m'attendais. L'adjectif *vieille* convenait parfaitement puisqu'elle avait franchi la barre des quatre-vingts ans, mais elle avait des cheveux orange vif. À la façon dont elle s'était habillée et pomponnée, on aurait pu imaginer qu'elle attendait quelqu'un. Ce qui était le cas, puisqu'elle nous attendait.

Elle a bloqué la porte en examinant nos cartes de police.

— Jordan et MacDonald. Vous êtes nouveaux au commissariat. C'est au sujet de l'incident d'hier ?

— Oui, madame, a répondu Kylie, jouant le jeu. Nous souhaiterions avoir quelques éclaircissements.

— Entrez, nous a-t-elle invités en ouvrant la porte. Ne faites pas attention au bazar.

C'était un euphémisme. Pas un centimètre carré de mur qui ne soit recouvert de tableaux encadrés dont elle nous a précisé que la plupart étaient son œuvre. Pas moins de trois canapés dans un salon minuscule : le premier abritant son impressionnante collection de coussins, le deuxième une réserve inépuisable de prospectus et de brochures en tout genre, le troisième un refuge pour le chat qui y sommeillait, roulé en boule à une extrémité.

— Asseyez-vous là-bas, nous a ordonné Gittleman. Elle est sourde, vous ne risquez pas de la déranger.

Kylie a obtempéré. J'ai préféré rester debout tandis que la vieille dame s'asseyait sur le rebord d'une table basse encombrée. Norcia ne s'était pas trompé, elle n'était pas du genre à perdre son temps à nous offrir du café ou des cookies.

— Alors, j'avais raison ? a-t-elle demandé. Il s'agissait bien de terroristes ?

— Il est encore trop tôt pour le dire, a réagi Kylie. Nous sommes précisément là pour enquêter. Pourriez-vous nous raconter ce que vous avez vu ?

Elle s'est éclairci la gorge.

— Il était 15 h 30 quand j'ai vu deux jeunes gens avec une caméra. Un grand, un Blanc, et un autre à la peau foncée. Un Arabe, peut-être, allez savoir.

Ils filmaient l'immeuble voisin en s'intéressant à la fenêtre de Mme Glantz. Certaines personnes estimeraient que ça ne les regarde pas, mais je suis personnellement favorable au fait de signaler tout ce qui peut paraître anormal. Et leur manège était tout à fait anormal. J'ai donc appelé Steve…

— Steve ? a demandé Kylie.

— Le sergent Norcia. Ce n'est pas lui qui vous envoie ? Bref, plutôt que d'appeler police-secours, j'appelle directement Steve au commissariat et il m'envoie un agent en civil.

— Comment savez-vous qu'il s'agissait d'un agent en civil ?

— Je vous en prie ! Avec une perruque rousse et une fausse barbe de la même couleur ? Ça crevait les yeux. Bref, il s'approche du jeune homme blanc et lui passe les menottes, sans même lui poser de question.

J'ai sorti de ma poche une photo de Tripp Alden, que nous avions pris la précaution de demander au service des permis de conduire.

— Oui, c'est bien lui, a approuvé Gittleman. Comme je vous l'expliquais, le flic lui a passé les menottes, et voilà que l'autre gamin, celui qui était arabe, se rue sur lui avec un cutter et lui entaille le bras. Même que la manche de son blouson était couverte de sang.

— Quel genre de blouson ?

— Un sweat à capuche comme ils en portent tous de nos jours. Gris avec des bords bleu marine, et le mot Yankees en bleu sur le devant. Bref, le flic sort son Taser et hop ! il neutralise l'Arabe. Il emmène le gamin blanc dans son panier à salade, puis il revient chercher l'autre.

— Pouvez-vous nous décrire ce panier à salade ? lui a demandé Kylie.

— Une camionnette bleue, sans rien d'écrit dessus. Bref, il ouvre les portes arrière et pousse les deux jeunes à l'intérieur. Ensuite, il referme les portes et les bloque avec de la corde élastique. Je ne vais pas vous apprendre votre métier, mais la Ville pourrait au moins équiper ses camionnettes de serrures en bon état.

Elle a marqué un temps d'arrêt.

— Y a-t-il une récompense ?

Le temps qu'on échange un regard avec Kylie, elle a balayé la question d'un geste.

— Ne vous inquiétez pas. Je verrai avec Steve.

9

Provisoirement libéré de ses résolutions du Nouvel An, Hubert Alden déboucha une bouteille de Johnnie Walker Blue de façon à rassembler ses pensées.

Comment se débarrasser de la tête de Peter? Il était trop tard pour la donner à la police. *Je suis désolé, inspecteurs. Ce matin, quand vous m'avez annoncé qu'on avait décapité mon chauffeur, j'ai complètement oublié de vous signaler que j'avais retrouvé sa tête hier soir dans l'étui de caméra de mon fils. Inutile de déranger Tripp pour ça, il a ses devoirs à faire.*

Hubert n'avait pas le choix. Il allait devoir la cacher jusqu'à ce que les flics cessent de s'intéresser à lui. Blackstone lui avait conseillé de la stocker dans le grand congélateur de la cave, si bien que Peter reposait paisiblement désormais sous un demi-quintal de bœuf de Kobe *wagyu*, de queues de homard canadien et d'épaules de porc premier choix.

Hubert s'installa derrière son bureau et versa une rasade de whisky dans son café, hypnotisé par le téléphone portable que lui avait fait parvenir le meurtrier la veille. Il en détacha son regard et se pencha sur la feuille glissée entre les lèvres de Peter Chevalier.

De l'argent facile.

Hubert ferma les yeux et remonta dans le temps, quatorze ans plus tôt, en faisant apparaître dans sa tête Grace Bay, une plage de l'île de Providenciales dans l'archipel Turks-et-Caïcos.

Il s'y était rendu en jet privé, avait franchi la douane et l'immigration en un éclair avant d'être conduit dans un hôtel fermé en septembre, pendant la période annuelle de travaux, où il avait été escorté jusqu'à une salle de réunion.

L'individu qui l'attendait, négligeant la tenue décontractée en vigueur dans les îles, était en costume sombre et cravate. L'uniforme officiel des avocats d'affaires suisses.

— Samuel Joost, s'était-il présenté en se levant.

Il existe un seul moyen de transférer de grosses sommes d'argent entre deux personnes qui ne se font pas confiance : s'adresser à un intermédiaire au-dessus de tout soupçon. Joost était l'un des associés majoritaires d'un cabinet de Zurich qui servait d'intermédiaire depuis les années 1930 entre les banques suisses et leurs riches clients.

Il avait ouvert un attaché-case en cuir, sorti une calculette, plusieurs stylos, et un épais classeur sur lequel figurait la mention «Projet Gutenberg». Si Joost avait du caractère, il l'avait oublié au vestiaire.

Hubert avait signé plusieurs documents, les transferts de fonds avaient été effectués, sa participation à l'opération réglée jusqu'au moindre détail. Joost lui avait même donné un nom de code : Lévitique.

Peu après le départ du Suisse, un second protagoniste était entré en scène. Un homme grand, maigre et androgyne, avec des cheveux blonds tirés en arrière qui lui tombaient sur les épaules.

— De l'argent facile, avait-il murmuré sur un ton de conspirateur. Vous connaissez les risques et les enjeux, les conséquences aussi au cas où vous ne respecteriez pas les règles. Des questions ?

— Qui d'autre participe à l'opération ?

— Les identités des participants sont aussi bien gardées que la vôtre. Ce n'est pas une amicale. Du secret de l'opération dépend sa réussite ou son échec.

La formule avait fait rire Hubert.

— Le secret, et un wagon de fric.

— Monsieur Alden, avait répliqué son interlocuteur anonyme blond, je côtoie quotidiennement des milliardaires. N'essayez pas de vous persuader que vous avez été convié à ce rendez-vous du fait de votre fortune. On vous a choisi pour votre conception philosophique de la vie.

— Quelle conception philosophique ?

— L'appât du gain.

Ce jour-là avait marqué un tournant dans l'existence d'Alden. Il possédait un secret que personne ne pouvait connaître. Et pourtant…

Il ouvrit les yeux et son regard se posa sur le portrait de Marjorie, posé sur son bureau dans un cadre d'argent. Tripp, alors âgé de quatre ans, était assis sur ses genoux. Le week-end qui avait précédé sa mort, Marjorie lui avait annoncé qu'elle était enceinte. Depuis, il n'avait cessé de regretter qu'ils n'aient pas eu cet enfant.

La sonnerie du téléphone le rappela à la réalité. Silas Blackstone.

Des jours comme celui-ci, pensa Hubert en décrochant, *ma vie aurait été infiniment plus simple si je n'avais jamais eu d'enfant.*

— Les deux flics ont découvert la Prius, fit la voix de Blackstone. Elle était garée sur la 136e Rue. Je me suis rendu sur place en sortant de chez vous, mais le temps de gagner Harlem, ils étaient déjà là-bas. Comment diable ont-ils fait ?

— Je leur ai indiqué l'adresse.

— Pourquoi ?

— Qu'est-ce que tu crois ? Ils m'ont mis la pression. Il fallait bien que je lâche du lest. De toute façon, ça n'a aucune importance. Ensuite ?

— Ils ont fait le tour de la voiture avant de repartir. Comme j'avais les clés de Tripp, j'ai fouillé la Prius. Rien. J'allais m'en aller quand les deux flics sont revenus. J'ai pensé qu'ils avaient peut-être obtenu un mandat pour une fouille en règle, mais non. Ils sont entrés dans un immeuble en sonnant à la porte de l'un des occupants.

— Qui ça ?

— Une vieille dame. Elle s'est postée à sa fenêtre à plusieurs reprises pendant leur visite, le doigt tendu, en bavassant. J'en ai déduit qu'elle avait vu ce qui s'était passé avec Tripp.

— Va la trouver, arrange-toi pour savoir ce qu'elle a vu.

— C'est déjà fait, dit Blackstone. J'ai attendu qu'ils soient partis pour sonner chez elle. Elle ne voulait pas me laisser entrer au début, jusqu'à ce que je lui dise que j'étais un privé et que j'enquêtais sur une disparition. Elle a pété un plomb en voyant la photo de Tripp, elle prétendait que c'était un terroriste arrêté par les flics hier. C'est le film qu'elle s'est fait dans sa tête en voyant un roux barbu obliger Tripp à monter dans une camionnette bleue. Elle a raconté à Jordan et MacDonald qu'il s'agissait d'un flic en civil, mais je doute qu'ils l'aient crue.

— Tripp a donc bien été enlevé. Le colis d'hier soir ne laissait guère de doute à ce sujet. Le problème à présent, c'est que les flics sont au courant. Fais comme tu veux, mais arrange-toi pour retrouver mon gamin avant eux.

— Le type qui a enlevé Tripp s'est également emparé de son copain. Vous tenez à le récupérer ?

— Quel copain ?

— Un petit basané qui tournait cette vidéo avec lui. La vieille dame pense que c'était un terroriste arabe.

— Un Arabe ? N'importe quoi ! Lonnie Martinez est portoricain, il aide Tripp à tourner ce film pour mon père. Pourquoi l'aurait-on enlevé ? C'est un gamin des cités qui vit chez sa grand-mère, il n'a aucune valeur marchande.

— Alors il était dans le coup, réagit Blackstone. La personne qui a monté toute cette histoire savait qu'il était impossible de s'approcher de vous et des membres de votre famille, alors elle a recruté ce Lonnie. Qui était au courant de ce tournage ?

— Moi seul… et Lonnie.
— Tout indique qu'il a vendu Tripp.
— Le petit salopard. Je t'enverrais volontiers chez lui, mais je n'ai aucune idée de l'endroit où il habite.
— Pas de souci, patron. J'ai consulté le GPS de la Prius de Tripp. L'adresse de Lonnie figure en tête de liste.
— Alors remue-toi le cul et arrange-toi pour délier la langue de sa grand-mère.
Il raccrocha, vida le fond de sa tasse de café dans le pot d'une plante verte et se versa une grande rasade de Johnnie Walker Blue.
Il se cala dans son fauteuil et s'empara du petit mot transmis par son défunt chauffeur. *De l'argent facile.*
Il avala une longue gorgée de whisky et laissa échapper un ricanement.
— C'est ce qu'on va voir, espèce d'enfoiré.

10

Kylie s'est tournée vers moi.

— Cette Mme Gittleman m'a bien plu. C'est une femme de caractère.

— Je ne suis pas certain d'aimer les femmes de caractère. En règle générale, elles ont tendance à tirer la couverture à elles et conduisent trop vite.

Elle m'a envoyé un coup de poing dans l'épaule.

— Quoi qu'il en soit, son histoire de Barbe Rouge avec son Taser et ce gamin qui cherche à s'enfuir avec son cutter, ça explique que Tripp Alden ait disparu. Je sais bien qu'on ne peut pas lui téléphoner à son lycée, mais on ne va tout de même pas attendre la fin des cours pour savoir s'il a été enlevé ou non.

— Je suis heureuse que nous soyons enfin sur la même longueur d'onde, a rétorqué Kylie.

Le temps d'allumer le gyrophare et la sirène, elle s'est engagée en trombe sur Amsterdam, a tourné à gauche sur la 110e Rue, fait le tour du rond-point à l'entrée nord de Central Park à quatre-vingts à l'heure, et grillé tous les feux de Central Park West jusqu'à la 88e Rue.

— Tu n'aimes toujours pas les femmes de caractère ? m'a-t-elle demandé en se garant sur le passage piéton à hauteur de l'immeuble de cinq étages qui abrite Barnaby Prep depuis le début du XIXe siècle.

Les deux premiers élèves que nous avons croisés dans le hall d'entrée parlaient de l'assassinat du chauffeur de Tripp.

— La presse locale adore les histoires de corps mutilés, a remarqué Kylie. Il suffit qu'un torse finisse sur Rockaway Beach ou qu'une tête disparaisse à Riverside Park pour que ça fasse la une de tous les médias. Je suis prête à parier qu'entre Twitter, Facebook et les textos, la nouvelle s'est répandue ici comme une traînée de poudre.

Le temps de trouver les bureaux de l'administration, on nous a introduits sans attendre chez le directeur. G. Martin Anderson était aussi jeune que BCBG. Il n'a pas attendu que je lui aie montré mon badge pour prendre la parole.

— Ce qui est arrivé à M. Chevalier est atroce. Tout le monde ici est bouleversé. Les élèves ont bien conscience de vivre dans une ville violente, mais c'est différent lorsqu'ils se sentent touchés d'aussi près… En quoi puis-je vous aider ?

— L'heure est sans doute mal choisie, puisque c'est la mi-journée, mais nous aimerions nous entretenir avec Tripp Alden.

— Tripp ? Mais il est absent. Étant donné les circonstances, j'aurais été surpris qu'il vienne en cours. Je sais combien il tenait à Peter.

Tripp n'avait donc pas pointé le bout de son nez au lycée. Gittleman marquait un point.

— J'ai cru comprendre qu'il tournait un film avec un ami.

— Lonnie Martinez, m'a répondu Anderson. Une petite minute.

Il s'est emparé d'un listing informatique dont il a passé en revue le contenu. Son index s'est arrêté au milieu de la feuille.

— Je croyais bien avoir vu son nom sur la liste des absents. Il n'est pas là aujourd'hui, lui non plus.

Deux points pour Gittleman.

— Nous savons où trouver les Alden, a poursuivi Kylie, mais vous nous aideriez en nous fournissant les coordonnées des parents de Lonnie.

— Les numéros des élèves figurent dans ma banque de données, a-t-il répondu en s'installant devant son écran. Ah, voilà : Alonso Martinez. Tout le monde l'appelle Lonnie. Il vit avec sa grand-mère, Juanita Martinez. Il s'agit d'un élève boursier. Un excellent élément, très apprécié de tous.

— Que pouvez-vous nous dire d'autre à son sujet ?

— Vous évoquiez le fait que Tripp et Lonnie tournaient un film. Ils sont très doués dans ce domaine. M. Madison, notre responsable des études de cinéma, leur prédit un bel avenir dans la profession. Il serait sans doute mieux à même que moi de vous parler d'eux. Les élèves de Barnaby bénéficient d'un programme de tutorat. Du fait de leur passion pour le septième art, l'association de Lonnie et de Tripp avec Ryan Madison a été une réussite. Je suis convaincu qu'il sera resté en lien avec eux pendant les fêtes.

— Quand pourrions-nous voir M. Madison ?

— Tout de suite, si vous voulez, a proposé Anderson. Je vais demander à l'un de nos élèves de vous conduire jusqu'à sa classe.

Il a griffonné un numéro de téléphone sur une feuille de papier.

— Voici mon numéro personnel. N'hésitez pas à m'appeler si vous avez besoin de quelque chose.

Nous l'avons remercié après lui avoir laissé nos propres coordonnées, et nous avons attendu notre guide.

Je me suis tourné vers Kylie.

— Tu y comprends quelque chose ?

— C'est pourtant simple. Tripp envoie un texto à son père en lui signalant que sa voiture se trouve à Riverside Park, alors qu'elle est garée dans la 136e Rue. Alden prétend que Tripp est en classe alors que c'est faux. Gittleman affirme qu'un type affublé d'une perruque et d'une fausse barbe a menotté Tripp avant de l'obliger à monter dans une camionnette tandis qu'Alden jure que son fils lui a donné de ses nouvelles dans la soirée. À part ça, tout va bien.

— Excellent résumé de la situation. Qu'en déduis-tu ?

Kylie a souri en penchant la tête de côté.

— Élémentaire, mon cher Jordan. Il ne fait aucun doute que quelqu'un ment comme un arracheur de dents.

11

Notre guide, Jeffrey, était un gamin dégingandé et boutonneux avec un appareil dentaire. Il nous a conduits dans les étages et s'est arrêté devant la salle 314.

— C'est lui, a-t-il déclaré d'un air amusé en pointant du doigt à travers le hublot qui trouait la porte un homme en jean noir et pull bleu marine à col roulé, debout sur son bureau, les bras levés. C'est M. Madison.

L'enseignant de cinéma tenait d'une main une poupée Barbie et se frappait la poitrine de l'autre. Tous les élèves de sa classe observaient son manège avec le plus grand respect.

— Le cours de cinéma, nous a expliqué Jeffrey. Ils étudient *King Kong*.

Kylie l'a regardé.

— C'est vrai, jeune homme? Je pensais qu'il leur parlait de *Bambi*.

Madison sautait sur son bureau en feignant d'attraper des avions imaginaires. Il s'est brusquement affaissé, touché à mort, puis il a déposé délicatement la poupée sur son bureau et s'est écroulé par terre.

— La Belle est venue à bout de la Bête, nous a expliqué naïvement Jeffrey. J'ai suivi le cours de M. Madison l'an dernier.

Les élèves ont applaudi. Madison s'est relevé en se passant la main dans les cheveux, et il nous a vus. Je lui ai fait signe de nous rejoindre. Il a souri, prononcé quelques mots à l'intention de ses élèves, et ouvert la porte.

— Je ne crois pas qu'on se connaisse. Ryan Madison, s'est-il présenté. Vous êtes des parents d'élèves intéressés par notre établissement, j'imagine ?

— NYPD. On aimerait vous parler, mais on peut attendre la fin du cours.

— Bien sûr que non ! Je ne vais pas laisser passer une aussi belle occasion de sortir fumer en douce. Vous n'appartenez pas à la brigade du tabac, au moins ? a-t-il plaisanté. Allons sur le toit. Il y fait un froid de chien, mais on a le droit de fumer.

Jeffrey est reparti et nous avons grimpé trois étages à la suite de Madison. La trentaine énergique, il avait manifestement du caractère.

— Désolé pour les clopes, s'est-il excusé en allumant sa cigarette. J'ai regardé trop de films noirs quand j'étais gamin. Que puis-je pour vous ?

— Nous sommes à la recherche de Tripp Alden.

— Il est absent aujourd'hui.

— On est au courant. Le directeur affirme que vous pourriez peut-être nous aider à lui mettre la main dessus.

— J'imagine que c'est au sujet du meurtre de Peter Chevalier ?

— Oui. Nous aurions besoin de nous entretenir avec Tripp le plus rapidement possible.

— Je ne suis pas sûr qu'il soit au courant, a-t-il dit en tournant la tête de façon à ne pas nous envoyer la fumée dans la figure. Attendez une seconde… je suis bête, il est forcément au courant à l'heure qu'il est, comme tout le monde au lycée. En revanche, je ne pense pas qu'il l'était hier soir. Du moins, il ne m'en a rien dit.

— Vous lui avez parlé hier soir ? s'est étonnée Kylie.

— On a échangé par textos.

— À quelle heure ?

Madison a sorti son portable de la poche de son jean.

— À minuit sept, a-t-il répondu après avoir vérifié.

J'ai réfléchi tout haut.

— Tripp Alden vous a envoyé un texto après minuit. Que vous disait-il ?

— « On quitte New York avec Lonnie, on part réaliser des interviews. Désolé de sécher les cours demain et vendredi. On revient samedi. On peut prendre la salle de montage ce week-end ? » a-t-il lu.

Il nous a montré le texto avant de rempocher le portable.

— C'était la rentrée aujourd'hui, a-t-il remarqué. C'est absurde de nous faire reprendre les cours un *jeudi*. Tripp et Lonnie ne sont pas les seuls à sécher aujourd'hui et demain. Je leur ai répondu : « Pas de souci », et je leur ai réservé la salle de montage. Ils ne m'ont pas recontacté depuis.

— De quelles interviews parlait Tripp ? l'a interrogé Kylie.

— Il réalise un film consacré à son grand-père, qui a de la famille à Rochester. Tripp et Lonnie se sont déjà rendus là-bas à plusieurs reprises pour interviewer des cousins du vieil homme.

— Vous connaissez leurs noms ?

Madison a adressé à Kylie un sourire espiègle qui devait plaire à ses élèves.

— Je ne serais pas surpris que certains d'entre eux s'appellent Alden, mais je n'en sais rien.

Kylie a conservé un visage grave.

— Désolé si je vous ai paru sarcastique, inspecteur, s'est excusé Madison, penaud. Mon métier consiste à donner des conseils de mise en scène aux élèves, mais je ne m'occupe pas de production.

J'ai repris la main.

— Comment comptaient-ils se rendre à Rochester ?

— Tripp a une voiture. Une Prius.

Je lui ai tendu ma carte.

— Je vous remercie. Si jamais Tripp ou Lonnie vous contacte, demandez-leur de m'appeler à ce numéro.

— Pourquoi attendre qu'ils se manifestent ? Je vais envoyer un texto à Tripp. Lonnie et lui seront ravis de vous rencontrer.

Il a écrasé sa cigarette.

— Je suis gelé, il est temps de rentrer.

Nous sommes redescendus au deuxième. J'en ai profité pour lui poser une question :

— Pourquoi dites-vous que Tripp et Lonnie seront ravis de nous rencontrer ?

— Vous plaisantez ? Ils sont tous les deux dingues de polars. Ils ont récemment mis en scène un hold-up et une scène où une voiture se fait attaquer sur la route. Pour vous, c'est du quotidien, ils vont trouver ça cool.

Kylie m'a coiffé au poteau avec la question suivante :

— Ont-ils déjà mis en scène un enlèvement ?

— Pas à ma connaissance, mais c'est une super idée. Ils sont plutôt doués pour la mise en scène. Le plus drôle, c'est qu'ils font ça à l'arrache, sans autorisation. Techniquement, ils sont en contravention avec la loi chaque fois qu'ils organisent un tournage. Je vous laisse, je dois reprendre mon cours. Maintenant que je les ai amusés avec mes singeries, je vais pouvoir passer aux choses sérieuses, en particulier les sous-entendus racistes de *King Kong* à une époque où l'on sentait monter les tensions raciales et sociales en Amérique. Vous êtes les bienvenus, si ça vous intéresse. Pas de souci, je ne dirai pas qui vous êtes aux élèves.

— C'est gentil, mais non merci.

J'ai été interrompu par la sonnerie de mon téléphone. J'ai jeté un coup d'œil au nom qui s'affichait à l'écran.

— C'est notre patronne. Voilà qui règle le problème. Madison est retourné dans sa classe et j'ai décroché.

— Oui, capitaine.

— Je viens de recevoir un coup de fil de Sykes, la maire.

Comme le Red était particulièrement bien vu par les édiles précédents, nous espérions bénéficier du soutien de la nouvelle élue.

— C'est bon signe. Vous allez voir qu'elle va devenir votre meilleure amie.

— *Notre* meilleure amie, m'a corrigé Cates. Elle demande à ce qu'on lui fasse un point sur le meurtre du chauffeur d'Alden. Elle sera là dans quinze minutes, je vous attends dans quatorze.

12

— Il était plutôt mignon, a remarqué Kylie tout en redescendant Central Park West à pleine vitesse.

Kylie est une emmerdeuse de première, et je savais déjà qu'elle me réservait un chien de sa chienne pour l'avoir vannée sur les femmes de caractère qui tirent la couverture à elles. Ce n'était que la première salve.

— Je l'ai trouvé pas mal.

— Pas mal ? Super beau gosse, tu veux dire. Je sortirais avec lui sans hésiter.

— Je ne sais pas. Je trouve Jeffrey un peu jeune pour toi. Tu devrais peut-être attendre qu'il ait une meilleure peau et qu'on lui enlève son appareil dentaire.

— Je parlais de Madison, et tu le sais très bien. Je suivrais ses cours rien que pour avoir l'occasion de regarder ses magnifiques yeux bleus.

— Ah ! Tu parles du prof ? Adorable en effet. Presque autant que l'autre type avec qui tu discutais sur le toit.

Par mesure de sécurité, je me suis collé contre ma portière pour éviter un coup de poing intempestif.

Nous avons tourné sur la 65e Rue, traversé Central Park et atteint le commissariat au 109 de la 67e Rue Est avec cinq minutes d'avance.

On grimpait les marches du bâtiment quand la porte s'est ouverte à la volée. Cheryl est sortie en trombe.

— Zach !

— Mais… je croyais que tu prenais le train pour te rendre à l'hôpital ?

— J'ai fait la bêtise de passer boucler quelques dossiers avant de partir. J'ai été assaillie de coups de téléphone.

— Ce n'est pas toi qui me dis toujours que *non* est un mot à part entière ?

— J'ai répondu non à la plupart de mes correspondants, s'est défendue Cheryl, mais le capitaine Cates avait un dossier urgent à me soumettre. Le temps de m'en occuper, je ne pars que maintenant.

— Je suis désolé pour ton ex-belle-mère, a dit Kylie.

— Je te remercie. J'ai du mal à la considérer comme une ex quoi que ce soit. C'est une amie, et je tiens à la voir avant qu'elle ne s'éteigne. Les meilleurs moments de mon mariage avec Fred, je les ai passés avec Mildred.

Elle m'a serré brièvement contre elle.

— Je rentrerai par le train du soir.

— Je risque d'avoir une longue journée, on n'aura qu'à dîner tard. On peut commander un truc à la maison, ouvrir une bouteille de vin…

La sonnerie de son téléphone nous a interrompus.

— Fred ? Je quitte le commissariat. Je prends le train de 13 h 47. Passe me prendre à la gare de Mount Kisco.

Elle était pressée de raccrocher, mais Fred continuait de lui parler. Cheryl l'a écouté patiemment en marmonnant les *mmm mmm* de rigueur. Elle a fini par le couper.

— Fred, je vais devoir te laisser si je ne veux pas rater mon train. À tout à l'heure.

J'en ai profité pour achever ma phrase :

— Au sujet de ce soir, à quelle heure penses-tu…

— Zach ! Comment veux-tu que je sache à quelle heure je rentre dîner ? Fred est dans un état épouvantable, il m'a déjà appelée une demi-douzaine de fois.

— La prochaine fois, tu n'as qu'à lui rappeler que vous n'êtes plus mariés.

J'ai regretté de ne pas m'être mordu la langue en voyant la psychothérapeute calme et bienveillante se métamorphoser en Latina volcanique.

— Tu t'es entendu ? a-t-elle grincé en serrant les mâchoires pour ne pas hurler. Sa mère est en train de mourir. Comment peut-on se montrer aussi insensible ?

J'ai fait marche arrière.

— Je ne voulais pas me montrer dur, mais Fred a une fiancée, pourquoi ne l'appelle-t-il pas ?

— Même si ça ne te regarde pas, je tiens à te signaler que sa fiancée l'a quitté.

J'avoue que je ne m'y attendais pas.

— Je… je croyais qu'elle était enceinte.

— C'est le cas, m'a répondu Cheryl, mais Fred s'est aperçu qu'il n'était pas le père, ce qui explique qu'il m'appelle au lieu de lui téléphoner à elle.

— Je suis désolé, je ne savais pas.

— C'est une chose de ne pas savoir. Ne pas réfléchir en est une autre.

Elle m'a tourné le dos, furieuse. Au même moment, un 4×4 Escalade noir s'est immobilisé devant le commissariat. Le chauffeur a bondi de son siège et s'est précipité pour ouvrir la portière arrière. Muriel Sykes, la nouvelle maire, est descendue.

Kylie et moi connaissons bien Sykes. Evelyn Parker-Steele, la femme du propriétaire de l'hôtel où j'étais descendu pour le Nouvel An avec Cheryl, était la directrice de campagne de Muriel Sykes lorsqu'elle a été assassinée. Nous avons commencé par nous prendre le chou avec elle, avant de devenir ses flics de référence le jour où nous avons démasqué le coupable.

— Bonjour ! s'est-elle écriée en nous apercevant. Drôle de façon d'entamer mon mandat, mais je suis heureuse qu'on vous ait confié l'enquête.

Du coin de l'œil, j'ai vu Cheryl essayer de héler un taxi au coin de Lexington Avenue. Un chauffeur a fini par s'arrêter et elle s'est engouffrée dans la voiture.

Super. Je n'aurais pas voulu qu'elle rate le train qui la conduit tout droit dans les bras de Fred. Je voyais déjà leurs embrassades larmoyantes.

Cheryl est la générosité incarnée. Si Fred était aussi mal, elle serait là pour le consoler, le réconforter, le laisser pleurer sur son épaule…

— Zach !

Kylie m'a tiré de mes fantasmes autodestructeurs.

— Oui ?

— On peut reprendre le boulot ? La maire vient de monter.

— Désolé, je réfléchissais…

— Non, Zach. Cheryl a raison. Tu ne réfléchis pas, tu te contentes de laisser parler ton orgueil de mâle blessé. Tu veux un conseil ?

— Avec le plus grand plaisir, docteur.

— Arrête de te monter des mayonnaises dans la tête. Tu as assez merdé avec Cheryl comme ça.

— J'ai comme l'impression que je me suis tiré une balle dans le pied.

— Ce n'est pas dans ton pied que tu aurais dû tirer, Casanova.

13

Nous avons grimpé les marches quatre à quatre. La maire sortait de l'ascenseur quand nous avons déboulé au deuxième étage. Nous l'avons suivie dans le bureau du capitaine Cates.

Sykes n'y est pas allée par quatre chemins.

— Où en êtes-vous dans l'enquête sur le meurtre du chauffeur d'Hubert Alden ?

Je me suis lancé :

— Alden a essayé de nous persuader que Peter Chevalier était un coureur de jupons assassiné par un mari jaloux, mais c'est plus compliqué que ça. Le fils Alden n'est pas allé au lycée ce matin, et il n'est pas non plus chez ses parents.

La plupart des élus ont une connaissance très parcellaire du fonctionnement du système judiciaire, mais ce n'est pas le cas de Sykes, qui est un ancien procureur fédéral. Elle a instruit des affaires criminelles pour le gouvernement pendant seize ans.

— Vous semblez convaincus qu'il ne s'agit pas simplement d'un gosse de riche qui fait l'école buissonnière.

— Un témoin nous affirme avoir vu un flic en civil embarquer Tripp et l'un de ses copains hier, plusieurs heures avant l'assassinat de Chevalier, a expliqué Kylie. Nous savons par ailleurs que le commissariat concerné n'a procédé à aucune arrestation. Tout semble indiquer que les deux ados ont été enlevés.

— Le témoin en question est-il fiable ?

Sa question méritait une réponse nuancée.

— À nos yeux, ou bien à ceux de jurés ? Il s'agit d'une vieille femme d'au moins quatre-vingts ans nommée Fannie Gittleman. Elle est gentiment excentrique, mais sûrement pas folle. Nous sommes convaincus qu'elle est sincère. Les gamins ont bien été enlevés.

— Qu'en dit Hubert Alden ?

— Il nous a juré que Tripp se portait comme un charme. Il prétend avoir reçu un texto de son fils hier soir. Après l'enlèvement. Il est clair que si Tripp a bien été kidnappé, ses ravisseurs ont recommandé à Alden de ne pas en parler à la police, d'où ses mensonges.

— Le ravisseur a très bien pu envoyer ce texto lui-même, a suggéré Sykes. Revenons à l'assassinat du chauffeur. Vous avez fait des progrès ?

— Non, mais si Tripp a bien été enlevé, ça aurait le mérite d'expliquer pourquoi Chevalier a été tué et décapité. Sa tête a certainement été envoyée à Alden en guise d'avertissement.

— Votre théorie tient la route, mais votre marge dc manœuvre est étroite si vous cherchez à résoudre un délit que personne n'a encore signalé.

— Quelqu'un l'a signalé, l'a corrigée Kylie. Mme Gittleman.

— Avant de parler de ce témoin de quatre-vingts ans à Hubert Alden, pourquoi ne pas demander aux parents de l'autre victime s'ils sont disposés à coopérer avec nous ?

— Le copain de Tripp vit chez sa grand-mère. D'après ce qu'on a compris, elle a du mal à joindre les deux bouts, je la vois mal verser une rançon.

— Il suffit de lui demander de signaler la disparition de son petit-fils. Qu'elle soit pauvre n'a aucune importance, elle bénéficiera des ressources du Red, a réagi Sykes. Un dernier conseil. Hubert Alden peut se montrer autoritaire, ne vous laissez pas impressionner. Ce n'est pas votre patron. Le mot autoritaire est d'ailleurs mal choisi. Hubert Alden est un emmerdeur de première. Si vous croyez que son fils a été enlevé et qu'il refuse de se montrer coopératif, venez me trouver. Je vous mettrai en contact avec quelqu'un de nettement plus arrangeant.

J'ai hoché la tête.

— À qui pensez-vous ?

— À son père, Hutch Alden.

Cates, qui s'était tue jusque-là, est intervenue :

— Je vous remercie, madame le maire. Votre soutien nous est précieux.

— Inutile de me remercier, a dit Sykes. Les Alden ont un poids politique indéniable, mais il ne s'agit pas de politique. Alden ou pas, j'apporterai tout mon soutien au service que vous dirigez.

14

Silas Blackstone gara l'Audi le long du trottoir et leva les yeux vers les façades de brique rouge à la sérénité trompeuse. Lui-même avait grandi dans une cité du quartier de Mott Haven, dans le Bronx, où la violence était quotidienne. Si les gangs et les trafiquants de drogue ne vous faisaient pas la peau, une balle perdue s'en chargeait. La première règle de survie dans la cité était simple : ne jamais se tenir près d'une fenêtre.

Blackstone s'assura que son arme était en état de marche.

— Deux précautions valent mieux qu'une, murmura-t-il machinalement en remisant le pistolet dans son étui.

Il descendit de l'Audi et observa Paladino Avenue sur toute sa longueur. Comment pouvait-on appeler ça une avenue ? Une simple route de service longeant Harlem River Drive. Après tout, c'était aussi bien. Au moins les trottoirs ne regorgeaient-ils pas de gamins qui s'amusaient à rayer les voitures.

Le minuscule vestibule de l'immeuble situé au numéro 64 sentait vaguement le désinfectant. De l'eau de Cologne à la Javel, comme disait son père. Il s'approcha des sonnettes et enfonça le bouton au nom de Juanita Martinez.

Le haut-parleur de l'interphone émit un grésillement.

— Qui est-ce ? demanda une voix féminine.

— J'ai un paquet pour Lonnie Martinez, de la part de M. Alden.

Une main invisible actionna l'ouverture.

Il prit l'ascenseur, frappa à la porte de l'appartement 6H et une femme séduisante entrebâilla le battant.

— Je cherche Lonnie.

— Lonnie est pas là. Yé vais prendre le paquet.

— Quel paquet ? Non, j'ai dit que j'avais un message de la part de M. Alden.

— Alden ? répéta la femme. Tripp Alden ?... il est pas là...

Blackstone dévisagea son interlocutrice. À condition d'oublier son mauvais anglais, elle était à tomber raide. Un mètre cinquante-sept, un corps musclé, d'épais cheveux noirs, une peau couleur miel. Elle portait un uniforme bleu et une chemise au logo de Costco[1] avec son prénom brodé : Juanita. Blackstone, qui s'attendait à trouver une grand-mère obèse avec un chignon, n'en revenait pas.

— Vous êtes la grand-mère de Lonnie ? s'assura-t-il.

1. Costco est une chaîne de magasins proposant à ses adhérents des produits à prix sacrifiés. On y accède uniquement à l'aide d'une carte de membre.

Son visage s'éclaira.

— *Sí, sí. Soy Lonnie abuela.* La grammère.

— Vous parlez anglais ?

Elle haussa les épaules.

— *Un poco*. Oun ti peu.

— M. Alden souhaite engager Lonnie pour aider Tripp à tourner un nouveau film.

Elle lui sourit en posant sur lui un regard vide.

Il secoua la tête.

— Je vais laisser un mot pour Lonnie, proposa-t-il en écrivant dans l'air avec un crayon imaginaire. Vous auriez du papier et un crayon ? *Papel ? Lápiz ?*

— *Sí, sí. Papel y lápiz.* Yé vais prendre.

Elle partit chercher ce qu'il lui demandait en laissant la porte ouverte.

— Saloperie, marmonna Blackstone en apercevant un journal sur la table de la cuisine.

Il entra et prit le journal.

— Le *New York Post* ? Vous ne lisez pas *El Diario* ?

— *No comprendo*, se justifia-t-elle.

— Vous avez décidé de jouer au plus fin avec moi, c'est ça ? s'énerva Blackstone. Vous prétendez ne rien *comprende*, alors que vous travaillez chez Costco et que vous lisez le *Post*. Je suis sûr que vous *habla inglés* comme une vraie pro.

Elle lui opposa un ricanement.

— *¿ Quién sabe, señor ?*

Blackstone comprit que c'était peine perdue. Il n'avait pas le temps, l'idée de laisser sa bagnole à 90 000 dollars trop longtemps sans surveillance dans un quartier aussi pourri n'était pas pour le rassurer.

— Comme vous voulez. Votre petit-fils n'est pas encore dans la panade, mais si vous voulez lui éviter des ennuis, je vous conseille d'arrêter vos simagrées et de lui dire de m'appeler à ce numéro.

Il tendit sa carte à la mamie sexy.

— *Gracias*, le remercia-t-elle en le suivant sur le palier.

— *De nada*, espèce de connasse, grommela-t-il entre ses dents sans un regard en arrière.

15

— Tiens, tiens, a remarqué Kylie en ralentissant soudain sur Paladino Avenue. Devine qui est là ?

Elle a tendu le doigt en direction d'une grosse Audi A8L qui cadrait mal avec la misère ambiante. La plaque minéralogique portait les initiales SDB.

J'ai souri.

— Je me demande bien à quoi ça peut correspondre.

— Salaud De Bâtard, a suggéré Kylie.

— Si Blackstone traîne dans le coin, c'est bon signe. Ça signifie qu'Alden et lui ne sont pas plus avancés que nous.

Kylie a garé la voiture à l'écart et nous avons patienté. SDB est sorti de l'immeuble de Lonnie Martinez dix minutes plus tard et a fait le tour de l'Audi pour vérifier que la carrosserie était intacte.

— Tu crois qu'il fait quoi s'il trouve une bosse ? Il appelle les flics ?

Nous avons attendu qu'il démarre pour nous approcher du numéro 64. La chance était avec nous, quelqu'un sortait du bâtiment au même instant, ce qui nous a évité de sonner. Kylie a toqué à la porte du 6H et Juanita Martinez nous a ouvert.

— Police, lui a annoncé Kylie.

— Z'êtes des vrais flics, ou bien des faux ? a-t-elle demandé. Kylie a sorti son badge.

— Brigade criminelle. On est tout ce qu'il y a de plus vrai.

— Tant mieux, parce que le précédent commençait à me courir.

— Un petit avec un ego surdimensionné ?

— Un certain Blackstone.

Elle nous a fait entrer dans un appartement aussi étriqué que propre. La cocotte qui mijotait sur la cuisinière laissait échapper un fumet délicieux.

— Que voulait-il ?

— Il cherchait Lonnie, mon petit-fils, m'a-t-elle répondu. Même si j'avais su où il est, je n'aurais rien dit à ce *pinche cabrón.*

— Et nous, vous n'avez rien à nous dire ?

— En quoi les affaires de Lonnie intéressent-elles la Criminelle ?

— Nous avons besoin de poser des questions à son copain Tripp Alden. On espérait que Lonnie pourrait nous dire où le trouver.

— Je n'ai aucune idée de l'endroit où ils sont, ni l'un ni l'autre.

— Quand avez-vous vu Lonnie pour la dernière fois ?

— Hier au petit-déjeuner. Tripp est passé le prendre, ils tournent un film ensemble. Il m'a envoyé un texto plus tard dans la journée pour m'informer qu'il passerait la nuit chez Tripp, et voilà que j'apprends le meurtre dans le journal.

Elle a brandi un exemplaire du *Post*.

— C'est bien pour ça que vous êtes là, non ?

— Connaissiez-vous la victime, Peter Chevalier ? lui a demandé Kylie.

— Bien sûr que je le connaissais, c'était le chauffeur de Tripp. Vous croyez peut-être que je laisse mon gamin monter en voiture avec n'importe qui ?

— Et alors ?

— Il a réussi le test, j'ai accepté de lui confier mon petit-fils. En attendant, je ne suis pas rassurée, je n'ai pas vu Lonnie depuis hier. J'ai raison de m'inquiéter ?

— Jusqu'à présent, rien ne nous indique qu'il est en danger, a menti Kylie. Nous aimerions juste lui poser quelques questions.

— Je vais vous donner son numéro de portable. Si vous le voyez, dites-lui de m'appeler.

Elle a griffonné un numéro sur un morceau de papier qu'elle a tendu à Kylie.

— Vous croyez que vous arriverez à coincer le salopard qui a tué Peter ?

— Je ne *crois* pas, a répondu Kylie. Je le *sais*.

Juanita a brusquement laissé éclater son chagrin. Elle a tenté de retenir ses larmes en se frottant les yeux, mais un gémissement sourd est monté de sa gorge.

— Vous étiez proche de Peter, c'est ça ? lui a demandé Kylie en lui posant une main sur l'épaule.

Elle a hoché la tête.

— On sortait ensemble. C'était un garçon formidable, qui donnait tout aux autres. Comment peut-on tuer un homme aussi merveilleux ?

— Nous constatons tous les jours combien le monde est absurde, a réagi Kylie. Je sais bien que ça n'a pas de sens. En tout cas, je vous promets qu'on mettra la main sur celui qui l'a tué.

Juanita a baissé la tête.

— C'est de ma faute, a-t-elle articulé entre deux sanglots. Nous avons dressé nos antennes en entendant le mot *faute*.

— Comment ça ?

— Je connais un couple qui vit sur la 73e Rue Est. Des gens très gentils chez qui je fais le ménage tous les mercredis. Cette année, ils organisaient une fête pour le réveillon et ils m'ont demandé de venir aider. Je suis arrivée à 17 heures pour tout préparer, j'ai fait le service, et il était 2 heures du matin quand j'ai terminé de tout nettoyer. Avec tout ça, j'ai oublié de jeter de l'eau par la fenêtre.

Kylie a pris un air perplexe.

— De l'eau par la fenêtre ?

J'ai éclairé sa lanterne.

— C'est une coutume portoricaine dont m'a parlé Cheryl. Le Jour de l'an, on jette un seau d'eau par la fenêtre au premier coup de minuit. Ça porte bonheur.

— Ce n'est pas ça, m'a corrigé Juanita. Ça chasse les mauvais esprits.

— Vous savez, madame Martinez, a repris Kylie. Si vous jetez un seau d'eau par la fenêtre sur la 73e Rue, vous risquez surtout d'avoir un procès, ou d'être obligée de payer la note de teinturier de celui qui passe en dessous.

La remarque a fait sourire Juanita. Elle s'est essuyé les yeux avec un torchon.

— Lonnie n'était pas au courant pour Peter et moi. Ça ne le regardait pas.

— C'est aussi bien comme ça, l'a rassurée Kylie. Je ne dirai rien, vous avez ma parole.

— Merci, je savais que vous comprendriez. Tout le monde a des secrets de cœur. Pas vrai, inspecteur ?

— Vous avez raison, madame Martinez. Je suis sincèrement désolée pour vous.

Elle lui a donné sa carte et nous avons repris l'ascenseur. J'ai attendu d'avoir regagné la voiture pour la féliciter.

— Bravo, jamais je ne m'en serais tiré aussi bien.

— On appelle ça l'empathie, Zach. Ce n'est pas vraiment une spécialité masculine.

— Holà ! Je ne mérite peut-être pas de figurer au générique de *Quatre filles et un jean*, mais je sais ce que c'est que l'empathie.

— Ah oui ? J'ai trouvé très émouvante la façon dont tu as conseillé à Cheryl de rentrer par le premier train après avoir dit adieu à Mildred.

Elle a démarré sur les chapeaux de roues avant que j'aie pu boucler ma ceinture.

— Pour quelqu'un qui se targue d'être aussi féminine, je trouve que tu conduis avec une sérieuse dose de testostérone.

— Moi ? De la testostérone ?

— Oui, toi.

— Mmmmm… je n'y avais jamais pensé.

Le coup de poing est parti si vite que mon épaule n'a pas eu le temps de le voir venir.

— Mais tu as sans doute raison, a-t-elle ajouté en souriant.

16

Silas Blackstone consulta sa montre en remontant l'allée qui conduisait à la maison des Alden : 15 h 45. Il prit sa respiration, se vida lentement les poumons et se prépara mentalement à ce qui l'attendait. Une sorte de gilet pare-balles émotionnel avant l'engueulade. Blackstone avait pleinement conscience d'être un simple esclave au service d'un connard sans âme. Mais un connard responsable de 100 % de ses revenus. Renoncer était tout simplement inenvisageable.

Il enfonça le bouton de l'interphone, sourit à la caméra de surveillance et attendit que la grille s'ouvre. Il grimpa les marches du perron et attendit que Janelle daigne lui ouvrir la porte.

— Monsieur Blackstone, le salua-t-elle sans aménité.

Elle n'aimait ni sa personne, ni son métier, ni la façon dont il le pratiquait, et ne cherchait pas à dissimuler son antipathie.

— Madame Alden, répondit-il le plus courtoisement possible. Comment allez-vous ?

— À votre avis ? Nous venons de perdre un proche.

— Oui, bien sûr. C'est terrible. Peter était un type bien. Il va nous manquer.

Il conclut ses condoléances de façade par un mouvement de tête hypocrite et attendit qu'elle l'invite à entrer.

— Mon mari est en bas, se contenta-t-elle de lui indiquer en le plantant sur le seuil sans autre forme de procès.

Dans la vraie vie, *Mon mari est en bas* aurait pu se traduire par *Il se détend dans son antre*, ou bien *Il fait ses exercices dans la salle de sport à côté de la chaufferie*, mais Hubert Alden ne vivait pas dans la vraie vie. Il incarnait l'élite. Son antre était une grotte en pierre et bois de cèdre abritant une piscine, un sauna et un jacuzzi, un paradis tropical de luxe qui lui avait coûté une fortune et auquel il continuait de consacrer des millions pour entretenir la température idéale au plus fort de l'hiver new-yorkais.

Hubert, confortablement installé dans son jacuzzi, tenait un verre de vin rouge dans sa main droite, prêt à saisir de la gauche l'un des deux téléphones portables posés à côté de lui sur une serviette.

Ses yeux assassins, brillants de dégoût et de mépris, se posèrent sur Blackstone.

— Qu'as-tu découvert au sujet de ce gamin portoricain ? s'enquit-il.

— Sa grand-mère n'avait pas l'air de s'inquiéter outre mesure de sa disparition. Elle a joué les idiotes avec moi, mais je suis sûr qu'elle en sait plus long qu'elle ne le dit.

— Tu n'as qu'à la mettre sous surveillance.

— Ça ne servirait à rien, patron. Lonnie n'est pas bête, je doute qu'il rentre chez lui. J'ai une meilleure idée, à condition de pouvoir fouiller l'ordinateur de Tripp.

— Son ordinateur ? Tu t'imagines peut-être que figure sur son agenda la mention « Aujourd'hui : tournage et enlèvement » ?

— Les personnes kidnappées connaissent leur ravisseur huit fois sur dix, répondit Silas en inventant la statistique. Si Tripp a été en contact avec ce type par e-mail ou sur un chat, je retrouverai sa trace.

— Et ensuite ?

— Ensuite, il rentre à la maison sain et sauf. On livre le ravisseur à la police et…

— Ça t'arrive d'écouter ce que je te dis ? Je n'ai aucune envie que ce type aille confier ses petits secrets aux flics, à un procureur ou à un juge. Il est hors de question qu'il puisse parler. Définitivement. Tue-le.

Blackstone ne songea pas à s'en offusquer. Il connaissait Alden, celui-ci n'y allait jamais par quatre chemins.

— Je vais contacter Wheeler, lui demander combien il demande.

— Je n'ai pas de temps à perdre avec toutes ces conneries. Offre-lui le double de la dernière fois.

— Pas de problème. Quoi d'autre ?

Alden vida son verre et le leva au-dessus de sa tête. Blackstone le lui prit des mains et se dirigea vers le bar. La bouteille était quasiment vide. Il versa les dernières gouttes de vin dans le verre et le rapporta à Hubert.

Le milliardaire le vida d'un trait.

— L'ordinateur de Tripp se trouve dans sa chambre. Si Janelle te demande pour quelle raison tu le prends, dis-lui que Tripp a appelé et que tu le lui apportes au lycée.

— Elle n'est pas au courant de sa disparition ?

— Pourquoi lui en aurais-je parlé ? Elle trouverait le moyen de m'emmerder. Elle est au courant de l'assassinat de Peter. En dehors de ça, elle ne sait rien du tout et je n'ai aucune envie que ça change, alors pas un mot.

— Je n'ai pas l'habitude de parler, se défendit Silas. Vous voulez que je débouche une autre bouteille de vin ?

— Je suis assez grand pour me servir tout seul. Contente-toi de téléphoner à Wheeler, et dis-lui que j'ai de la place pour une autre tête dans mon congélateur.

17

Tripp Alden était recroquevillé dans un coin, serré dans sa parka en duvet d'oie à 600 dollars.

— Je suis désolé.

Lonnie Martinez, vêtu d'un sweat à capuche aux armes de Barnaby Prep et d'une veste polaire, était assis deux mètres plus loin, les genoux contre sa poitrine.

— Tu te répètes.

— Je sais, mais je n'arrête pas d'y penser. C'est à cause de moi que tu es ici. Tout est de ma faute.

Lonnie secoua la tête.

— Tu es en train de me dire que c'est de ta faute si un cinglé t'a enlevé en pleine rue ?

— J'ai toujours su que ça pouvait m'arriver, parce que mon père a du fric. Quand j'étais gamin, il me disait tout le temps : « Ne parle pas à n'importe qui, fais attention où tu mets les pieds. » Résultat des courses, je vais à Harlem et on m'embarque dans une camionnette. Je sais déjà que je vais me prendre une méga-engueulade en rentrant à la maison.

— Tripp, je sais que tu prends ton père pour un gros connard, mais tu voudrais vivre comment ?

Dans une bulle ? Mec, si un taré armé d'un Taser a envie de te kidnapper, il y arrivera, que tu sois à Harlem ou sur Park Avenue.

— Je te laisse en parler à mon père.

— Il y a un seul truc que j'aimerais dire à ton père : « Merci beaucoup, monsieur Alden, d'avoir versé une rançon pour Tripp et moi. »

— Il ne risque pas de payer facilement.

Lonnie glissa jusqu'à Tripp et se planta en face de lui.

— Qu'est-ce que tu racontes ? Il ne va tout de même pas nous laisser moisir ici ?

— T'inquiète, on va s'en sortir, mais pas parce que mon père est généreux. Il est assuré contre les enlèvements.

Lonnie haussa les épaules.

— Je savais pas que ça existait.

— Tu sais comment marchent les assurances auto ? Quand t'as un accident, l'assurance te rembourse les réparations. Eh bien, mon père est assuré contre les enlèvements. Si je me fais kidnapper, la compagnie d'assurances verse la rançon.

Lonnie se releva.

— Alors, pourquoi est-ce qu'on reste enfermés dans ce putain de trou à peler de froid et crever de faim ? Où est le type de l'assurance avec son chèque ? Il n'a qu'à s'arranger avec le salopard qui nous a enlevés et nous sortir de là.

Tripp eut un petit rire.

— C'est un peu plus compliqué que ça. Surtout comme je connais mon père. Quel que soit le montant de la rançon, il va vouloir négocier.

— Pourquoi ? Je croyais que c'était l'assurance qui payait.

— Jusqu'à un certain montant. Au-dessus, c'est mon père qui casque.

Lonnie s'adossa contre le mur en toisant Tripp.

— Dans ce cas, je suis mort.

— Qu'est-ce que tu racontes ?

— Si ton père commence à négocier avec ce type, je suis planté. Ce cinglé me tuera.

— Te tuer ? Pourquoi veux-tu qu'il te tue ? Morts, on n'a plus aucune valeur.

— *Tu* n'as plus aucune valeur mort. C'est toi l'atout maître dans le jeu de ce type. Moi, je vaux que dalle. Sers-toi de tes cellules grises, Tripp. Ton père a plus de fric dans son tiroir à chaussettes que toute ma famille réunie depuis… depuis la nuit des temps. Ma grand-mère se fait douze cinquante de l'heure chez Costco, tu veux qu'elle fasse quoi ? Qu'elle propose au ravisseur de le payer en yaourts grecs et en saucisses de Francfort ?

— Calmos. Mon père payera pour nous deux.

— Ah ouais ? Je suis sûr qu'il attend avec impatience de fourrer quelques millions dans un sac pour sauver un petit Portoricain.

— Je te dis que mon père ne va *pas* te laisser mourir.

— Réfléchis, Tripp. Le type qui nous a mis dans ce trou sait combien de fric il veut. Peu importe le montant exact. Disons X millions de dollars. Il donne le chiffre à ton père.

— D'accord.

— Et puis ton père commence à marchander. Il propose la moitié, par exemple, et le ravisseur est furax.

— Tout le monde est furax quand mon père négocie. C'est comme ça qu'il a les gens à l'usure.

— Sauf que le ravisseur n'est pas un homme d'affaires ordinaire. Il sait que ton père a les moyens de payer les X millions, dix fois plus, cent fois plus. Alors il se dit : « D'accord, je vais envoyer à ce con un petit avertissement. »

— Quel genre d'avertissement ?

— Un truc du même style que dans *Le Parrain*, quand le producteur d'Hollywood trouve une tête de cheval dans son lit en se réveillant. C'est comme ça que les ravisseurs obtiennent ce qu'ils veulent.

— Tu es en train de me dire quoi ? Que ce mec va me tuer pour forcer mon père à payer la totalité de la rançon ?

— Non, Tripp. Ce n'est pas toi qu'il va tuer. C'est *moi*. C'est *moi* la tête de cheval.

Tripp serra les bras sur sa poitrine dans l'espoir que la parka lui tienne plus chaud.

— D'accord, concéda-t-il enfin à son meilleur ami.

18

Nous nous sommes garés devant la maison des Alden pour la deuxième fois en l'espace de quelques heures. Cette fois, la présence de l'Audi de Blackstone devant la grille ne nous a pas surpris.

Kylie a passé son badge devant l'œil de la caméra de sécurité et la grille s'est mise en branle. J'ai identifié sans peine la personne qui nous a ouvert. Les photos de Janelle Alden que j'avais déjà vues ne lui rendaient pas justice. De près, elle était à tomber. Cheveux blonds, yeux verts, pull rose et jean… mes couleurs préférées sur une femme magnifique.

— Bonjour, madame Alden. Nous sommes du NYPD.

Elle nous a fait signe d'entrer.

— Merci de vous être déplacés, a-t-elle dit avec un sourire charmant, comme si elle accueillait des invités. Avez-vous la moindre… comment dit-on… la moindre piste ?

— Nous y travaillons. Nous nous sommes entretenus avec votre mari tout à l'heure, nous aurions quelques détails à voir avec lui. Est-il là ?

— Hubert est dans la piscine, a-t-elle répondu aussi normalement que s'il s'était trouvé dans la cuisine.

Elle nous a conduits au sous-sol en ascenseur, puis nous a entraînés à travers une jungle d'arbres exotiques.

Silas Blackstone nous a vus le premier.

— Comme on se retrouve, inspecteurs. Où en êtes-vous de votre enquête ?

Sans prendre la peine de lui répondre, je me suis tourné vers Hubert Alden dans son jacuzzi, un verre de vin à la main. Son teint animé, ses paupières lourdes et ses joues tombantes m'ont indiqué qu'il n'en était pas à son premier verre.

— Du neuf au sujet de Peter ? s'est-il enquis.

— Pas encore. Votre fils vous a appelé ?

— Rien depuis hier soir, a-t-il répondu avec un brin d'exaspération, histoire de nous signifier que nous lui faisions perdre son temps.

— Il ne s'est pas rendu au lycée aujourd'hui.

Alden a secoué la tête.

— Ah, les enfants !

Comme si une telle explication suffisait à justifier la disparition d'un témoin important dans une enquête criminelle.

— Tripp a envoyé un texto à l'un de ses enseignants hier soir. Il lui annonçait son intention d'aller interviewer plusieurs personnes à Rochester dans le cadre de son tournage.

Hubert a acquiescé.

— C'est logique, mon père a de la famille là-bas.

— Nous avons retrouvé sa Prius ce matin sur la 136e Rue, nous l'avons fait enlever, a poursuivi Kylie. Nous nous demandions comment il avait pu se rendre dans le nord de l'État sans voiture.

— Ouais, c'est bizarre, inspecteur, a répondu Alden. Au pif, je dirais qu'il a pris un train, un bus, ou alors un avion à La Guardia. Mon gamin est débrouillard, il a sûrement trouvé un moyen. Ce que je comprends mal, en revanche, c'est la raison pour laquelle vous ne vous intéressez pas à l'assassin de Peter. Pourquoi cette fixation sur Tripp ? Vous croyez peut-être qu'il vous fournira un indice susceptible de vous mettre miraculeusement sur la piste du tueur ?

— Comme nous vous l'avons expliqué ce matin, monsieur…

— Et moi, je vous ai dit ce matin que Peter Chevalier était un coureur de jupons. Il doit bien y avoir une douzaine de maris et de petits amis jaloux qui rêveraient de lui couper la tête et les couilles. Votre piste, elle est là. Quant à mon fils, je vous avais promis de lui demander de vous appeler s'il me téléphonait. Le fait de venir me reposer les mêmes questions quelques heures plus tard frise le harcèlement. Vous comprenez ça, ou bien vous préférez que je transmette directement le message à vos supérieurs ?

Avant que Kylie ou moi ayons pu répondre, l'un des téléphones posés sur la serviette a sonné. Pas celui équipé d'un étui en cuir estampillé des initiales HHA, mais un portable jetable qu'on achète chez Best Buy pour vingt dollars.

Silas a fait un bond tandis que Hubert regardait fixement l'écran sans esquisser un geste.

— Tu veux que je réponde ? a proposé Janelle Alden à la troisième sonnerie.

— Laisse tomber, a répondu son mari. En revanche, je te serais reconnaissant de bien vouloir reconduire ces messieurs-dames.

Le portable continuait de sonner, mais Hubert s'entêtait à ne pas décrocher en nous défiant du regard par-dessus son verre de vin.

— Merci de nous avoir reçus, monsieur Alden.

J'ai délibérément prononcé la phrase lentement, de façon à gagner du temps.

— Nous comprenons parfaitement que la journée ait été stressante pour vous, a ajouté Kylie.

Le téléphone s'est arrêté après deux autres sonneries.

— Nous vous tiendrons au courant.

Je faisais durer le plaisir, afin de laisser le temps au téléphone de sonner à nouveau. En vain.

Nous avons repris l'ascenseur en compagnie de Janelle.

— Veuillez excuser mon mari. La mort de Peter l'a beaucoup affecté.

Je lui ai fourni une réponse aussi bidon que l'excuse qu'elle me donnait.

— Nous comprenons très bien. Savez-vous où se trouve votre fils ?

— Non, mais il a dix-huit ans. Je ne sais pas toujours…

Elle a conclu sa phrase par un haussement d'épaules.

— Vous a-t-il contactée hier soir ?

— Non, a-t-elle répondu en secouant la tête avant d'insister : Non.

— Nous devons absolument lui parler. Je vous laisse ma carte. S'il vous contacte, demandez-lui de m'appeler.

— Bien sûr, a-t-elle accepté en me gratifiant d'un sourire digne de Miss Univers.

Notre enquête n'avançait guère, mais j'avais au moins une certitude : de tous les menteurs dont j'avais croisé la route ce jour-là, Janelle Alden était de loin la plus jolie.

19

Le détenteur du secret qui pouvait détruire la vie et l'empire financier d'Hubert Alden, installé au volant de sa Subaru Outback, chauffage branché, observait le va-et-vient des visiteurs.

Il n'avait aucune idée de l'identité du propriétaire de l'Audi, mais les initiales qui lui servaient d'immatriculation constituaient un bon point de départ. Il tapa SDB sur l'écran de son téléphone et Google lui indiqua une longue liste d'acronymes : une agence de comédiens à Los Angeles, le site Internet de la cité scolaire de Beloit dans le Wisconsin, mais aussi la société d'un privé new-yorkais. Bingo !

La photo de son créateur, Silas David Blackstone, figurait sur la page d'accueil. Le petit Monsieur B. était donc détective privé.

En revanche, il n'eut aucun mal à identifier les deux flics qui se présentèrent chez Alden dix minutes plus tard. Les inspecteurs Zach Jordan et Kylie MacDonald avaient fait la une des journaux à deux reprises.

Le meurtre de Peter Chevalier avait également fait les choux gras de la presse locale. Les crimes de sang sont toujours vendeurs, et la découverte d'un corps sans tête dans un parc ne pouvait que mobiliser l'attention des médias. L'homme assis dans la Subaru se fichait pourtant de se retrouver à la une des journaux. Il ne tuait pas pour la gloire, mais pour l'argent. 100 millions de dollars, pour être exact.

Il aurait adoré voir la tête d'Hubert Alden le jour où il lui annoncerait ce chiffre. Au départ, il n'avait pas prévu de l'appeler sur le téléphone jetable pendant la visite des flics. Il avait agi sur un coup de tête. Une petite impro. Jamais Alden n'oserait répondre en présence de Jordan et MacDonald. Ceux-ci étaient repartis très vite, manifestement virés par un homme péremptoire et tyrannique.

Les deux flics étaient assez malins pour se douter que Tripp avait été enlevé, mais ils allaient devoir ronger leur frein, Alden n'ayant pas porté plainte.

À l'inverse, Silas Blackstone était un mercenaire sans foi ni loi. Sa présence ne signifiait rien de bon.

Le propriétaire de la Subaru avait consacré trois mois de son temps, et plusieurs milliers de dollars, à planifier l'opération avec une rigueur toute militaire. Comme il devait être prêt à tout, il avait réuni tout un arsenal. Des armes, mais aussi les équipements sophistiqués nécessaires à une opération clandestine.

Il avait trouvé sur Internet ce dont il avait besoin. Des centaines de sites proposaient en ligne des appareils de surveillance et autres outils d'espionnage à l'intention des maris jaloux, des employeurs paranos, des voyeurs, ou bien, dans son cas, d'un ravisseur convoitant une rançon de 100 millions de dollars.

À l'arrière de la voiture se trouvait un sac à dos rempli de gadgets achetés en ligne, pour la plupart des trucs inutiles commandés au cas où. Il se retourna afin de récupérer le sac, l'ouvrit et en sortit un minuscule GPS magnétique sans fil, résistant aux intempéries.

Il descendit de la Subaru, se dirigea vers la voiture de Blackstone et s'agenouilla en feignant de renouer son lacet. En un clin d'œil, le GPS était fixé sur le châssis de l'Audi.

Il regagna sa voiture et patienta jusqu'à ce que Blackstone ressorte de la maison une demi-heure plus tard, un ordinateur portable sous le bras. Le privé monta dans son Audi et se dirigea vers la 89e Rue. L'homme à la Subaru le suivit à la trace, au centimètre près, sans avoir besoin de quitter l'endroit où était stationnée son auto.

Il sourit en constatant que le GPS fonctionnait à merveille.

20

Kylie était impatiente de retourner à la voiture.

— Saloperie, a-t-elle grondé en claquant sa portière. Tu as deviné qui appelait Alden alors qu'on était en face de lui ?

— Crédieu, inspecteur. J'ai ben conscience qu'vous étiez major de promo à l'école de police alors que j'étais qu'sixième, mais comme m'sieur Alden a pas décroché, j'me suis dit, comme ça, qu'ça d'vait être une d'ces boîtes de télémarketing.

Ma réplique a eu l'heur de provoquer son hilarité.

— C'est bon, c'est bon, je me doute que tu avais deviné. Je voulais dire, tu ne trouves pas ça extraordinaire ? On vient à peine d'arriver que ce putain de téléphone jetable se met à sonner. Tu as vu la tête d'Alden ? J'ai cru qu'il allait se pisser dessus. Blackstone aussi.

— Contrairement à Janelle, qui était prête à décrocher. Cela pourrait-il signifier qu'elle n'est pas au courant de l'enlèvement de Tripp, à ton avis ?

— Ça peut aussi vouloir dire qu'en vraie mère poule, elle était disposée à prendre l'appel du ravisseur malgré notre présence.

Gracie Mansion se trouve tout près de la maison d'Alden. Nous avons franchi les contrôles de sécurité et demandé à parler au maire. Moins de cinq minutes plus tard, on nous faisait entrer dans son bureau.

Il s'agissait du bureau déjà occupé par le maire précédent, Spellman, mais il avait été entièrement refait en moins de deux jours. Les murs, la moquette, les fauteuils dont le brun et le bleu accentuaient le sérieux avaient cédé la place à des tons pêche, vert cendré et jaune pâle nettement plus riants. L'imposant bureau en acajou de l'occupant précédent avait été remplacé par une table de travail fonctionnelle en verre et métal chromé. Un changement plus spectaculaire encore était intervenu au niveau du nouveau maître des lieux ; à la place du personnage peureux qui se planquait derrière son bureau se trouvait désormais une femme décidée, vêtue d'un tailleur pantalon bleu turquoise à la Hillary Clinton.

— Waouh ! s'est exclamée ma coéquipière, jamais avare lorsqu'il s'agissait d'exprimer son opinion. Vous avez complètement métamorphosé cet endroit, madame le maire.

— Merci. Ce n'est pas terminé, a dit l'intéressée avec un haussement d'épaules faussement désinvolte. Où en êtes-vous de l'affaire Chevalier ?

— J'aimerais bien que notre enquête aille aussi vite, a répondu Kylie avant de rapporter à son interlocutrice la scène que nous avait réservée un Alden aviné dans son jacuzzi.

Sykes a gardé le silence jusqu'au moment où Kylie lui a expliqué que le milliardaire n'avait pas décroché lorsque le téléphone jetable s'était mis en branle.

— Il l'a laissé sonner ? s'est étonnée Sykes. Comment peut-on ne pas prendre un appel émanant du ravisseur de son propre fils ?

— J'imagine qu'il obéissait aux recommandations de ce type, afin de ne pas mettre en danger la vie de son gamin.

— Ce n'est pas comme ça que je réagirais, a insisté Sykes. Ce connard arrogant met des bâtons dans les roues de ceux qui sont le mieux à même de l'aider.

Elle-même était mère de quatre enfants et, à en juger par la photo de famille accrochée au mur, elle avait une flopée de petits-enfants.

— Il nous a clairement précisé qu'il ne voulait pas de notre aide. Tout du moins en ce qui concerne Tripp.

— Sa position serait tenable si le NYPD soupçonnait un simple enlèvement, a commenté Sykes. Mais il s'agit d'une enquête criminelle. La police doit partir du point de vue que le ravisseur de Tripp est également l'assassin de Peter. Tout du moins, qu'il possède des informations susceptibles de vous conduire à l'assassin. Hubert Alden se rend coupable d'entrave à la justice. Laissez-moi voir comment je pourrais intervenir.

Elle a décroché son téléphone.

— Attendez-moi dans l'antichambre. Quand un élu lèche les bottes d'un milliardaire, ce n'est jamais beau à voir.

— Tu as vu ? m'a glissé Kylie à peine avions-nous quitté le bureau. Il était temps que les New-Yorkais élisent une femme à la mairie.

— Tu sais bien que je suis pour le fait de donner le pouvoir aux femmes, mais j'ai l'impression qu'elle se contente d'un renvoi d'ascenseur.

— L'ancien maire, Spellman, aurait convoqué une commission. Entièrement constituée d'hommes, évidemment. Je vois bien que tu ne comprends pas.

— J'attends que tu éclaires ma lanterne.

Elle s'est aussitôt lancée dans un manifeste sur la nécessité de confier aux femmes la gestion de la planète.

— Résultat des courses, a-t-elle conclu au terme de trois minutes de discours enflammé, les femmes fonctionnent comme des missiles à tête chercheuse. On commence par mesurer les besoins, et puis on passe à l'action. On sait prendre nos responsabilités.

— Certaines sont particulièrement douées dans ce domaine. Si je me souviens bien, tu as reçu des félicitations à trois reprises pour être passée à l'action. Non, attends ! Je me trompe ! En fait, tu as reçu des blâmes pour avoir oublié de prévenir ta hiérarchie que tu passais à l'action.

— Ce n'était pas des blâmes, mais des finasseries administratives de merde qui…

La maire lui a coupé la chique en ouvrant la porte.

— Les finasseries administratives de merde sont injustement décriées, a-t-elle commenté.

Dans certains cercles, il s'agit d'un art de haut vol. Par exemple, je viens d'être obligée de dire au plus riche de mes soutiens que son fils était un alcoolique agressif qui refusait de coopérer avec la police dans la toute première enquête criminelle de mon règne balbutiant.

Nous l'avons suivie dans son bureau en prenant soin de refermer la porte.

— Comment a-t-il réagi ? a demandé Kylie.

— Je dois dire en sa faveur que Hutch est sincèrement bousculé par la mort de Peter. Il s'est engagé à vous aider à retrouver l'assassin. Je lui ai annoncé votre visite en précisant que vous aviez des questions à lui poser.

— Lui avez-vous expliqué que nous recherchions son petit-fils ?

— Non. Ce genre de détail relève de la police, et non de la politique. En outre, il me semble plus avisé d'observer sa réaction lorsque vous lui en parlerez.

Pour un peu, je me serais rangé à l'avis de Kylie. Sykes était une femme éclairée, d'une grande efficacité, et très humaine. On devrait peut-être laisser agir les femmes pendant quelques siècles, histoire de voir si elles foutraient moins de bordel que les hommes.

— Merci de votre aide, madame le maire.

— À votre service. Et il ne s'agit pas d'une simple formule. Cela dit, j'ai un service à vous demander : soyez gentils avec lui. Je commence à m'habituer à cet endroit, je ne serai peut-être pas hostile à l'idée de rempiler le jour venu, et j'aurai besoin de l'appui de Hutch Alden le cas échéant.

21

Les flics n'étaient pas repartis depuis cinq minutes qu'Hubert Alden vidait sa seconde bouteille de vin et annonçait à Janelle son intention de s'accorder une petite sieste.

Il rouvrit les yeux deux heures plus tard, prit une douche, passa dans son bureau et inséra une capsule de Lavazza Espresso Classico dans sa cafetière Keurig. Reposé par sa sieste et ranimé par le café, il prit place à son bureau et vida sa troisième tasse à petites gorgées.

Il commença par rassembler les pièces du puzzle.

Élément numéro un : Tripp a pu être enlevé par n'importe qui.

Les familles riches constituent des cibles faciles. C'est bien ce qui l'avait poussé à souscrire une assurance enlèvement. Pour moins de 20 000 dollars par an, K&R couvrait les frais de rançon jusqu'à concurrence de 10 millions. S'il s'était agi d'un simple kidnapping, il aurait fait appel au NYPD et laissé le soin à l'assurance de verser la rançon aux ravisseurs.

Élément numéro deux : La personne qui avait enlevé Tripp était au courant du Projet Gutenberg.

La note retrouvée entre les lèvres de Peter ne laissait planer aucun doute à ce sujet. Il ne s'agissait pas d'un enlèvement, mais d'un chantage.

D'autres investisseurs avaient participé au Projet Gutenberg, mais il n'avait aucun moyen de connaître leur identité, de même qu'ils n'avaient aucun moyen de connaître la sienne. Joost, l'avocat suisse, ne pouvait pas être impliqué dans cette histoire. C'était un intermédiaire, et non un kidnappeur. Il ne restait plus que l'inconnu blond qui avait orchestré toute l'opération. Hubert ne savait pas du tout qui il était, d'où il venait, et où il pouvait bien se trouver. Jusqu'à preuve du contraire, son implication était la seule hypothèse plausible.

La porte du bureau s'ouvrit sur la silhouette de Janelle.

— Tu as réussi à dormir un peu?

— Quelques heures.

Elle s'installa sur le fauteuil en cuir qui lui faisait face.

— Tu veux que je t'apporte ton dîner? proposa-t-elle.

— Pour l'instant, j'ai uniquement besoin de café. Tu en veux?

— Non merci. Et puis après tout, donne-moi une gorgée du tien.

Il lui tendit la tasse, sachant d'avance qu'elle ne s'intéressait pas au goût du café. Seulement à son arôme. Elle huma longuement la tasse avant d'y tremper les lèvres.

— Hmmm, dit-elle. Il est excellent.

Traduction : c'est un café sans alcool.

— Puis-je te demander ce qui s'est passé tout à l'heure, à la piscine ?

— Rien de grave. Tout va bien.

— Si tout va bien, où est Tripp ?

— Tu as entendu ces flics, répondit Hubert. Il est à Rochester dans le cadre de son tournage.

— Il a voulu rencontrer oncle Gavin et tante Lucy ?

Hubert acquiesça.

— Exactement.

— Je viens d'appeler Gavin. Il est descendu à Atlantic City avec Lucy. Ils ne sont pas rentrés chez eux depuis le Nouvel An, ils ne retournent à Rochester que samedi. Je te repose la question : où est Tripp ? Il n'a pas appelé, et son téléphone ne répond pas.

— Pour l'amour du ciel, Janelle. C'est toi-même qui me disais hier soir que c'était un grand garçon. Arrête de le pister.

— Hier soir, Peter Chevalier n'avait pas été assassiné et les flics ne recherchaient pas Tripp. Tu me caches quelque chose.

— Je ne te cache rien du tout.

— Si c'est le cas, à qui appartient ce portable ? s'enquit-elle en montrant du doigt le téléphone jetable.

— À moi.

— Sauf que tu ne décroches pas en présence des flics. Tu décrocherais en ma présence, s'il sonnait tout de suite ?

— Il ne risque pas de sonner en ta présence parce que tu t'en vas. Tout de suite, décréta Hubert en élevant la voix.

— Je m'en vais? Tu me prends pour un de tes sbires, comme Silas Blackstone? À propos, je l'ai vu repartir avec l'ordinateur de Tripp. Il m'a expliqué qu'il allait le lui remettre au lycée. Mettez-vous au moins d'accord entre vous. Tripp est au lycée, ou bien à Rochester? À moins qu'il n'ait disparu, comme le pensent ces deux flics?

Hubert ne répondit pas. Son silence éclaira Janelle.

— Il a disparu, c'est bien ça? C'est pour cette raison que la police était là. Ces inspecteurs sont venus nous proposer leur aide. Pourquoi avoir refusé, Hubert? Il s'agit de notre fils.

Hubert donna du poing sur la table et bondit sur ses pieds.

— Non, Janelle. *Mon* fils, pas le tien. C'est *mon* problème, pas le tien. C'est à *moi* de décider, pas à toi.

Elle se leva, s'approcha et le gifla à la volée.

— Va te faire foutre. Ce n'est peut-être pas mon fils, mais il a disparu. Je me fiche bien que tu aies besoin de mon aide ou non. Tripp, lui, en a besoin.

— Ne te mêle pas de cette histoire, Janelle, rétorqua Hubert dans un murmure menaçant. Je te préviens, ne te mêle pas de ça, ou bien…

— Ou bien quoi? Tu crois pouvoir me malmener comme tu malmènes tout le monde? Me chier dessus comme tu chiais sur Marjorie? Je ne suis pas comme tous les autres, Hubert, en particulier Marjorie. Je ne sais pas ce qui se passe, mais je peux t'assurer que je m'arrangerai pour le savoir.

Sur ces mots, elle quitta la pièce en claquant la porte. Hubert prit sa tasse et s'approcha du bar. Il ajouta une dose de scotch à son espresso, retourna s'asseoir, et regarda fixement le téléphone jetable en massant d'une main sa joue endolorie.

— Salope, maugréa-t-il.

Il la connaissait assez bien pour savoir qu'elle allait lui mettre des bâtons dans les roues.

22

— Tu préfères la voie rapide, ou bien la 5e Avenue ? m'a demandé Kylie quand nous sommes repartis de Gracie Mansion.

— Fais-moi la surprise. Je suis occupé.

Elle a tourné à gauche sur East End Avenue en direction du sud.

— Occupé à quoi ?

— Je me renseigne sur Hutch Alden.

J'avais ouvert Safari sur mon iPhone et tapé son nom dans la barre de recherche Google.

— D'après *Forbes*, c'est le quarante-deuxième citoyen le plus riche des États-Unis, et le septième de l'État de New York.

— Je suis ravie de le savoir, Zach. Pourquoi tu ne demandes pas plutôt à la Magic 8 Ball où se trouve son petit-fils ?

Mon portable a sonné et la photo de Cheryl est apparue sur l'écran.

J'ai décroché, honteux de la réaction de lycéen boutonneux jaloux que j'avais eue un peu plus tôt, en m'efforçant de mettre en avant toute l'empathie dont j'étais capable.

— Comment vas-tu ? Et comment va Mildred ?

— C'est la fin, a-t-elle répondu d'une voix résignée. Cheryl n'est pas du genre à aimer le pathos. « C'est la fin » n'était pas une formule dans sa bouche.

— Je suis désolé. Et heureux que tu aies pu arriver à l'hôpital à temps.

— Merci. Je crois qu'elle m'a reconnue quand je suis arrivée. Une heure plus tard, elle sombrait dans le coma. Je suis assise à côté d'elle, je lui tiens la main et je lui parle, dans l'espoir qu'elle m'entende. Je ne veux pas la laisser seule. Je reste ici cette nuit.

J'ai grimacé intérieurement. Je refusais de voir que Cheryl restait sur place pour Mildred. Je voyais uniquement que Mildred allait mourir et que Cheryl passerait la nuit dans le comté de Westchester avec son ex-mari. J'ai muselé mes démons, j'avais assez déconné pour la journée.

— Elle a de la chance de t'avoir, Cheryl. On se voit demain.

— Merci. Bonne nuit.

Elle a raccroché et je me suis mis à ruminer, à la fois mécontent de sa décision et soulagé de ne pas avoir envenimé la situation.

Nous roulions sur la 79e Rue et Kylie a tourné à gauche sur la 5e Avenue.

— Je n'entendais pas ce que te disait Cheryl, mais à vue de nez, tu as très bien géré ça.

— C'est grâce à vous, docteur MacDonald. Avec tous les bons conseils que vous m'avez prodigués tout à l'heure devant le commissariat, je ne vois pas comment j'aurais pu merder.

— Ravie d'avoir pu t'aider. Je suis triste de savoir que tu dîneras seul ce soir.

— Il faut parfois savoir se comporter en homme. Quand le connard qui a jeté sa petite amie a besoin de ses services pour qu'elle le console, un vrai mec l'envoie passer la nuit avec lui.

— Zachary Jordan, mon ami, vous êtes l'incarnation de la bienveillance et de la compréhension. La chance ayant voulu que mon mari soit actuellement en cure de désintox, il me reste de la place sur mon carnet de bal. Puis-je vous proposer une soirée poulet frit, bière et échanges professionnels entre flics ?

— Oui, oui et non.

— Si je comprends bien, tu es d'accord pour le poulet et la bière, mais tu n'as pas envie de passer une mauvaise soirée à discuter de toute la merde qu'on a remuée aujourd'hui ? Ça me convient. Topons là.

J'ai la faiblesse de penser que je suis un garçon mature et intelligent. Le fait que Cheryl accepte d'aider un sale con comme Fred était la preuve de sa grandeur d'âme. J'aurais dû en être heureux. Au lieu de quoi je ne pouvais pas m'empêcher d'être furieux et jaloux. J'aurais volontiers rappelé Cheryl pour lui dire : « Pas de souci. Pendant que tu tiendras la main de ton ex-mari à l'hôpital, je m'enfilerai des bières avec mon ancienne copine. Bonne soirée. »

Sauf que je ne ferais jamais un truc pareil. Je ne suis peut-être pas aussi mature que je le voudrais, mais je ne suis pas complètement idiot.

23

Nous étions à peine garés au niveau du 808 de la 5e Avenue que le portier se précipitait et ouvrait la portière, côté conducteur.

— Nous avons rendez-vous avec M. Alden, lui a expliqué Kylie.

— Vous êtes de la police ?

— C'est aussi visible que ça ? s'est étonnée Kylie.

— Pas du tout, mais M. Alden m'a prévenu de votre arrivée. Il nous a conduits jusqu'à l'ascenseur.

— Alden occupe le triplex, a précisé le liftier. Appartements 31, 32 et 33. On m'a demandé de vous emmener au 32. Vous êtes attendus.

La porte de l'ascenseur s'est ouverte quelques dizaines d'étages plus haut et nous avons découvert un hall d'entrée digne d'un palais. Je n'ai pas eu le temps de m'y intéresser en détail, un type en costume gris foncé était là pour nous accueillir.

— Par ici, a-t-il dit. Je vous conseille de garder vos manteaux, il fait très froid dehors.

Il nous a entraînés d'un pas rapide à travers un décor grandiose d'une opulence que peu de gens côtoient dans leur vie, même fugacement. Nous avons monté à sa suite les marches d'un escalier de marbre. Une fois au trente-troisième étage, notre guide a ouvert une porte vitrée donnant sur une terrasse disposant d'une putain de vue, pour parler en termes choisis.

Comme le froid qui y régnait était plus vif que trente-trois étages plus bas, j'ai remonté le col de mon manteau et enfilé mes gants.

— Il vous attend là-bas, a précisé notre cicérone.

Il s'est empressé de retourner se réchauffer à l'intérieur de cette jolie petite demeure en plein ciel en prenant la précaution de refermer la porte derrière lui.

L'expression «là-bas» désignait le coin de terrasse où se tenait un personnage en parka grise à la capuche bordée de fourrure, près du plus gros télescope que j'avais jamais vu hors les murs d'un planétarium.

— Madame, monsieur, nous a salués notre hôte. Si vous avez une minute, je vous invite à observer ceci.

Il m'a poussé vers l'énorme télescope.

— Les Quadrantides, a-t-il expliqué tandis que je collais mon œil contre l'oculaire. Une pluie de météores que l'on observe chaque année en janvier. Un feu d'artifice naturel.

— Je ne vois pas de fusées traçantes dans le ciel.

— Elles apparaissent de façon intermittente. Il faut parfois attendre plus d'une heure, mais c'est la nuit la plus propice de l'année pour observer le phénomène. En attendant, vous voyez Arcturus, la quatrième étoile la plus brillante dans le ciel. Peu de New-Yorkais sont en mesure de la voir. J'ai acheté ce télescope à l'université Butler qui s'en séparait. Beau spectacle, non ? Laissez donc la place à votre collègue.

— Monsieur Alden, lui a dit Kylie, je serais ravie de passer la nuit à regarder les étoiles avec vous, mais il se trouve que nous avons une mission beaucoup moins céleste à accomplir.

— Je vous prie de m'excuser. Quand je me laisse entraîner par ma passion, je perds toute notion du temps. Je ne vois pas en quoi je pourrais vous aider à identifier l'assassin de Peter, mais je ferai de mon mieux.

Nous avons suivi Alden jusqu'à la porte en verre qu'un domestique a ouverte avant de prendre nos manteaux. Le maître de maison nous a installés près d'une cheminée dans laquelle crépitait un feu. Une soubrette a posé devant nous trois tasses de chocolat chaud.

— Muriel Sykes m'a appelé pour me dire que mon fils ne se montrait guère coopératif, a repris Alden. Je ne comprends pas. Peter faisait partie de la famille. Nous ferons tout ce qui est possible pour vous aider.

J'ai hoché la tête.

— Je vous remercie. Tout d'abord, que savez-vous de sa vie privée ?

— Il a un frère en Haïti. Un frère médecin.

— Avait-il des amis à New York ? Il travaillait pour votre famille depuis longtemps, j'imagine que vous deviez connaître ses habitudes, les personnes qu'il voyait en dehors de son travail. Autant de détails qui nous seraient utiles.

Alden a souri.

— Connaissez-vous l'histoire du type qui passe devant un hôpital psychiatrique ? Il entend les malades hurler : « Treize ! Treize ! Treize ! », mais la palissade est trop haute pour qu'il puisse voir ce qui se passe à l'intérieur. Il remarque soudain un trou dans une planche. Il regarde à travers le trou et bam ! il se prend une baguette dans l'œil. De l'autre côté de la palissade, les malades se mettent à hurler : « Quatorze ! Quatorze ! Quatorze ! »

Il a bu une gorgée de son chocolat chaud.

— Tout ça pour vous expliquer que je n'ai pas pour habitude de me mêler des affaires d'autrui.

Je m'efforçais de suivre les conseils de la maire en évitant de le brusquer, mais j'ai bien vu que Kylie n'était pas venue là pour regarder les étoiles et écouter des histoires drôles.

— Monsieur Alden, s'est-elle lancée, nous avons tout lieu de croire que votre petit-fils Tripp a été enlevé hier.

La phrase a fait mouche. Son air de gentil grand-père à la Norman Rockwell, façon *Saturday Evening Post*, a instantanément laissé la place au visage dur des magnats que l'on voit couramment à la une du magazine *Forbes*.

Il nous a fallu moins de cinq minutes pour lui fournir tous les détails. Il nous a écoutés sans bouger jusqu'à ce que soit évoqué le nom de Blackstone.

— Une petite merde. Ce type n'est pas un détective privé, c'est un escroc.

— Quoi qu'il en soit, a poursuivi Kylie, votre fils l'a engagé pour remonter la piste des ravisseurs. C'est une grave erreur. Ces gens-là recommandent systématiquement aux familles de ne pas prévenir la police, de même qu'ils vous disent de ne pas appeler les pompiers quand ils mettent le feu chez vous. Il n'en reste pas moins qu'un gamin a plus de chances d'en réchapper si ses parents, en dépit de leur désarroi, font appel le plus rapidement possible à un service de police spécialisé.

— En l'absence de demande de rançon, je ne vois là rien de concluant, a remarqué Alden. Pour l'heure, vous n'avez que votre intuition et le témoignage d'une vieille dame.

— Mon intuition me dit que deux jeunes vies sont en jeu et que votre fils nous empêche de les sauver, a insisté Kylie. Il faut impérativement que quelqu'un lui fasse entendre raison, monsieur Alden.

Il a secoué la tête.

— Il n'y a jamais eu que deux personnes pour le ramener à la raison. Sa mère, qui est morte en 1997, et sa femme Marjorie, qui a été ensevelie sous les décombres de la tour nord du World Trade Center le 11 Septembre.

— Et vous ? s'est étonnée Kylie.

— Moi ? Mon fils est grand, chère mademoiselle. Je ne vois pas ce que je pourrais dire qui soit susceptible de l'influencer.

Il s'est levé.

— Mon petit-fils, en revanche, a dix-huit ans et il ne sera pas dit que j'irai me coucher sans savoir où il est et comment il se porte. Je vous appelle demain matin.

24

Kylie et moi roulions sur la 5e Avenue quand j'ai tilté. Lorsque Cheryl m'a annoncé au téléphone qu'elle passait la nuit à l'hôpital, Kylie m'a proposé de manger des ailes de poulet arrosées à la bière. Pas une pizza ou un plat chinois. *Ailes de poulet et bière*.

Tout s'est mis en place quand elle a tourné à gauche sur la 20e Rue. Il ne s'agissait pas uniquement de manger des ailes de poulet arrosées à la bière, mais de renouer avec l'un des chapitres les plus heureux de sa vie, à l'époque de ses débuts dans la police, quand elle était folle amoureuse d'un type qui rêvait de passer sa vie avec elle. Moi.

Wing Nuts se trouve à deux pas de l'école de police, c'est le rendez-vous des jeunes recrues qui cherchent à manger et boire le soir à peu de frais. C'est là que nous avons dîné avec Kylie la première nuit que nous avons passée ensemble. Et Wing Nuts nous a servi de QG au cours des vingt-sept jours suivants, avant ou après l'amour.

À peine avions-nous poussé la porte que j'ai retrouvé des odeurs et un décor familiers. Le même menu, le même barman, rien n'avait changé. La seule différence, c'est que je ne rayonnais pas comme autrefois, quand je venais de quitter son corps.

Nous avons commandé une montagne d'ailes de poulet et une cruche de Brooklyn Blast avant de nous installer à une petite table isolée, le plus loin possible de la foule. Kylie a rempli les verres.

— Que se passe-t-il entre Cheryl et toi ?

— Il ne se passe *rien*. Tout va bien. On a passé le Nouvel An ensemble, et voilà que Fred déboule comme un chien dans un jeu de quilles. Je le croyais sur le point de se marier parce que sa copine attendait un enfant, et j'apprends d'un seul coup qu'il n'en est plus question et qu'il a besoin de Cheryl. Tu as raison, j'ai laissé parler mon orgueil de mâle, mais c'est passé. Elle rentre demain, tout va bien.

Kylie a penché la tête de côté en levant lentement les yeux au ciel, un sourire dubitatif aux lèvres. Sa façon de me dire qu'elle ne croyait pas à mon joli conte de fées.

Une serveuse à cheveux blancs s'est approchée avec deux plats d'ailes de poulet.

— Tiens, tiens ! Des revenants, a-t-elle déclaré.

— Salut, Gladys, lui a répondu Kylie.

— Ne me demande pas de me souvenir de vos prénoms, ma chérie. Mais tu es le volcan avec un petit ami doux comme un agneau.

Elle a posé les plats devant nous, puis s'est éloignée.

— Ça me rappelle des souvenirs, a souri Kylie en croquant une aile de poulet.

— Ça doit être la bière.

Elle m'a envoyé un coup de pied sous la table.

— Arrête un peu, Zach. En dépit de tout ce qui s'est passé de bien depuis onze ans, reconnais au moins qu'on a été heureux ensemble à l'époque.

Tout ce qui s'est passé? Spence Harrington a oublié la cocaïne aussi facilement que j'ai oublié Kylie MacDonald. Elle s'est mariée avec lui, et ils ont formé pendant dix ans un couple digne de la rubrique mondaine du *Times*. Un couple royal. Et puis la cour du roi Arthur a volé en éclats. Un tueur que nous pourchassions avec Kylie a décidé de se venger d'elle en s'en prenant à Spence. Il s'en est tiré, mais il n'a pas tenu le choc face aux antalgiques. En moins de trois jours, il retournait en cure de désintox. Le mois précédent, il s'envolait pour l'Oregon dans un nouveau centre.

— C'est vrai, on s'est bien amusés. Tout ça pour devenir de brillants enquêteurs qui traînent dans un troquet plein de flics en herbe.

— Exactement, a approuvé Kylie. Une équipe de choc.

Elle m'a souri. La bière faisait son œuvre. Le moment idéal pour savoir si ma théorie tenait la route.

— Comment va Spence?

Le sourire de Kylie s'est effacé.

— J'ai parlé avec son thérapeute la semaine dernière. Il me dit que Spence ne se *donne* pas au programme. Et puis Spence m'a appelée le soir de la Saint-Sylvestre. Il me dit qu'il va bien, tout en m'expliquant qu'il ne se voit pas rester trois mois de plus là-bas. Quand j'ai entendu ça, je me suis mise automatiquement en mode « femme de toxico repenti » et je lui ai conseillé de suivre sa cure au jour le jour. Ça n'a pas raté. Il m'a dit : « Putain, Kylie ! Pas toi aussi », et il m'a raccroché au nez.

J'ai hoché la tête d'un air neutre.

— Comment comptes-tu réagir ?

— Tu sais quoi ? a-t-elle répondu en hélant Gladys. Je vais nous commander un autre pichet de bière.

Nous avons continué de grignoter nos ailes de poulet. Quelques verres plus tard, elle en était à se pencher vers moi, la main sur mon bras, et ne pouvait pas entamer une phrase sans dire : « Tu te souviens quand ? »

Tu parles que je me souviens. Comment oublier le jour où cette beauté blonde aux yeux verts est entrée dans ma vie ? Comment oublier la première fois qu'on s'est embrassés, la tendresse qui guidait nos ébats amoureux, la joie de savoir que j'avais rencontré la femme de ma vie ? En même temps, je n'ai pas oublié non plus le dernier soir, dans ce même troquet poisseux, quand Kylie m'a annoncé qu'elle retournait avec Spence.

— Il est guéri, m'avait-elle expliqué. Je me vois mal refuser de lui donner une dernière chance.

Et voilà que Spence était moins guéri que jamais.

Nous avons passé deux heures à discuter. En cours de route, je me suis rendu compte que le restaurant se vidait, tout comme la troisième cruche de bière. Kylie l'a achevée en remplissant nos verres et nous avons commandé à Gladys deux cafés, une tarte au chocolat, et deux fourchettes.

Nous nous sommes rués sur la tarte comme deux gamins en manque de sucre, en nous battant pour les plus gros morceaux de chocolat. Comme toujours, Kylie ne pensait qu'à gagner.

Elle a horreur de perdre. En particulier dans ses relations amoureuses. Il faut dire que ses parents n'ont pas placé la barre très haut dans ce domaine. Leur couple n'a pas fonctionné et son père a retenté sa chance à deux reprises, sa mère une fois. Kylie a toujours rêvé de rester mariée au même homme toute sa vie, mais c'est une gageure pour une femme flic ambitieuse d'épouser un toxico.

Ce n'était pas la première fois qu'on jouait à ce petit jeu avec la tarte au chocolat et Kylie a remporté le dernier morceau, comme de juste. C'est à ce moment-là, après trois cruches de bière, que j'ai eu une révélation. *Ce matin, je me suis réveillé dans une suite de luxe avec Cheryl en pensant que je n'avais jamais été aussi heureux de mon existence. Ce soir, je dîne dans un bouge de la 3e Avenue en me bourrant à la Brooklyn Blast en compagnie de Kylie et je me dis que je n'ai jamais été aussi heureux de toute mon existence.*

Nous étions trop soûls pour conduire, l'un comme l'autre. Kylie a beau aimer prendre des libertés avec la loi, nous ne plaisantons jamais avec ça. Heureusement qu'il n'y a pas de loi interdisant à deux coéquipiers de se prendre dans les bras l'un de l'autre pour se souhaiter bonne nuit, sinon on aurait eu des ennuis.

Je l'ai poussée dans le premier taxi qui passait et elle m'a serré une dernière fois contre elle.

— Merci, Zach. J'en avais vraiment besoin.

J'étais sur le point de répondre un truc du style : « Je suis désolé pour Spence et toi », mais j'ai fermé ma grande bouche.

Comme si nous étions dupes…

25

La pièce était aussi sombre et humide qu'une oubliette. Tripp Alden, bras et jambes écartés, était attaché par les poignets et les chevilles à des anneaux métalliques scellés au mur.

Face à lui se tenait l'inconnu blond, vêtu d'un pantalon de cuir noir moulant, crinière tirée en arrière en queue-de-cheval, torse nu luisant d'huile à la lueur orangée des torches fixées à la paroi.

— Ton père s'intéresse plus à son argent qu'à toi, déclara-t-il en tirant un sabre à lame recourbée du fourreau qu'il portait à la ceinture.

Il avança la lame à quelques centimètres du cou de l'adolescent.

Tripp fondit en sanglots.

— Je vous en prie. Il vous donnera tout ce que vous voulez,vous n'avez qu'à le rappeler. Je vous en prie.

Une sonnerie de portable se fit entendre.

— C'est lui, s'écria Tripp. Il vous rappelle.

— Trop tard, fit l'inconnu.

Il prit le sabre à deux mains et recula, prêt à frapper.

Le téléphone sonna à nouveau, plus fort cette fois, et Hubert Alden se réveilla en sursaut, se cognant le genou contre le plateau de son bureau. Il laissa échapper un cri de douleur et chercha machinalement son iPhone. Le visage de Hutch s'affichait sur l'écran.

— Papa ? Que se passe-t-il ?

— La police sort de chez moi. Les deux inspecteurs qui enquêtent sur la mort de Peter sont convaincus que Tripp a été enlevé.

Hubert émit un rire forcé.

— Tripp se porte comme un charme, papa. Retourne regarder tes planètes, ou la lune, ou tout ce qui se balade dans la stratosphère.

— Pour l'instant, je me contente de regarder la grille de chez toi, rétorqua Hutch. Je n'ai pas voulu sonner pour que Janelle ne sache pas que je suis là. Ouvre-moi, il fait un froid de loup.

Un éditorialiste du *Times* avait écrit un jour que Hutch et Hubert Alden étaient de véritables personnages bibliques. Le premier figurait Salomon, symbole de sagesse, de richesse et de puissance, tandis que le second incarnait le serpent qui rampait dans le jardin d'Éden.

Le serpent actionna le tire-suisse, fourra le téléphone jetable au fond de sa poche et gagna le hall d'entrée en cogitant sur le meilleur moyen de gérer Salomon.

— Papa, l'accueillit-il en ouvrant la porte. J'allais t'appeler.

Hutch Alden, sans gants ni couvre-chef, la parka ouverte, restait planté sur le seuil.

— Où est Tripp ? demanda-t-il d'une voix sans réplique en laissant échapper de sa bouche un nuage de condensation.

— Ne t'inquiète pas pour lui, répondit Hubert. Entre, je vais te servir un verre.

— Tu peux me dire ce qui se passe ? voulut savoir Hutch en suivant Hubert jusqu'à son bureau.

— Ce qui se passe, c'est que ces flics me rendent dingue. Ils sont censés retrouver l'assassin de Peter, au lieu de quoi ils me harcèlent au sujet de Tripp.

— Ils disent qu'il a été enlevé. Ils ont un témoin.

— Je sais, ils m'ont sorti les mêmes conneries. En fait, mon gamin tournait l'un de ses films absurdes, et une vieille femme qui assistait à la scène a cru que c'était pour de vrai. C'est tout. Il n'y a rien de plus.

— Dans ce cas, où est Tripp ?

— Tripp ? répéta Hubert en se versant un verre de Richard Hennessy à 3 000 dollars la bouteille. Il doit être en train de picoler ou de se consoler dans les bras d'une fille. La réaction normale d'un ado de dix-huit ans qui vient de perdre un proche.

Hutch prit entre ses mains le verre de cognac et fit lentement tournoyer le liquide ambré.

— Dans ce cas, pourquoi refuse-t-il de parler aux flics ? Il a peut-être des informations susceptibles de les aider.

— Papa, je lui ai parlé. Il n'a jamais retrouvé Peter. Les flics seraient mieux inspirés d'interroger les copains de bar de Peter plutôt que de s'en prendre à un gamin qui ne sait rien. Le pire, c'est qu'ils insistent. Janelle en est toute retournée.

Personnellement, je n'en peux plus, mais ils refusent de lâcher prise. Je ne sais plus comment m'y prendre.

Hutch se rua sur l'hameçon.

— Tu aurais dû m'appeler. Moi, au contraire, je sais très bien comment m'y prendre.

Hubert leva les bras.

— Je sais, je sais. J'allais t'appeler, mais je ne voulais pas que tu sois contraint de demander à la maire de te renvoyer l'ascenseur dès le premier jour.

— Je n'ai pas besoin d'appeler la maire pour ça, se défendit Hutch tout en portant le verre à son nez afin de humer l'arôme du cognac. Il me suffit de savoir de qui dépendent ces deux flics et d'appeler leur patron.

Hubert haussa les épaules.

— Je ne voulais pas te déranger…

— Tu plaisantes ? le coupa son père. Je serais capable d'appeler le patron de la Sécurité intérieure ou même le président en cas de besoin. Pourquoi voudrais-tu que ça me dérange d'appeler un patron de commissariat pour lui demander de retenir ses chiens et de laisser Tripp tranquille pendant quelques jours ? Je m'en occupe demain à la première heure.

Il trempa ses lèvres dans le verre et fit rouler le liquide dans sa bouche.

— Ton cognac est exceptionnel, mais je n'ai pas le temps d'en profiter, déclara-t-il en reposant le verre. Tu as mauvaise mine, tu devrais dormir.

— Tu as raison, approuva Hubert en raccompagnant son père jusque dans l'entrée.

Le téléphone jetable se mit à sonner dans sa poche.

— Ne réponds pas, lui conseilla Hutch en s'immobilisant devant la porte d'entrée. Qui que ce soit, il n'aura qu'à rappeler demain matin.

— Merci du conseil, sauf qu'on est déjà demain matin au Japon et que j'ai demandé à mon correspondant de m'appeler à cette heure-ci.

Hubert ouvrit la porte alors que le portable continuait de sonner.

— Attends une minute. Cette vacherie est coincée, s'énerva Hutch en se battant contre la fermeture Éclair de sa parka.

Dans la poche d'Hubert, le téléphone continuait de sonner.

À la sixième sonnerie, le vieil homme n'avait toujours pas résolu son problème.

Hubert, ne pouvant plus se permettre d'attendre, sortit le portable de sa poche, décrocha, cria « Ne quittez pas » à son interlocuteur et se tourna vers son père.

— Papa, il faut que je réponde.

Hutch, renonçant à fermer sa parka, s'emmitoufla dedans et parcourut les quelques mètres qui le séparaient de la rue. Hubert en profita pour refermer la porte et coller l'appareil contre son oreille.

— Allô ? Hubert Alden.

À l'autre bout du fil, son interlocuteur se contenta de prononcer deux mots, mais il n'en fallut pas davantage pour que Hubert sache que son pire cauchemar était sur le point de se réaliser.

— Bonsoir, Lévitique.

26

Hubert rassembla tout son courage. Il pouvait traiter cet appel de deux façons différentes. La première consistait à passer en force, comme un train de marchandises. Il était connu pour ses pratiques brutales, son art de l'intimidation, sa façon d'étriper psychologiquement ses adversaires. *Victoriam terrore.* La victoire par la terreur.

La seconde méthode allait à l'encontre de tout ce qu'il était intrinsèquement, mais c'était la seule qui lui restait, sachant que l'autre avait toutes les cartes en main. *Se montrer arrangeant*.

— Qui est à l'appareil ? demanda-t-il avec courtoisie.

— Je vous propose de rester dans les références à l'Ancien Testament. Appelez-moi Caïn.

— Personnellement, je préférerais que vous m'appeliez Hubert.

— Vous êtes difficile à joindre, Hubert.

L'inconnu s'exprimait d'une voix monocorde et impersonnelle de robot. Il se servait d'un modificateur de voix, un appareil bon marché en l'occurrence.

— Je suis désolé de n'avoir pas pu prendre votre appel tout à l'heure, monsieur Caïn, mais la police était chez moi. Je n'ai aucune expérience en la matière, mais j'ai pensé qu'il était plus sage de ne pas négocier le montant de la rançon en leur présence.

— Bien vu. Solliciter la police serait contraire à nos intérêts respectifs.

— Vous auriez dû y penser avant de tuer mon chauffeur. Les corps décapités ont une fâcheuse tendance à attirer les forces de l'ordre.

— J'en suis désolé, mais c'était nécessaire.

— Et l'enlèvement de mon fils ? C'était nécessaire, aussi ?

— Je ne suis pas certain de comprendre. J'ai enlevé Tripp pour obtenir une rançon. La logique voulait donc que je commence par l'enlever.

— Vous me permettrez de ne pas être d'accord, répliqua Hubert. Vous me faites du chantage, monsieur Caïn. Vous possédez… du moins le croyez-vous, vous possédez des informations dont je ne souhaite pas qu'elles soient rendues publiques, et vous me demandez d'acheter votre silence. Il s'agit d'extorsion pure et simple. Je répète donc ma question : pourquoi avoir enlevé Tripp alors qu'il vous suffisait de négocier ?

— Ah, je vois où vous vous voulez en venir, fit Caïn. La réponse est simple : j'ai agi de la sorte pour vous aider.

— C'est à mon tour de ne pas vous suivre, réagit Hubert.

— Ma logique est pourtant simple. Donner de l'argent à un maître chanteur a une fâcheuse tendance à attirer les forces de l'ordre, pour reprendre votre expression. Une fois leur curiosité piquée, ils mettent généralement leur nez dans les affaires que vous souhaitez précisément cacher, alors que si vous payez une rançon, personne ne va chercher plus loin. Le reste du monde vous considère comme un père aimant, une victime, et non comme le monstre que vous êtes en réalité.

Hubert reprit sa respiration. Sa décision était prise.

Inutile d'intimider l'adversaire. Le mieux est encore de le manipuler.

— Je vous sais gré de vous soucier de mon image, mais j'aurais aisément pu vous payer en liquide si vous me l'aviez demandé. Personne n'aurait été au courant de la transaction et la vie aurait repris comme si de rien n'était.

— Je doute que vous ayez le montant dont j'ai besoin en liquide.

Nous y voilà. Parlons affaires, monsieur Caïn.

— De quel montant parlons-nous ?

— Dix pour cent.

Hubert, qui s'attendait à ce que l'autre lui cite un chiffre en dollars, en eut le souffle coupé.

— Dix pour cent de quoi ? demanda-t-il tout en ayant peur de deviner la réponse.

— De la somme que vous avez gagnée grâce à votre petit groupe biblique. Laissez-moi procéder à un calcul rapide. Le Projet Gutenberg vous a rapporté la somme nette d'un milliard de dollars. Ma commission de dix pour cent se monte donc à 100 millions.

Hubert se laissa tomber sur les marches de l'escalier, incapable de respirer. Il n'en croyait pas ses oreilles. Caïn était au courant de détails qu'il ne pouvait pas connaître. Pas seulement l'existence du Projet Gutenberg. Il connaissait les vrais chiffres.

Hubert changea de sujet de conversation.

— Je voudrais parler à mon fils.

— Il n'est pas en mesure de répondre au téléphone, mais je peux vous assurer qu'il est en bonne santé.

— Prouvez-le. Rendez-le-moi ce soir et je vous donne 5 millions de dollars sans vous poser de question.

— Un prix adéquat pour votre fils. En revanche, si vous tenez à votre réputation… sans parler de votre liberté, j'aurai besoin de 95 millions supplémentaires. Je dispose d'un compte dans les îles Caïmans, si bien que la manœuvre est simple.

— De votre point de vue peut-être, mais pas du mien. Vous imaginez un peu ce que ça représente, de sortir une somme pareille ?

— Pas du tout, mais je suis sûr que vous savez comment procéder.

— La première étape consiste à savoir ce que j'achète avec cette somme. Comment puis-je savoir que mon fils est vivant ? Laissez-moi lui parler.

— N'y comptez pas. Les gens comme vous ont des codes, des mots de passe. Je vous apporterai la preuve qu'il est vivant, mais il est hors de question que vous lui parliez au téléphone.

— Quant à dire que ce supposé Projet Gutenberg m'aurait rapporté un milliard de dollars, comme puis-je savoir que vous êtes en mesure de prouver une affirmation aussi ridicule ?

— Vous n'avez *aucun* moyen de le savoir, répondit Caïn. Vous avez le goût du risque, Hubert. Vous pesez toujours le pour et le contre. Dans le cas présent, à partir des éléments que je vous ai fournis, si vous ne pensez pas que je puisse vous atteindre, ne me versez pas un sou. Cela dit, j'ai comme l'impression que vous soupçonnez la vérité. J'en sais assez sur vous pour vous enterrer. Une fois que les détails du Projet Gutenberg seront connus du grand public, Bernie Madoff sera un enfant de chœur à côté de vous. Je vous laisse le temps de réfléchir, Lévitique. La nuit porte conseil. Je ne voudrais pas que vous preniez de décision hâtive.

Sur ces mots, Caïn raccrocha.

— Ma décision est déjà prise, monsieur Caïn, murmura Hubert.

Il rempocha le téléphone jetable et regagna son bureau où il disposait d'une ligne sécurisée.

À cette heure, Blackstone avait dû parvenir à un accord avec Wheeler.

DEUXIÈME PARTIE

Les fautes du fils

27

Lorsque Silas Blackstone avait douze ans, son père lui avait révélé le secret de sa réussite.

— La plupart des gens ne sont bons que dans quelques domaines, ils sont mauvais partout ailleurs, lui avait expliqué Kurt Blackstone un soir entre deux gorgées de sa troisième bière. Si tu veux réussir dans la vie, concentre-toi sur tes domaines de compétence et vise l'excellence.

Le conseil avait fait ricaner le jeune Silas.

La mimique n'avait pas échappé à Kurt.

— Ouais, je sais, je me contente d'entretenir les voies du métro, mais ça s'explique justement parce que personne ne m'a jamais rien appris quand j'étais gamin. Mais si tu veux bien gagner ta vie, sois le meilleur dans ta partie et tu auras le monde à tes genoux.

Silas savait déjà quels n'étaient *pas* ses domaines de compétence : il était mauvais en sport, n'avait pas d'amis et ne savait pas s'y prendre avec les filles, au point de passer tout son temps terré dans sa chambre, penché sur l'écran de son ordinateur.

Trente ans plus tard, il était à nouveau penché sur un écran d'ordinateur, à la recherche de miettes disséminées dans le MacBook Air de Tripp Alden. Il était occupé à fouiller l'historique des recherches de Tripp lorsque retentit la sonnerie de son téléphone.

Hubert ne prit même pas la peine de dire allô.

— Tu as eu Wheeler?

— Oui, patron. Je lui ai proposé le double, comme vous me l'aviez recommandé, mais il n'a pas sauté sur l'occasion. Il m'a expliqué que les boulots précédents concernaient des gens ordinaires, alors qu'il s'agissait ce coup-ci d'un professionnel qui allait se défendre.

— Pourquoi croit-il que je lui propose le double de d'habitude?

— Je sais, répondit Silas, mais il a tout de suite compris que c'était dangereux quand je lui ai dit que vous lui verseriez le double. Il hésite, il a besoin de temps pour réfléchir.

— Et moi je n'ai pas de temps. Dis-lui que je suis prêt à lui verser le triple pour balayer ses hésitations.

Hubert mit fin à la conversation et Silas se cala contre le dossier de son fauteuil d'un air pensif. Depuis qu'il travaillait pour Alden, il avait appris à connaître la valeur des secrets, et il avait réussi à en préserver un vis-à-vis de son patron.

Il lui avait caché la vérité au sujet de Wheeler.

Huit ans plus tôt, une élue du Vermont de soixante-quinze ans avait eu la mauvaise idée de s'opposer à l'achat d'un terrain qui devait rapporter à Alden Investissements une somme à neuf chiffres. Le jour où Alden avait compris qu'il n'obtiendrait pas le vote de l'élue, il avait appelé Silas pour lui expliquer le problème.

— En quoi puis-je vous aider? s'était enquis celui-ci.

— Trouve-moi un pro et paye-le pour tuer cette vieille connasse.

Silas avait tout de suite compris qu'Hubert ne plaisantait pas. Hubert ne plaisantait jamais lorsqu'il était question d'argent. « Tuer cette vieille connasse » n'avait rien d'une métaphore.

— Je connais quelqu'un, avait répondu Silas. Un certain Wheeler.

Hubert l'avait arrêté d'un geste.

— Stop. Je ne veux rien savoir, ça ne me regarde pas. Seul compte le résultat.

Quinze jours plus tard, la voiture de l'élue avait dérapé sur une plaque de verglas sur une route de montagne. Le médecin légiste avait conclu à un accident. Le lendemain, Hubert avait transféré 250 000 dollars sur le compte offshore de Wheeler.

Depuis, Hubert avait fait appel à Wheeler à six autres reprises. Sans l'avoir jamais rencontré, il le considérait comme un atout pour la conduite de ses affaires. Ce qu'il ignorait, en revanche, c'est que Wheeler n'existait pas.

Si Blackstone lui avait proposé de tuer lui-même la vieille femme, Hubert lui aurait ri au nez, aussi Silas avait-il inventé le personnage de Wheeler. Plus les affaires d'Hubert prospéraient, plus les services de Wheeler lui étaient indispensables.

— Vous savez quoi, monsieur Wheeler ? prononça Silas à voix haute. Il vous propose le triple. Qu'en pensez-vous ?

— Je pense qu'on peut obtenir mieux, monsieur Blackstone, se répondit Silas à lui-même d'une voix plus menaçante.

— Le quadruple ?

— Ça sonne bien. Si Alden est d'accord, je n'ai plus d'hésitations.

Silas prit une bière dans le frigo, l'ouvrit, et rappela Hubert.

— Je viens d'avoir Wheeler. Il est d'accord pour un million tout rond.

Hubert ne songea même pas à marchander.

— Je suis d'accord, mais il faut que le boulot soit exécuté avant lundi. J'ai eu le salopard qui a enlevé Tripp au téléphone. Il se fait appeler Caïn, et c'est un petit malin. Il me demande un tombereau de fric. Je peux le laisser mariner un peu, mais pas longtemps. Où en es-tu de tes recherches ?

— J'ai passé la soirée à fouiller l'ordinateur de Tripp. La mauvaise nouvelle est que tout est protégé par des mots de passe. La bonne nouvelle est que je lui ai appris moi-même à sécuriser son ordinateur. Il a eu recours à mes méthodes, si bien que je n'ai eu aucun mal à entrer dans ses dossiers.

— Rappelle-moi dès que tu as du neuf et dis bien à Wheeler de se tenir prêt.

La conversation terminée, Silas avala une gorgée de bière.

— On dirait bien que vous avez un nouveau boulot, monsieur Wheeler. Qu'en pensez-vous ?

— J'en pense que votre père avait raison, monsieur Blackstone, répondit le Wheeler imaginaire. Quand on veut bien gagner sa vie, il faut être le meilleur dans sa partie pour avoir le monde à ses genoux.

— Buvons à votre devise, conclut Silas en levant sa bière.

28

Caïn sourit, ravi de la façon dont il avait tenu tête à Hubert Alden. *Pas mal pour un amateur.*

L'alarme de son portable se mit en route et un message s'afficha sur l'écran.

L'HEURE DE NOURRIR LES FAUVES.

Il se rendit dans la cuisine et ouvrit un pot de beurre de cacahuètes. Cela faisait douze heures que les garçons n'avaient rien avalé. Il savait déjà que Tripp marquerait le coup, mais que le petit Portoricain jouerait les durs. Enlever les deux ados n'avait pas été facile, Caïn se massa machinalement le bras à l'endroit où Lonnie l'avait blessé avec son cutter. Il avait été plus dur encore de leur trouver une cachette.

La solution lui était apparue la veille de Noël. Il regardait le magazine *Eyewitness News* sur la 7 quand Art McFarland, le journaliste spécialisé dans le monde de l'éducation, avait proposé un reportage sur le taux de PCB anormalement élevé découvert dans les systèmes d'éclairage de huit cents écoles de la ville.

— Il faudra trois ans pour remplacer tous les éclairages concernés, affirmait McFarland.

Caïn s'apprêtait à changer de chaîne quand McFarland avait lâché une info cruciale.

— L'Agence de protection de l'environnement précise que si les élèves sont en sécurité dans la majorité des classes, certains établissements ont dû être fermés d'urgence à cause du danger de contamination.

Caïn avait aussitôt monté le son.

— Tous les établissements scolaires de la ville sont actuellement fermés pour les fêtes, mais vingt-deux d'entre eux ne rouvriront pas leurs portes début janvier, avait poursuivi McFarland. Vous trouverez la liste des établissements concernés sur le site de l'émission.

Caïn, qui se triturait les méninges depuis un moment pour dénicher la planque idéale, voyait soudainement la Ville de New York lui offrir en cadeau de Noël vingt-deux possibilités.

Il s'était aussitôt branché sur le site d'*Eyewitness News*. Les établissements concernés par une mesure de fermeture étaient éparpillés à travers l'agglomération et il s'était empressé de mettre au point un plan dans sa tête. Le mieux était de visiter chacune de ces écoles et de sélectionner les mieux situées par rapport à leur facilité d'accès et la possibilité d'y pénétrer sans attirer l'attention.

L'une d'elles lui avait sauté aux yeux : la cité scolaire 114, où il avait lui-même effectué ses études, un endroit atroce dans lequel il s'était promis de ne jamais remettre les pieds. Il était sur le point de le rayer de la liste lorsqu'il avait brusquement changé d'avis.

Tout ce qui lui avait semblé insupportable à l'époque devenait un atout. En outre, c'était l'établissement le plus proche de son domicile. Autant y jeter un œil.

Il avait attendu minuit pour parcourir les sept pâtés de maisons qui séparaient son appartement de l'avenue D, au cœur du quartier d'Alphabet City à Manhattan, des vieux bâtiments de Delaney Street, à une portée de flèche du pont de Williamsburg. Le quartier, à l'abandon, ne comptait ni bar, ni restaurant. À part les élèves du collège, personne n'avait aucune raison de se promener dans ces rues désertes.

Personne ne se cachait dans l'ombre, ainsi qu'avait pu s'en assurer Caïn en écumant les lieux, la main posée sur la crosse du Glock dissimulé dans la poche de son blouson. Aucun gardiennage, pas de caméras de sécurité, le meilleur moyen de s'introduire dans le collège était encore de passer par le sous-sol. Il avait descendu les marches afin d'examiner la porte. Il lui faudrait remplacer le vieux cadenas qui maintenait celle-ci fermée, s'il voulait s'assurer que personne ne passe par là, mais à ce détail près, c'était l'endroit rêvé.

Après tant d'années, ce trou à rats va enfin m'être utile, avait-il pensé.

Il était rentré chez lui où il s'était servi un verre.

— Merci, Père Noël, avait-il dit. C'est le cadeau que j'attendais. Un collège contaminé dans le Lower East Side.

29

La pièce réservée aux équipes d'entretien, dans le sous-sol de la cité scolaire 114, avait longtemps servi de cimetière à un bric-à-brac de meubles cassés, de vieux bouquins moisis et d'objets trouvés entassés depuis l'après-guerre. Personne ne venait jamais là, à commencer par le concierge de l'établissement.

Jusqu'au jour de 1983 où Augie Hoffman avait repris la direction des services techniques et métamorphosé cet enfer en un QG rangé au cordeau à l'intention des personnels de maintenance, avec un établi en bois, des outils parfaitement rangés, des bacs de stockage méticuleusement étiquetés, une cuisine immaculée et un canapé dépliable susceptible de servir lorsque le système de chauffage faisait des siennes et nécessitait une présence de tous les instants.

L'un des murs de ce vaste espace abritait trois grandes cages grillagées permettant de ranger les équipements de sport, du matériel scolaire et, plus généralement, tous les biens susceptibles de disparaître si l'on ne prenait pas la précaution de les mettre sous clé.

Tripp et Lonnie se trouvaient enfermés dans la cage du milieu, avec un carton de bouteilles d'eau, un seau vide et un rouleau de papier toilette. Ils dormaient lorsqu'un claquement de porte au-dessus de leurs têtes les réveilla.

Caïn descendit les marches et s'avança dans la prison improvisée, habillé en noir de la tête aux pieds, ses yeux à peine visibles à travers la fente d'un masque de ski. Il se dirigea vers l'établi dont il ouvrit le tiroir supérieur où était rangé un Taser.

Il dirigea le canon du Vipertek à quinze millions de volts vers ses prisonniers qui se réfugièrent aussitôt contre le fond de la cage.

— Vous avez parlé à mon père ? lui demanda Tripp.

— Il souhaite s'assurer que tu es toujours en vie, répondit Caïn, la voix déformée par un modificateur de timbre.

— Ça ne ressemble pas à mon père. Vous êtes sûr de ne pas vous être trompé de numéro ?

La boutade, si elle amusa Lonnie, ne fit pas rire Caïn.

— Il veut entendre le son de ta voix, expliqua le ravisseur en posant un genou à terre afin de pousser une douzaine de sandwichs au beurre de cacahuètes et à la confiture sous le grillage.

— Vous voulez que je l'appelle ?

— Pas lui. Si ça se trouve, vous avez mis au point un code entre vous.

— Je peux appeler mon grand-père ?

— Non. Je préfère quelqu'un d'extérieur à la famille. Arrange-toi pour avoir l'air normal, et précise bien à ton correspondant d'appeler ton père et de lui dire que tu vas bien.

— Et de payer la rançon, ajouta Tripp.

— Tu te fous de moi, ou bien tu es complètement idiot ? Si tu parles de rançon, ton interlocuteur n'appellera pas ton père, il téléphonera à la police.

— Désolé, je ne voulais pas…

— C'est pourtant pas compliqué. Appelle un copain, quelqu'un en qui tu as confiance, et dis-lui de prévenir ton père que tout va bien. Simple et efficace.

— D'accord. Passez-moi un téléphone.

— Je vois que tu donnes des ordres comme ton père. On appellera demain matin, histoire qu'il marine dans son jus.

Caïn balaya longuement la pièce des yeux. Tout était normal. Il secoua la porte de la cage, qu'il trouva solidement fermée.

— Ne mangez pas tout d'un coup, conseilla-t-il aux prisonniers en reculant. Le service d'étage est fermé jusqu'à demain matin.

Il remisa le Taser dans le tiroir de l'établi et referma la porte en quittant la pièce. Les deux garçons entendirent ses pas s'éloigner dans le couloir et monter les marches. Le temps d'un claquement de porte et Caïn avait retrouvé le monde extérieur.

Lonnie prit deux sandwichs et en lança un à Tripp.

— Qui vas-tu appeler ?

— Il a parlé d'un copain, quelqu'un en qui j'ai confiance.

— Ça devrait être moi, sauf que j'ai demandé au standard de bloquer mes appels.

— Il n'y a qu'une seule personne en qui j'ai confiance, à part toi, décida Tripp. C'est Peter.

30

Quand je me suis réveillé à 5 heures du matin le troisième jour de l'année, j'avais un marteau-piqueur dans la tête, mal au ventre, et un sentiment de culpabilité prononcé. Un cocktail subtil de culpabilité, de honte et de remords, plus exactement. J'avais trompé ma petite amie et je me sentais très mal. Bon, d'accord, je ne l'avais pas vraiment trompée, mais je me sentais tout de même très mal.

J'ai appliqué l'un des plus vieux remèdes au monde en cas de gueule de bois : le yoga. J'ai sorti mon matelas en mousse et consacré une demi-heure à divers exercices d'étirement physique et de nettoyage mental, dans l'espoir d'exorciser le démon lubrique qu'abritait mon âme.

Ajoutez à ça une douche brûlante et deux tasses de café, et je me sentais nettement mieux. Techniquement, je n'avais rien fait de mal. Kylie était mon amie et équipière, elle avait éprouvé le besoin de s'épancher dans le creux de mon épaule, rien de plus. Si j'avais franchi la moindre frontière, c'était uniquement en pensée. Comme tous les mecs, je ne réfléchis pas assez souvent avec mon épaule.

Je venais de m'accorder une absolution pleine et entière quand le téléphone a sonné. Je me suis tétanisé en voyant apparaître la photo de Cheryl sur l'écran. L'univers n'était pas disposé à m'accorder le moindre répit et je n'avais pas le temps de réciter mon acte de contrition.

— Alors… comment ça s'est passé hier soir ?

J'avais usé de ma voix la plus compassée, comme si j'avais moi-même veillé Mildred toute la nuit en signe de solidarité.

— Elle se maintient. J'ai décidé de rentrer à la maison, le temps de prendre quelques vêtements, de récupérer un peu de boulot au bureau, et de retourner à l'hôpital jusqu'à la fin.

— Tu as besoin de quelque chose ?

— Non, je voulais juste te dire bonjour.

Nous avons laissé s'écouler un silence gêné. J'ai bien compris qu'elle n'avait pas l'intention de s'excuser de son comportement devant le commissariat, la veille. Elle attendait que je me lance.

— Je suis désolé pour hier. Je ne me suis pas montré très délicat.

— Pas du tout, a-t-elle répondu d'une voix douce.

Je n'arrivais pas à croire qu'elle puisse me délivrer un certificat de bonne conduite.

— C'est vrai ?

— Non, Zach. C'est *moi* qui n'ai pas été très délicate. Toi, tu n'as manifesté aucune compassion. Ce n'est pas la petite amie qui parle, mais la psychologue diplômée.

Comme quoi elle ne me délivrait nullement un certificat de bonne conduite. Elle enfonçait le clou, au contraire, mais elle avait la grâce de s'y prendre avec le sourire.

— Merci, docteur Robinson. Je suppose que j'ai de la chance de sortir avec une psy, ça m'évite de sous-estimer mes défauts.

— Je suis une compagne parfaite.

— Tant que tu n'en fais pas mention dans mon dossier au boulot.

— Ne t'inquiète pas. J'ai un dossier personnel séparé à la maison.

— En tout cas, quel que soit le démon qui s'est emparé de moi hier, je m'excuse et je suis prêt à passer à la suite.

— Moi aussi. Alors, qu'as-tu fait quand je t'ai abandonné honteusement hier soir ?

— Moi ?

— Oui, toi. Tu as fait quoi hier soir ?

Je me suis creusé le peu de cervelle qui me restait pour trouver une réponse plausible.

— On a bossé assez tard avec Kylie, et puis on a mangé un morceau.

— Où ça ?

— Un troquet à flics avec de la bouffe à peu près correcte.

Un dîner innocent, puisque j'avais même oublié le nom du troquet. Je m'en serais souvenu s'il avait servi de cadre à une soirée mémorable.

— Sympa.

— Pas aussi sympa que de passer deux nuits avec toi dans la suite à un million de dollars des

Steele Towers. Mais tu me connais, je me contente toujours de ce que j'ai. En parlant de ça, quand tu rentreras, j'ai vu qu'un nouveau resto grec venait d'ouvrir près de…

Un signal d'appel m'a indiqué l'arrivée d'un coup de fil. Cates, ma chef de service.

— Désolé, ma patronne m'appelle. Je vais devoir te laisser.

— Alors à plus tard.

J'ai basculé sur l'appel de Cates.

— Jordan, vous pouvez être au bureau dans combien de temps ?

— Très vite, j'allais partir.

— Alors dépêchez-vous. J'attends un visiteur d'ici un quart d'heure. J'ai besoin que MacDonald et vous m'aidiez à gérer l'aspect politique du dossier.

— On y sera. Kylie et moi avons d'excellentes relations avec la maire.

— Il ne s'agit pas de la maire. Si c'était le cas, je m'en débrouillerais toute seule.

— Qui est-ce ?

— Quelqu'un qui a davantage de poids que la maire ou quiconque d'autre dans cette ville. Hutch Alden.

J'ai serré les paupières en sentant mon mal de crâne revenir en force.

31

Si j'avais eu la moindre interrogation sur l'identité du propriétaire de la Cadillac garée devant le commissariat, les caractères noirs sur fond orange de la plaque d'immatriculation auraient suffi à me renseigner : ALDEN 1.

Kylie m'attendait à l'entrée du bâtiment.

— Comment as-tu fait pour arriver aussi vite ?

— Je me suis levée tôt, a-t-elle répondu. Je suis passée récupérer la voiture et je prenais mon petit-déjeuner quand Cates a appelé. Hutch Alden vient d'arriver. Il nous attend.

— De quelle humeur est-il ?

— Très amicale, à ceci près que les types de l'acabit d'Alden cachent toujours leur jeu. Il se comportait comme hier soir, en milliardaire proche du peuple et terre à terre.

— Sauf qu'hier soir il nous proposait d'admirer ensemble une pluie de météores. Ce matin, je ne serais pas surpris que ce soient les merdes qui volent en escadrille. Il n'y a qu'à monter dans le bureau de Cates pour le savoir.

Alden nous a accueillis chaleureusement. Cates a aussitôt pris en main la situation.

— M. Alden m'expliquait que la maire lui avait demandé de vous recevoir, a-t-elle commencé en feignant de le découvrir. Il a eu la gentillesse de passer nous voir ce matin.

— La maire est très occupée, a enchaîné Alden. Je lui suis reconnaissant de l'intérêt qu'elle manifeste pour ma famille, mais à quoi bon la mêler à tout ceci ? Je suis persuadé que nous sommes parfaitement capables de trouver ensemble une solution au problème.

La menace était à peine voilée.

— Je n'en doute pas, a renchéri Cates en jouant le jeu.

— Mon petit-fils va très bien, a repris Alden. Je suis passé voir Hubert après notre rencontre d'hier, et figurez-vous que Tripp a téléphoné au moment où je me trouvais là-bas. Je lui ai expliqué que vous aimeriez lui parler, mais la mort de Peter l'a bouleversé et il a besoin de se retrouver seul pendant quelques jours.

— C'est bien compréhensible, a réagi Cates, mais le temps est notre pire ennemi lorsqu'il s'agit de mener une enquête. Peut-être pourriez-vous organiser un rendez-vous téléphonique entre lui et les inspecteurs ?

— Je le ferais avec plaisir si j'avais le sentiment qu'il est en mesure de vous aider, mais je l'ai longuement interrogé et il n'est au courant de rien. Il ne savait même pas que Peter avait été assassiné avant de l'apprendre par les médias.

Il me semble qu'à ce stade le mieux serait que le NYPD poursuive son travail à partir des éléments que vous possédez déjà en laissant Tripp gérer tranquillement son chagrin. Une fois ce deuil terminé, je veillerai personnellement à ce qu'il réponde à vos questions. Est-ce trop vous demander ?

Sous-entendu : si ça ne vous convient pas, j'appelle ma bonne copine Muriel Sykes.

Cates lui a donné sa bénédiction et Hutch l'a remerciée avant de repartir.

— Il a changé de camp et rejoint celui de Hubert, a remarqué Kylie. Pas question que les flics s'en mêlent, le clan Alden gère la crise tout seul.

— J'ai bien conscience qu'il nous fait barrage, mais sauf si vous soupçonnez Tripp d'être l'assassin, laissez tomber, nous a recommandé Cates. À présent, faisons le point sur les éléments dont vous disposez.

— Hubert voudrait accréditer l'idée que Peter Chevalier a été tué par un mari jaloux. Peter était un célibataire endurci qui aimait les femmes, mais il respectait les règles du jeu. Ce n'était nullement le briseur de ménages et le don Juan qu'Alden a voulu nous décrire.

— Je n'en suis guère étonnée, a commenté Cates. Hubert Alden ne sera pas le premier représentant de la bourgeoisie blanche friquée à fantasmer sur les prouesses sexuelles d'un Black. J'ai tout lieu de croire que Peter a été tué à cause de l'homme pour lequel il travaillait, et non à cause de l'homme qu'il était.

— Nous sommes bien d'accord, a acquiescé Kylie. Tripp Alden a été enlevé, et au lieu d'envoyer au père une oreille ou un doigt de son fils, il lui a fait parvenir la tête de Peter Chevalier, ce qui était nettement plus parlant.

— Si vous avez raison, Alden est trop malin ou trop nerveux pour s'en être débarrassé. En clair, ça signifie que la tête doit se trouver quelque part chez lui dans un endroit réfrigéré, mais jamais aucun juge n'acceptera de nous délivrer un mandat de perquisition. Après avoir rencontré Alden, le croyez-vous disposé à verser la rançon ?

— Oui, a répondu Kylie. À la seconde où il s'exécutera, le ravisseur disparaîtra de la surface de la terre. Que Hutch Alden aille se faire foutre. Il faut absolument qu'on interroge ce gamin.

Cates, le coude sur son bureau, a appuyé sa bouche et son menton sur son poing fermé, signe qu'elle réfléchissait, ce qu'elle faisait toujours avec talent.

Au bout de trente secondes de cette version du *Penseur* de Rodin, elle a relevé la tête.

— Je sais que vous n'avez aucune envie de l'entendre, a-t-elle déclaré en fixant son regard sur Kylie, mais je souhaite rappeler à tout le monde ici, moi y compris, que la police est au service des contribuables. Je suis prête à parier un mois de salaire que Tripp Alden a été enlevé par quelqu'un qui est en train de négocier une rançon avec la famille. Ce que nie farouchement le clan Alden. Il y a quelques minutes, un personnage particulièrement influent nous a demandé très poliment de ne pas nous en mêler. Tant que nous ne disposerons pas d'un témoignage plus solide que celui d'une vieille dame de quatre-vingts ans, ce service n'ira pas plus loin. Votre boulot ne consiste pas à résoudre une affaire d'enlèvement qui n'a pas fait l'objet d'une plainte officielle. Votre boulot consiste à appréhender un assassin. Des questions ?

— Une seule, a répondu Kylie. Comment sommes-nous censés remplir notre mission quand notre principal témoin est occupé à « gérer son chagrin » ?

— Vous pourriez commencer par interroger les proches de Peter.

— Sa famille, ce sont les Alden.

— Peter a un frère en Haïti. Il a atterri hier soir, il doit passer me voir plus tard dans la matinée.

— Bien madame, a répondu Kylie. Il voudra sans doute avoir l'assurance que le NYPD fait tout ce qui est en son pouvoir pour retrouver l'assassin de son frère. Vous préférez que je lui mente, ou bien vous vous en chargez vous-même ?

Elle a tourné les talons et quitté la pièce en pétard. Cates m'a regardé en secouant la tête.

— Ne lui en veuillez pas trop, capitaine. Elle est au comble de la frustration.

— Je ne vous regardais pas comme si je lui en voulais, m'a corrigé Cates. Je vous plaignais de travailler avec elle. Bonne journée.

32

Kylie passait ses nerfs sur le clavier de son ordinateur quand je l'ai rejointe.

— Que fais-tu ?

Elle n'a pas daigné relever le nez.

— Tu rédiges ta lettre de démission ? Un bouquin à sensation sur les injustices dont tu as été victime depuis que tu fais partie de la police new-yorkaise ? On prétend qu'écrire des poèmes est un moyen très efficace d'exprimer ce qu'on…

Elle m'a adressé un doigt d'honneur et je lui ai laissé le temps de se calmer. Elle a cessé de s'escrimer sur son clavier quelques minutes plus tard pour s'en prendre aux documents que nous avions amassés depuis le début de l'enquête. Elle a feuilleté le dossier d'un air rageur en lançant à travers la pièce un stylo-bille qui avait eu le malheur de ne pas écrire au premier essai, puis elle s'est ruée sur un classeur métallique dont elle a ouvert et refermé une demi-douzaine de tiroirs.

Je buvais du petit-lait.

Kylie MacDonald est un volcan en toutes circonstances, mais quand elle est en colère, l'éruption atteint des sommets.

J'ai repensé à notre dîner de la veille, à la façon pas très subtile dont elle avait posé la main sur mon bras, à nos deux fourchettes entremêlées au milieu des miettes de la tarte au chocolat, à notre étreinte interrompue. Et puis j'ai repensé aux semaines que nous avions vécues ensemble, à la façon dont je la provoquais volontairement en sachant combien nos câlins étaient géniaux à l'heure de la réconciliation.

Si j'avais tenu un journal, j'aurais écrit à la date d'aujourd'hui : « Impossible de me concentrer sur l'enquête en cours, j'ai trop envie d'elle. »

Vingt minutes plus tard, j'ai décidé que ce cirque avait assez duré.

— Si ça peut te consoler, je suis d'accord avec toi.

— Dans ce cas, pourquoi ne pas m'avoir soutenue, Zach ?

— Parce que Cates n'est pas notre ennemie. Parce qu'elle souffre autant des lourdeurs du système que nous. Parce que tu passes ton temps à te prendre des gadins quand tu es flic. La seule différence, dans le cas du Red, c'est que les gadins viennent d'en haut. Cates est assez maligne pour savoir qu'elle n'a pas les moyens de se prendre de bec avec une maire intronisée il y a moins de trois jours.

Elle a battu des paupières. Et même souri. J'avais rompu la glace.

— Que fait-on ? m'a-t-elle demandé.

— Je ne sais pas. Je t'ai vue écrire comme une damnée, à quoi jouais-tu ?

— Je cherchais désespérément une faille, histoire de voir s'il n'y avait pas moyen d'inculper Tripp

Alden pour un truc quelconque, ce qui nous permettrait de nous lancer officiellement à sa recherche.

Mon téléphone a sonné avant que j'aie pu lui répondre. Il s'agissait de Bob McGrath, le planton de l'accueil, à qui j'avais demandé de me prévenir quand Cheryl arriverait. Je lui avais bien recommandé de se montrer discret, je ne tenais pas vraiment à ce qu'il ameute tout le service en criant : « Hé, Jordan ! Ta chérie est là. »

— Pas de souci, m'avait promis McGrath. Avec mon mètre quatre-vingt-sept et mes cent quinze kilos, je suis le flic le plus discret du service.

J'ai décroché.

— Alors, McGrath ? Quoi de neuf ?

— Elvis vient d'arriver, m'a-t-il répondu d'une voix rauque. Alors, inspecteur ? C'est assez subtil pour vous ?

J'ai éclaté de rire avant de le remercier et je me suis tourné vers Kylie.

— Je reviens dans cinq minutes.

— Où vas-tu ?

La question était simple en apparence, mais pas forcément pour un type écartelé entre deux femmes. Le règlement en matière de drague masculine déconseille fortement de révéler à l'autre la force de ses sentiments.

— Un truc à voir dans le service de Cheryl.

Je m'étais exprimé sur un ton très officiel, mais Kylie n'est pas tombée dans le panneau.

— Amuse-toi bien, m'a-t-elle souhaité en m'adressant un clin d'œil.

33

J'étais trop mal à l'aise pour m'amuser. À vrai dire, une séance de psychothérapie avec la psy du service n'aurait pas été de trop, mais il n'en était évidemment pas question. C'est tout juste si le bon docteur Robinson pouvait se permettre de m'accueillir avec une bonne vieille étreinte des familles entre collègues.

J'ai monté les marches quatre à quatre jusqu'à son étage et je me suis précipité dans son bureau en refermant la porte d'un coup de talon derrière moi.

— Zach ! s'est-elle exclamée, surprise. Comment savais-tu que j'étais là ?

— Je n'en savais rien. Je me contente de passer toutes les cinq minutes pour profiter de ton aura.

Elle m'a pris dans ses bras.

— Mon aura n'est pas très en forme en ce moment, mais je suis trop contente de te voir.

Je l'ai serrée dans mes bras et elle a levé la tête vers moi. Au moment où nos lèvres se touchaient, la porte s'est ouverte.

Je n'avais jamais vu le type qui se tenait sur le seuil, ni en chair et en os ni en photo, mais j'ai tout de suite deviné de qui il s'agissait.

Grand, le corps musclé de quelqu'un qui pratique le jogging, des yeux bleus à la Paul Newman. Ses cheveux châtains, un peu ébouriffés, lui donnaient des airs de surfeur qui collaient parfaitement avec son bouc parfaitement taillé.

— Fred, s'est écriée Cheryl en se dégageant précipitamment comme si quelqu'un l'avait surprise derrière l'écurie en compagnie du palefrenier.

— Vous êtes Zach, j'imagine, m'a interpellé Fred en m'adressant un sourire Tonigencyl.

Il m'a tendu la main et je la lui ai serrée.

J'ai le don de juger les gens dont je croise la route. Ça fait partie des qualités indispensables dans un métier comme le mien. Dès le premier regard, j'ai pensé que Fred était un type bien. Si on s'était retrouvés assis l'un à côté de l'autre dans un avion, nous aurions probablement passé le trajet à discuter, mais nous ne partagions pas un accoudoir sur un vol New York-Los Angeles. Nous partagions ma copine.

— Cheryl m'a beaucoup parlé de vous.

J'ai voulu détendre l'atmosphère en plaisantant :

— Je vois qu'elle ne fait pas grand cas du secret professionnel.

— Non, sérieusement, a répliqué Fred en riant. Elle me dit que votre équipière et vous faites partie des éléments les plus brillants de la Criminelle.

Je me suis tourné vers Cheryl.

— Merci du compliment. Il faut croire que les flics les plus brillants se comportent parfois bêtement. Pas vrai, doc ?

Elle a acquiescé d'un air morose. La conversation que nous avions eue quelques heures plus tôt restait ancrée dans ma mémoire. Je ne m'étais pas seulement montré insensible. Je n'avais manifesté aucune compassion. J'allais devoir monter d'un cran.

— Je suis sincèrement désolé pour votre mère. Vous arrivez à tenir ?

— Ma mère m'a élevé seule, a répondu Fred. Nous avons toujours été proches et je ne supporte pas l'idée de…

Il s'est arrêté, incapable d'achever sa phrase.

Il a levé la main et détourné la tête. Il lui a fallu dix bonnes secondes pour recouvrer son calme.

— Quoi qu'il en soit, a-t-il repris d'une voix plus assurée, vous me demandiez comment j'arrive à tenir. Pour vous répondre, je fais face infiniment mieux que si j'avais dû gérer ça tout seul. Je ne m'en serais pas sorti sans l'aide de Cheryl. C'est un ange.

J'ai passé un bras autour de la taille de Cheryl.

— À qui le dites-vous. Nous avons de la chance de l'avoir.

Je me tenais là, rengorgé comme un paon en arborant un sourire satisfait, comme si je m'attendais à ce que Fred sorte ses pinceaux et peigne un portrait de l'heureux couple.

Il n'a pas eu besoin de pinceaux pour prendre la mesure du tableau. Il a adressé à Cheryl un sourire gêné.

— Je vais vous laisser. Je t'attends dehors. Ravi de vous avoir rencontré, Zach.

L'instant suivant, il avait disparu.

Cheryl s'est dégagée.

— C'était quoi, ce cirque ?

J'ai refermé la porte.

— Quel cirque ? Ne va pas me dire que j'ai fait preuve d'indifférence. Je lui ai dit que j'étais désolé pour sa mère.

— Et il venait à peine de déclarer qu'il était reconnaissant de ma présence que tu t'es précipité sur moi, prêt à en découdre comme un éléphant en pleine saison des amours.

— Mets-toi à ma place, je ne m'attendais pas à croiser ton ex-mari. J'étais persuadé que tu étais rentrée toute seule en train.

— Avec la ligne Metro-North, on ne sait jamais à quoi s'attendre, alors Fred m'a emmenée en voiture. Ce n'est pas une raison pour te comporter comme un… comme un… un homme des cavernes.

— Désolé. Moi jaloux. Moi pas capable agir autrement.

Ma boutade l'a fait rire.

— Tu es désespérant.

Je me suis rapproché d'elle.

— Pas désespérant. Juste désespéré sur les bords.

J'ai posé mes mains sur ses hanches et je l'ai attirée à moi.

— J'ai besoin d'une bonne thérapeute, c'est tout.

On a frappé à la porte et Kylie a surgi dans le bureau sans attendre que Cheryl lui dise d'entrer.

— Barnaby Prep ! s'est-elle écriée.

Pour la deuxième fois en moins de dix minutes, Cheryl et moi nous sommes détachés précipitamment.

— Que se passe-t-il ?

— Je viens de recevoir un appel de Ryan Madison, le prof de cinéma. Il a reçu un coup de fil de Tripp. Nous avons rendez-vous avec lui dans le bureau du directeur. Tout de suite.

J'ai emboîté le pas à Kylie qui s'éloignait. Je me suis retourné.

— Tu me mets ce câlin au chaud ?

Elle m'a répondu d'un mouvement de tête plus allègre que précédemment.

— T'as qu'à croire.

34

— On dirait que Cheryl et toi formez à nouveau le couple le plus heureux du service, a remarqué Kylie en démarrant sur les chapeaux de roues.

— Tu tires des conclusions hâtives. Tout n'est pas aussi rose qu'il n'y paraît. J'étais en train de lui demander officiellement pardon quand tu as débarqué.

— Quelle bêtise as-tu encore faite ?

— Je crois m'être comporté comme un petit crétin lorsqu'elle m'a présenté son ex.

— Quand tu dis « petit », tu…

— Un parfait crétin.

— Mais putain, Zach ! Ce malheureux est en train de perdre sa mère !

— On a tous des défauts. Toi, par exemple. Tu conduis comme si tu venais de voler cette voiture.

— J'ai au moins le mérite de conduire, a-t-elle répliqué sans lever le pied de l'accélérateur. C'est toi qui risques un accident majeur dans ton couple si tu ne veilles pas au grain. Je connais la personne qu'il te faut. Scott Coffman. Je te donnerai sa carte.

— Tu déconnes ? Je sors déjà avec une psy, tu crois que ça va m'aider d'aller en consulter un autre ? Merci, mais je n'ai pas besoin de ton docteur Coffman pour régler mes histoires avec Cheryl.

Elle a éclaté de rire.

— Quel idiot ! Scott n'est pas psy.

— Ah oui ? Il fait quoi dans la vie ?

— C'est mon vendeur préféré chez Tiffany.

— Je n'ai pas les moyens d'aller chez Tiffany, mais tu n'as pas tort. Un bijoutier s'impose. Je vais passer un coup de fil à Wally.

— Qui est Wally ?

— Mon vendeur préféré chez « Tout à cent balles ».

Nous avons continué sur le même ton tout le long du chemin, si bien que j'avais retrouvé mon sourire lorsque nous avons été invités à entrer dans le bureau du directeur, G. Martin Anderson.

Ryan Madison était nettement moins souriant que moi. On ne reconnaissait plus le type désinvolte qui fumait en cachette sur le toit de l'établissement la veille. L'imperturbable M. Anderson était visiblement très perturbé.

— Ryan est extrêmement troublé, et à juste titre, a-t-il déclaré sur un ton digne d'un proviseur. Tout comme moi. Il en va de la responsabilité de cet établissement et je ne peux le cautionner.

— Cautionner quoi ?

— Tripp Alden a laissé un message sur ma boîte vocale, a expliqué Madison. Le mieux est que je vous le fasse écouter.

Il a branché le haut-parleur de son portable et lancé l'enregistrement.

Monsieur Madison, j'ai un grand service à vous demander. Je voudrais que vous appeliez mes parents pour leur dire que je vais bien. Je ne peux pas rentrer à la maison et je ne peux pas non plus appeler mon père, mais dites-leur que tout va bien. Merci.

Je me suis tourné vers le prof de cinéma.

— Et vous avez appelé ses parents ?

— Bien sûr que *non* ! s'est écrié Madison en bondissant de sa chaise. Vous me prenez pour un crétin ?

— Calmez-vous, monsieur, l'a tempéré Kylie. Nous sommes tous dans le même bateau.

— Pas du tout, a réagi Madison. Vous enquêtez sur un meurtre auquel je ne tiens nullement à être mêlé. J'aime beaucoup Tripp Alden, mais qui me dit qu'il n'a pas assassiné son chauffeur ? Vous imaginez peut-être que j'ai envie de me retrouver mêlé à ça ?

— Nous n'avons aucune raison de croire que Tripp est l'assassin de Peter Chevalier.

— C'est votre scénario, inspecteur. Dans mon scénario à moi, tout est possible. Cette histoire est en train de virer au mauvais film et je ne veux pas que ça me retombe dessus.

De toute évidence, les neurones de Madison lui réclamaient leur dose de nicotine. J'ai voulu le rassurer.

— C'est bon, nous prenons le relais. À quelle heure a-t-il enregistré ce message ?

Il a consulté le journal d'appel de son téléphone.

— Ce matin à 8 h 11. Je me trouvais dans ma classe.

— Où était votre téléphone ? a voulu savoir Kylie.

— Sur mon bureau…

Il a laissé sa phrase en suspens, conscient d'avoir été piégé.

— Je vous écoute, a insisté Kylie. Où se trouvait votre téléphone quand est arrivé l'appel ?

— La réponse est oui, inspecteur. Je l'ai entendu sonner, j'ai vu qu'il s'agissait de Tripp et j'ai volontairement laissé la messagerie prendre le relais. Je n'ai pas envie d'être mêlé à leur histoire. C'est un crime ?

— Pas du tout, a-t-elle répondu. Étant donné les circonstances, votre décision est parfaitement compréhensible. Puis-je vous emprunter votre portable ? Je voudrais enregistrer le message sur le mien de façon que nous puissions le transmettre à M. et Mme Alden.

Il lui a tendu l'appareil, puis a sorti son paquet de cigarettes.

— Je vais en griller une dehors. Je reviens dans quelques minutes.

— J'espère que vous prenez la mesure de notre dilemme, a déclaré Anderson, une fois Madison parti. Notre mission consiste à éduquer ces jeunes gens, et non à nous mêler de leur vie privée. Nous ne savons pas dans quelle mesure les raisons qui empêchent Tripp d'appeler ses parents ne sont pas liées à la mort de M. Chevalier.

J'ai hoché la tête.

— Nous comprenons parfaitement. Nous serons heureux de transmettre ce message aux parents de Tripp.

À nos yeux, il était clair que Hubert Alden nous faisait des cachotteries, et ce message était l'excuse rêvée pour retourner le voir.

35

Vingt minutes plus tard, nous sonnions chez les Alden. Janelle nous a ouvert. À l'image de Ryan Madison, elle avait perdu de sa superbe depuis la veille. Elle restait belle, mais son visage était marqué par le stress et ses yeux verts étaient cernés de rouge.

— Ah ! a-t-elle dit poliment, en lieu et place de : « Encore vous ? Qu'est-ce que vous nous voulez, cette fois ? »

— Nous avons un message de la part de votre fils.

La phrase a provoqué l'effet d'un sésame. Elle nous a ouvert grand la porte et nous a escortés jusqu'au bureau de son mari. Elle a toqué.

— Quoi ? s'est élevée une voix de l'autre côté.

— Hubert, c'est à nouveau la police avec un message de Tripp à notre intention.

Alden a ouvert la porte et nous a fait signe d'entrer. Janelle s'est assise tandis que nous restions debout.

— Tripp vous a appelés ? nous a demandé Alden.

— Pas directement, mais nous avons un message de lui à votre intention.

— Faites-le-moi écouter, a-t-il décidé en s'installant dans son fauteuil en cuir, derrière son bureau.

J'ai tendu le doigt en direction de Silas Blackstone, debout dans un coin reculé de la pièce.

— Ce message ne concerne que la famille.

— Ne faites pas attention à lui, a rétorqué Alden. Alors, ce message ?

— Il a été adressé à l'un des enseignants de Tripp il y a moins d'une heure, a répondu Kylie. L'école nous a demandé de vous le transmettre.

Elle a mis en route son portable.

Janelle a retenu son souffle jusqu'à ce qu'elle entende la phrase : « Je voudrais que vous appeliez mes parents pour leur dire que je vais bien. » Son soulagement a été de courte durée car la voix de Tripp enchaînait aussitôt : « Je ne peux pas rentrer à la maison et je ne peux pas non plus appeler mon père. »

À l'inverse, Hubert est resté impassible.

— C'est bien ce que je vous disais, a-t-il déclaré une fois la lecture de l'enregistrement terminée. Il va bien. Vous avez entendu comme moi ce qu'il dit.

— C'est ce qu'il ne dit pas qui nous intéresse.

— Ce qui m'intéresse, m'a rétorqué Hubert, c'est de retourner à mon travail. Merci de votre visite. Janelle, tu raccompagneras madame et monsieur. Une fois de plus.

Janelle s'est levée.

— Non.

Elle s'est tournée vers moi.

— Que voulez-vous dire par « C'est ce qu'il ne dit pas qui nous intéresse » ?

— On nous a expliqué que votre fils faisait son deuil de la mort de Peter. Or il n'y fait pas allusion. Il ne cherche même pas à savoir quand auront lieu les obsèques, encore moins si l'assassin a été arrêté. Votre mari nous a assuré que Tripp téléphonait régulièrement ici, ce qui ne l'empêche pas d'affirmer qu'il se trouve dans l'impossibilité de rentrer et d'appeler son père.

— Assez ! s'est énervé Hubert en contournant sa table de travail. Sortez !

Je me suis souvenu de ce que nous avait dit notre nouvelle maire : « Hubert Alden peut se montrer autoritaire, ne vous laissez pas impressionner. Ce n'est pas votre patron. » Il me restait à espérer qu'elle s'en souvienne, elle aussi.

J'ai endossé le costume de l'inspecteur Harry en l'imitant du mieux que je le pouvais.

— Je n'ai pas fini !

— Moi non plus, a ajouté Janelle. Je vous écoute, inspecteur.

— Madame Alden, Tripp a laissé ce message ce matin, non pas sur la ligne fixe de cette maison ou sur votre portable, mais sur celui de son prof de cinéma. Un portable d'où il n'était pas possible de retracer son appel. Tripp a disparu depuis le meurtre et si vous me permettez de vous le dire, ce message ressemble à s'y méprendre à une preuve de vie.

— Il a été enlevé, c'est ça ?

— Nous n'en savons rien, mais si c'est le cas, son ravisseur aura recommandé à la famille de ne pas prévenir la police. C'est une erreur qui pourrait bien coûter la vie à votre fils.

Janelle est restée silencieuse. Hubert a posé une main sur son épaule.

— J'espère que vous êtes content, inspecteur. Vous avez réussi à foutre la trouille de sa vie à ma femme. Je n'ai plus besoin de vos services. Si vous n'avez rien à nous reprocher, veuillez partir.

Comme l'arrogance n'est pas un délit puni par la loi, nous lui avons obéi.

36

Silas Blackstone, chargé d'escorter les deux flics jusqu'à la porte, regarda leur voiture s'éloigner avant de regagner le bureau d'où fusaient des cris.

Il eut un petit ricanement. Janelle était en train de péter les plombs.

— Pourquoi ne pas m'en avoir parlé ? hurla-t-elle.

Hubert lui répondit d'une voix calme sans que Blackstone puisse déchiffrer ses paroles. La réponse de Janelle fit trembler l'épaisse porte d'acajou.

— M'épargner ? Comment ? En me disant de ne pas m'en mêler parce que je ne suis pas sa mère ?

Blackstone secoua la tête. *Attention, ma jolie. On ne touche pas à la sainte morte. Si tu continues, je ne serais pas surpris que Hubert demande à Wheeler de se débarrasser de toi.*

— Combien exigent-ils ?

Blackstone s'approcha de la porte, curieux de connaître la réponse à cette question.

Hubert botta en touche.

— Beaucoup.

— Aucune importance, reprit Janelle. Nous sommes assurés contre les enlèvements.

Un silence lui répondit.

Cette fois, Blackstone se trouvait assez près pour les entendre bouger de l'autre côté de la porte. Il n'entendait rien parce que Hubert ne disait rien.

— Il y a un problème avec la compagnie d'assurances ? s'étonna Janelle.

— Oui. J'ai contracté une assurance jusqu'à 10 millions, mais ce type réclame dix fois plus.

— Tu es sérieux ? 100 millions de dollars ?

Blackstone n'en croyait pas ses oreilles, lui non plus.

— Je vois que tu es forte en calcul mental, Janelle. Dix fois dix égale cent. Maintenant, ôte les dix que l'assurance versera sur les cent qu'exige ce cinglé et tu verras ce que ça va me coûter.

— Je me fiche de ce que ça peut te coûter. Paye la rançon.

— Pour une racaille d'un trou paumé de l'Alabama, je te trouve bien généreuse avec mon fric.

— Il t'en restera bien assez, alors que tu as un seul fils.

— Mais avant de dépenser le premier sou, je devais tout de même m'assurer que le fils unique en question était vivant. Hier soir, j'ai demandé à ce type de me fournir une preuve de vie.

— Eh bien tu l'as eue.

— Les flics aussi. Je n'arrive pas à croire que ce connard de prof les ait alertés. Qui est ce type, d'abord ?

— Tu plaisantes? *Tu ne sais pas qui est Ryan Madison?* Tripp en parle constamment. Cet homme est son idole depuis deux ans.

— Eh bien l'idole n'a pas de couilles si son premier réflexe est d'appeler les flics. Et tu veux savoir pourquoi il a contacté ces deux inspecteurs et personne d'autre? Je vais te le dire. Ils ont discuté avec lui hier lors de leur petite visite à Barnaby et lui ont demandé de les appeler s'il avait des nouvelles de Tripp. Et il s'est exécuté.

— Comment lui en vouloir? La police enquête sur un meurtre et…

— Je m'en fiche! J'envoie des chèques à cette école depuis que Tripp est à la maternelle. Au bas mot 100 000 dollars en plus des frais de scolarité. On pourrait croire qu'ils sauraient se montrer discrets pour le prix, mais non! Ce prof à la guimauve appelle police-secours à la première alerte! Eh bien, tu sais quoi? J'entends m'assurer qu'il ne recommence jamais. Blackstone!

Silas fit la grimace en entendant son nom et se retira précipitamment.

— J'arrive, cria-t-il de la pièce voisine.

Il attendit cinq secondes et poussa la porte du bureau.

Hubert se trouvait devant son coffre mural.

— Vous avez besoin de moi, patron?

— Prépare ta voiture. Tu es mon nouveau chauffeur.

— C'est quoi, cette histoire?

— Ma voiture est à la fourrière et mon chauffeur est mort. Tu le remplaces.

Il tira du coffre quatre épaisses liasses qu'il glissa dans une serviette en cuir.

— Toi, ordonna Hubert à Janelle, attends-moi ici et rends-toi utile. Ces flics retiennent la Maybach depuis trop longtemps. Appelle leur supérieur, ou la maire s'il le faut. Je veux qu'on me rende ma voiture.

— Où vas-tu ?

— À Barnaby Prep, le temps d'une petite réunion parent-prof, répondit Hubert en quittant la pièce en trombe.

37

Patrice Chevalier était grand, probablement beau gosse en temps ordinaire, mais les conditions terrifiantes dans lesquelles son frère avait été assassiné avaient transformé son visage en un masque où se disputaient la souffrance, le chagrin et la colère.

Cates a procédé aux présentations, Kylie et moi lui avons présenté nos condoléances, puis nous nous sommes installés tous les quatre autour d'une table dans le bureau de Cates afin d'aborder un sujet que trois d'entre nous auraient volontiers éludé.

— En discutant avec le docteur Chevalier, s'est lancée Cates, j'ai cru comprendre que son frère avait une âme de philanthrope.

— Ce n'est pas la façon dont Peter aurait décrit la situation, a réagi Chevalier. Il se serait contenté de dire qu'il avait aidé son petit frère, comme n'importe qui.

J'ai froncé les sourcils.

— En quoi vous a-t-il aidé ?

— C'est lui qui a financé mes études en France avant de m'envoyer à l'école de médecine de

Tulane pendant quatre ans. Je suis pédiatre dans l'une des régions les plus déshéritées d'Haïti. Après le passage de l'ouragan Gilbert, Peter m'a aidé à construire un dispensaire pour enfants.

— C'est ce que j'appelle de la philanthropie, docteur, a dit Cates.

— Merci, capitaine. À présent j'aimerais savoir où en est l'enquête, et quand je peux récupérer le corps de Peter. Le dispensaire pour enfants qui porte le nom de mon frère est la meilleure preuve de sa générosité et des milliers d'Haïtiens, qui pour beaucoup lui doivent la vie, pleurent sa mort et attendent son retour.

Il a marqué un temps d'arrêt avant d'ajouter :

— Entier.

— Il m'est impossible de vous dire à quel stade se trouve l'enquête, mais sachez que les inspecteurs Jordan et MacDonald sont mes meilleurs éléments. Je puis vous assurer que traduire en justice l'assassin de Peter est notre priorité.

Ce n'était pas la réponse qu'attendait notre visiteur, mais il avait le sens des réalités.

— En quoi puis-je vous aider ?

— Parliez-vous régulièrement avec votre frère ?

Il a ébauché un sourire à mon intention.

— Nous parlions constamment. Il lui arrivait de passer des heures assis derrière son volant à attendre M. Alden. Il en profitait pour m'appeler. Je devais sans cesse lui rappeler que les chauffeurs ont plus de temps à perdre que les médecins.

— Si bien que si Peter avait eu des ennemis, il aurait pu vous en parler…

Chevalier m'a arrêté d'un geste.

— Si vous l'aviez connu, vous n'y penseriez même pas.

— Pas nécessairement des ennemis, mais une liaison féminine qui…

Nouveau geste de la main.

— Peter entretenait une liaison amoureuse avec une femme célibataire. Mais vous le savez déjà, inspecteur. Vous avez rencontré Juanita. À mon tour de vous poser une question : avez-vous interrogé Tripp Alden depuis la mort de mon frère ?

— Non, docteur. Nous le recherchons actuellement.

— Tout comme moi. Juanita est également aux cent coups parce qu'elle n'a plus de nouvelles de son petit-fils Lonnie.

— Si je puis me permettre, est intervenue Kylie, pour quelle raison souhaitez-vous entrer en contact avec Tripp ?

— Très certainement pour la même que vous. Peter était au service des Alden au moment de sa mort. Si quelqu'un est en mesure de vous aider, c'est bien quelqu'un de la famille Alden. Vous ne tirerez rien d'Hubert. Hier soir, je suis allé trouver Janelle, mais elle n'a pas pu, ou voulu, me dire où se trouvait Tripp.

— Tripp et Peter étaient-ils proches ? a demandé Kylie.

— Ils s'adoraient. L'été de ses dix ans, comme il s'ennuyait dans la maison de vacances de Southampton, Tripp a demandé à visiter le village où mon frère et moi avons grandi. Il a pris l'avion avec Peter et ils ont passé quinze jours en Haïti. L'été suivant, il est resté un mois et il est revenu chaque année jusqu'à ce qu'il ait quinze ans. Il n'a pas été abîmé par l'argent de ses parents. Il s'est toujours senti comme un poisson dans l'eau au village, au point de parler créole couramment. Soit dit entre nous, Peter était davantage un père pour lui qu'Alden. Le fait que Tripp n'ait pas cherché à me joindre depuis la mort de Peter m'inquiète au plus haut point.

— Nous sommes dans le même cas, s'est interposée Cates. Nous entendons bien le trouver et recueillir son témoignage.

— Quand ? a répliqué Chevalier en haussant le ton. Et ne me dites pas que votre meilleure équipe le recherche activement, je sais que c'est faux. Hutch Alden vous a rendu visite ce matin même en jouant de ses relations pour vous empêcher de retrouver Tripp. Je me trompe ?

Cates n'a pas souhaité répondre.

— Je vous suis reconnaissant de n'avoir pas cherché à le nier. Je vous prie de m'excuser si je me suis emporté.

— Inutile de vous excuser, docteur. J'imagine combien vous devez être stressé depuis quarante-huit heures.

— Je vous en prie, appelez-moi Patrice, a-t-il répondu sur un ton plus amène. Hier soir, lors de ma visite à Janelle, je lui ai demandé si je pouvais fouiller les affaires de Peter. J'ai récupéré son ordinateur et son téléphone portable, avec sa permission.

J'ai haussé un sourcil.

— Mais… nous avons déjà son portable.

— Son portable professionnel. J'ai pris son portable personnel. Comme il n'avait pas été saisi par la police, j'en ai déduit que l'appareil n'intéressait pas les enquêteurs. Une fois muni de ses contacts, j'ai pris langue avec nos gens.

— Nos gens ? a répété Cates.

— Il existe une forte communauté haïtienne dans cette ville. Nombre d'entre eux travaillent dans l'ombre pour la poignée de nantis au service desquels s'active le Red. Mon frère était un membre actif de cette communauté, grâce à laquelle il a pu conserver des liens avec la culture haïtienne.

— Et l'une de ces personnes travaille pour le compte de Hutch Alden, a suggéré Cates.

Chevalier a hoché la tête.

— En effet. Je ne devrais pas être obligé d'user de ressources clandestines pour obtenir les informations relatives au meurtre de mon frère auxquelles j'ai droit. À l'avenir, j'aimerais que vos équipes et vous-mêmes fassiez preuve de davantage de transparence.

— Compris, a approuvé Cates.

— Dites-moi surtout que vous ne laisserez pas la politique, le pouvoir et l'argent vous empêcher de mettre la main sur l'assassin de Peter.

Cates s'est levée en tendant le bras.

— Vous avez ma parole, Patrice.

Chevalier s'est levé à son tour, a serré la main qu'elle lui offrait et un sourire a éclairé son visage.

Un sourire franc, ouvert sur deux rangées de dents d'un blanc éclatant. Le « probablement » n'avait plus de raison d'être cette fois, Patrice Chevalier était vraiment très beau gosse.

— Merci, capitaine.

— Appelez-moi Delia, a-t-elle dit en lui retournant son sourire.

En apparence, on aurait pu imaginer qu'une étincelle avait jailli entre eux, qui aurait pu les conduire à dîner ensemble, voire davantage. Mais je n'étais pas dupe. Delia n'est pas du style à laisser jaillir une étincelle entre elle et un proche d'une victime. Le bon docteur l'avait prise en flagrant délit d'entourloupe et elle laissait opérer son charme naturel dans l'espoir de regagner sa confiance. Une version inédite de la technique du bon flic et du mauvais flic, avec Cates dans les deux rôles.

Elle n'avait qu'un but : découvrir l'assassin et retrouver les deux ados disparus.

Chevalier avait le même objectif, auquel s'ajoutait un troisième impératif, ainsi qu'il nous l'avait expliqué dès le début.

Il entendait rapatrier le corps de son frère. Entier.

38

Augie Hoffman se prépara mentalement au froid polaire qui s'abattrait sur lui à l'instant où il tournerait sur Grand Street déserte. Il passa le coin de la rue et le vent venu de l'East River lui cingla le visage. Aucune importance. Le lendemain à la même heure, il aurait quitté New York. Deux jours plus tard, il serait en Floride. Pour toujours.

Après trente-deux ans de bons et loyaux services, il effectuait pour la dernière fois le trajet de onze minutes qui le séparait de la cité scolaire 114. Il s'était promis de nettoyer son bureau, mais il éprouvait surtout le besoin de dire adieu à son lieu de travail.

Ces dernières semaines avaient été particulièrement mouvementées. Il s'était rendu à West Palm Beach en avion afin de passer les fêtes chez son frère Joe. La femme de Joe, Debbie, avait invité Nadine à dîner un soir et Augie en était tombé fou amoureux. Deux jours plus tard, il recevait un e-mail lui annonçant que la cité scolaire restait fermée jusqu'à nouvel ordre.

— Je n'ai plus aucune raison de rentrer puisque je n'ai plus de boulot, avait-il déclaré à Nadine.

— Alors, ne rentre pas, avait-elle répondu.

Elle n'avait pas eu besoin de le lui répéter. Il avait aussitôt demandé à prendre sa retraite anticipée avant d'attraper le premier vol à destination de New York et de préparer son déménagement. Elle le rejoignait le soir même, les déménageurs arrivaient le lendemain matin et ils redescendraient dans la foulée à West Palm Beach afin de passer leur fin de vie ensemble.

Merci, mon Dieu, pensa-t-il en arrivant à la cité scolaire. *Je savais bien que tu avais tes raisons pour nous empoisonner avec tous ces produits toxiques en provenance des éclairages.*

La neige s'était accumulée autour des bâtiments depuis la fermeture de la cité scolaire, mais il remarqua un passage reliant la rue à l'entrée des sous-sols. *Les gamins, je vous jure*, pensa-t-il. À en juger par le nombre d'empreintes de bottes, ils étaient trois.

Il sortit le trousseau de sa poche et approcha sa clé du cadenas.

— Vacherie, s'agaça-t-il en constatant que le cadenas avait été changé.

Connards de bureaucrates, accusa Augie en son for intérieur. *Il faut toujours qu'ils fassent chier jusqu'au bout.*

Il s'intéressa de plus près au cadenas.

— C'est quoi ce bordel ? maugréa-t-il en voyant qu'il s'agissait d'un coûteux modèle Abus Granit quasiment inviolable.

Cette vacherie de cadenas avait coûté dans les 150 dollars, c'est-à-dire 145 de plus que ce qu'aurait dépensé l'administration en temps ordinaire. Un peu comme si on avait servi des filets mignons à la cantine au lieu de poissons panés. C'était incompréhensible, et Augie était un garçon trop méticuleux pour que les mystères ne l'empêchent pas de dormir.

Qui a bien pu changer ce cadenas ? Et pourquoi ?

Il lui fallait en savoir plus. Il possédait bien la clé de l'entrée principale, mais cela signifiait contourner tout le bâtiment cerné par une épaisse couche de neige.

Et puis merde. Je ne travaille plus ici, ce n'est pas mon problème.

Bien sûr que si, résonna une petite voix dans sa tête.

Il rebroussa chemin et fit le tour de la cité scolaire en s'enfonçant dans la neige.

Les vieilles habitudes ont la vie dure.

39

— Qu'est-ce qu'il fabrique ? se demanda Lonnie à voix haute, debout devant la porte de la cage, les doigts agrippés aux épais maillons du grillage.

— Il n'y a personne, le rassura Tripp.

— Je jurerais l'avoir entendu bidouiller le cadenas il y a une minute.

— Pourquoi voudrais-tu qu'il revienne si tôt ? On a encore à manger. Et puis il est déjà passé ce matin pour que je laisse un message à M. Madison.

Tripp se laissa retomber au fond de la cage.

— Tu crois que Madison a appelé ton daron ?

— Bien sûr. J'ai confiance en lui. Pas toi ?

Lonnie haussa les épaules.

— J'ai davantage confiance en Peter. Je ne comprends pas pourquoi il n'a pas voulu que tu appelles Peter.

— Tu l'as entendu. Il prétend que Peter fait partie de la famille. Il avait peur qu'on ait mis au point un code secret et que je donne à Peter un indice susceptible…

Tripp s'interrompit en entendant claquer une porte à l'étage.

— Je t'avais bien dit qu'il était là, sursauta Lonnie. Il a pris un autre chemin.

En tendant l'oreille, ils distinguèrent l'écho de pas lourds dans un couloir.

— Tu veux que je te dise, mec ? murmura Lonnie. Qu'il ne compte pas sur moi pour me laisser tuer sans résister.

La porte de la réserve s'ouvrit et le plafonnier s'alluma. Un individu vêtu d'une parka orange pénétra dans la pièce avant de s'arrêter net en découvrant les deux jeunes gens.

— Vous pouvez me dire à quoi rime tout ce cirque, les garçons ?

— On s'est fait enlever en pleine rue par un taré qui nous a enfermés ici, cria Lonnie. Délivrez-nous, je vous en prie.

— Attendez, attendez, le calma Augie en s'approchant d'un coffret accroché au mur.

Pendant qu'il cherchait la bonne clé sur son trousseau, Lonnie se balançait sur ses jambes repliées en secouant le grillage de sa cage.

— Vite ! Dépêchez-vous !

Augie déverrouilla le coffret dont il tira une clé.

— J'arrive, j'arrive.

Il se dirigea vers la cage et ouvrit la porte. Lonnie en sortit le premier, aussitôt suivi de Tripp.

— Merci, mec, s'écria Lonnie.

— Depuis combien de temps êtes-vous enfermés là ? lui demanda Augie. Qui vous a enlevés ?

— Je ne sais pas qui est ce type, mais ça fait trois jours qu'on moisit ici, répondit Lonnie. Vous avez un portable ? Il faut qu'on appelle la police.

Augie tira la fermeture Éclair de la poche de sa parka et récupéra son téléphone.

— C'est inouï, dit-il. Vous êtes enfermés là-dedans depuis trois…

Il poussa un cri aigu et s'effondra, terrassé par une douleur fulgurante.

Lonnie se retourna d'un bloc et vit Tripp, le Taser à la main.

— Enferme-le dans la cage, lui ordonna-t-il d'une voix calme.

— T'es complètement dingue, ou quoi ? s'exclama Lonnie.

Tripp braqua le canon du Taser sur sa poitrine.

— Ne m'oblige pas à tirer et contente-toi de m'obéir. Tire-le dans la cage.

— Tripp, tu as perdu la boule ou quoi ? Ce type est de notre côté, il…

Tripp agita le Taser d'un air menaçant.

— Je ne plaisante pas, je te dis. Tire-le dans la cage avec toi ou bien je t'électrocute.

— Rien à foutre. Ça fait trois jours que je suis enfermé là-dedans, je refuse d'y retourner.

— Je te demande uniquement de patienter dans cette cage dix minutes de plus, insista Tripp. Fais-moi confiance.

— Et rester prisonnier pendant que tu rentres tranquillement chez toi, c'est ça ?

— Dix minutes, Lonnie. Je te jure d'appeler les flics dès que je serai dehors. Je n'ai aucune intention de rentrer chez moi.

— Où comptes-tu aller ?

— Je ne sais pas, mais pas à la maison.

— C'est à cause de ton père, Tripp ? Tu as peur qu'il te punisse parce qu'on t'a enlevé ? Que veux-tu qu'il te fasse ? Qu'il te prive de ta carte Platinum ? Qu'il t'oblige à voyager en classe économique ?

— Tu ne sais pas de quoi mon père est capable.

Augie s'agita à leurs pieds et tenta de se mettre en position assise.

— Je t'en prie, insista Tripp. Tire-le dans la cage et donne-moi son portable, sinon je vous électrocute tous les deux.

Lonnie prit les jambes d'Augie en jurant entre ses dents et l'entraîna à l'intérieur de la cage avant de tendre le portable à Tripp.

— Mission accomplie. J'attends la suite.

— Je vais devoir t'enfermer avec lui pendant dix minutes, mais je te dois d'abord une explication.

— Tu crois vraiment ? le railla Lonnie.

— Viens avec moi dans le couloir. Je n'ai pas envie que ce type entende ce que j'ai à te dire.

Le Taser dans les reins, Lonnie quitta la pièce.

— J'espère que tu as de bonnes raisons, Tripp. Sinon je pourrais bien casser ta gueule de gosse de riche un jour ou l'autre, au moment où tu t'y attendras le moins.

40

La serviette en cuir remplie de liasses de billets sous le bras, Hubert se dirigea vers le bureau du directeur dès son arrivée dans les locaux de l'école Barnaby.

— Monsieur Alden, l'accueillit Anderson avec le sourire qu'il réservait aux principaux bienfaiteurs de l'établissement tout en affichant un air circonspect. Nous avons tous été choqués d'apprendre la façon dont Peter…

— Je voudrais m'entretenir avec l'un des enseignants de mon fils, le coupa Hubert. Un certain Madison.

— Je vais voir s'il est disponible, répondit Anderson. Je vous propose que nous nous réunissions tous les trois dans…

— Pas tous les trois. Je ne veux voir que Madison. En attendant, voyez donc s'il est *disponible*.

— Suivez-moi, se résigna Anderson.

Il conduisit son visiteur au deuxième étage et les deux hommes pénétrèrent dans une vaste salle où étaient alignés une douzaine de postes de travail informatiques occupés par des adolescents, un casque sur les oreilles, les yeux collés à l'écran. Pas un d'eux ne releva la tête.

Hubert prit un air dégoûté. *Quand je pense que les pères de ces douze gamins dépensent une fortune pour que leurs gosses perdent leur temps à réaliser des films que personne ne regardera jamais.*

— Monsieur Madison, fit le directeur en s'approchant de l'enseignant, penché au-dessus de l'un des postes de travail.

Il échangea quelques mots avec l'intéressé qui se dirigea vers Hubert, la main tendue.

— Ryan Madison, se présenta-t-il. Nous serons plus tranquilles dans mon bureau pour discuter.

Le bureau en question était aussi petit qu'encombré. Les murs, couverts d'affiches de cinéma, accueillaient des étagères bien remplies et pas un centimètre carré de sol n'échappait au matériel entreposé là. Madison s'installa derrière sa table de travail.

— J'ai cru comprendre que mon fils vous avait contacté à deux reprises depuis le meurtre, déclara Hubert en s'asseyant sur une chaise à dossier d'osier. Une fois par texto et une fois sur votre messagerie.

Madison approuva.

— Tout laisse croire que vous êtes l'interlocuteur privilégié de Tripp, poursuivit Hubert. Connaissant son fonctionnement, il est probable qu'il vous contactera à nouveau.

— Si c'est le cas…

— Laissez-moi terminer, l'interrompit Hubert. Je comprends que vous ayez fait votre devoir en avertissant la police ces deux premières fois, afin d'épargner l'établissement qui vous emploie. C'est compréhensible. La direction vous *incite* à respecter certaines règles.

— Monsieur Alden, avec tout le respect que je vous dois, je n'ai pas appelé la police parce que je suis employé par Barnaby Prep. J'ai appelé la police parce que c'était le plus sage.

— Qui vous a dit que c'était le plus sage ? Les flics ? Ces gens-là cherchent uniquement à harceler mon fils. Vous auriez dû m'appeler, mais vous ne l'avez pas fait parce que rien ne vous y incitait. J'entends changer les règles.

Hubert sortit de la serviette une liasse de billets qu'il posa sur la table.

— Il y a là 5 000 dollars. En voici cinq mille autres, ajouta-t-il en déposant devant son interlocuteur une deuxième liasse avant de replonger la main dans la serviette.

— Stop ! l'arrêta Madison. Je n'ai pas pour habitude de me laisser acheter, monsieur Alden.

Hubert lui sourit.

— Je ne vous achète pas, je me contente de vous inciter à agir intelligemment.

Il tira deux nouvelles liasses de la serviette.

— Ces 20 000 dollars vous inciteront à partir sur de nouvelles bases.

Il poussa les billets en direction de son interlocuteur, hypnotisé par les liasses.

Hubert connaissait trop bien le phénomène. Pour un gagne-petit tel que Madison, la perspective d'empocher une somme de 20 000 dollars non déclarés était l'équivalent de gagner au loto.

Le téléphone de Madison les interrompit.

— Désolé, s'excusa l'enseignant. La ligne fixe de l'établissement.

Il décrocha.

— Département de cinéma.

La voix de son interlocuteur faillit lui emporter l'oreille.

— Monsieur Madison, c'est Tripp. J'ai besoin d'aide. Désolé d'avoir appelé l'école, mais je ne connais pas votre numéro de portable par cœur, il est dans mes favoris, et…

— Bonjour, monsieur Berger, le coupa Madison.

— Non, c'est Tripp.

— Bonjour, monsieur Berger, répéta Madison. Je suis désolé, mais je n'ai pas le temps de vous parler, je suis en rendez-vous avec un parent d'élève.

Il se tourna vers Hubert.

— Je vous prie de m'excuser, monsieur Alden. Je suis à vous tout de suite.

— Oh, putain. Mon père est là ?

— Oui, bien sûr. Je vous mets en attente.

Sans attendre la réponse de son correspondant, Madison enfonça une touche de son téléphone fixe.

— Je viens d'un milieu très pauvre, monsieur Alden. J'ai été jaloux des gamins comme Tripp jusqu'au jour où j'ai commencé à enseigner dans des établissements privés. J'ai compris que l'argent ne forgeait pas le caractère. Je dispose de quatre ans pour donner à mes élèves…

— Parce que vous vous imaginez que c'est mon problème, de forger leur caractère ? Dites-moi combien je dois mettre sur la table pour effacer vos airs de sainte-nitouche. Tout individu a son prix, Madison.

— C'est ce que m'a déjà dit un père d'élève en posant cinq fois plus d'argent sur mon bureau. Son gamin fumait trop d'herbe pour que je lui colle une autre note que F, et son père voulait qu'il ait un A. Je ne suis pas à vendre, monsieur Alden. Maintenant, si ça ne vous ennuie pas, j'ai un cours à terminer.

— Merci de m'avoir reçu, réagit Hubert en remballant ses liasses de billets. Appelez-moi le jour où vous redescendrez sur terre.

Il quitta le bureau de Madison en refermant la porte derrière lui.

L'enseignant s'empara aussitôt du combiné.

— Tripp, que se passe-t-il ? Où es-tu ?

— Je vais bien. Je suis dans une station de métro au coin de Broadway et de Rutgers Street. J'ai besoin de vous parler.

— Tu te doutes bien que je ne peux pas laisser mes élèves en plan. Il suffit de se voir après les cours.

— On n'a qu'à se retrouver dans le restau où on a dîné après avoir tourné la scène du vol de voiture. Vous vous souvenez ?

— Très bien. Retrouvons-nous là-bas aux environs de 17 heures.

— J'y serai, approuva Tripp. Qu'avez-vous dit à mon père ?

— Je lui ai dit que j'étais ton prof et que je n'avais pas l'intention de me mêler de vos histoires de famille. Comme quoi j'avais tort, conclut Madison en soupirant.

41

Hubert prit place à l'arrière de l'Audi de Blackstone et claqua la portière.

— On rentre à la maison. Tu n'as rien à boire ?

Silas leva les yeux au ciel. *Si, bien sûr. Je demande au sommelier de vous apporter la carte des vins.*

— Désolé, patron, dit-il en démarrant. Vous voulez que je m'arrête dans un magasin d'alcool sur le chemin du retour ?

— Non, je veux que tu contactes tes gens et que tu leur demandes de réunir tout ce qu'ils pourront trouver sur cet abruti de Ryan Madison.

— Pas d'instructions particulières ?

— Le topo habituel. S'il consomme de la dope, s'il va aux putes, s'il truande le fisc. Tout et n'importe quoi.

— Vous êtes resté là-bas tout juste un quart d'heure. Que s'est-il passé ?

— Ce connard refuse de coopérer. À l'heure qu'il est, Madison est notre unique lien avec Tripp. Je lui ai donc recommandé de m'appeler au lieu de contacter les flics la prochaine fois. J'étais prêt à le dédommager pour ça, j'ai été jusqu'à poser mon fric sur son putain de bureau.

— Et alors ?

— Alors, ce boy-scout de mes deux me répond qu'il n'est pas à vendre. Pas de problème. Je suis curieux de savoir jusqu'à quel point il est boy-scout. Je veux tout savoir de ses petits secrets. Dossiers et photos, tout ce que tu pourras trouver sur lui.

— Et s'il n'a rien à se reprocher ? demanda Silas en s'engageant sur la 85e Rue.

— Personne n'a rien à se reprocher. Personne.

— D'accord, mais ce type est un simple prof. Les profs ont des PV de stationnement, ils ne truandent pas le fisc et ne se droguent pas. Et si on ne trouve rien ?

— Alors on inventera un truc, aboya Hubert. Je te donne vingt-quatre heures pour avoir ce type à ma botte.

— OK, OK, je m'en occupe.

— Pas toi. Je t'ai dit d'en parler à tes gens. Toi, tu le prends en filature. Dès que tu m'auras déposé chez moi, retourne à Barnaby et ne le lâche pas d'une semelle.

— Je cherche quoi en particulier ?

— Nom de Dieu, il faut tout t'expliquer ou quoi ? Ce type est un vrai indic. Il a déjà contacté la police à deux reprises, il recommencera. Tu ne le quittes pas des yeux, tu surveilles ses moindres mouvements. Si jamais il va trouver les flics, je veux être au courant dans la minute.

— D'accord, acquiesça Blackstone en se demandant comment Peter Chevalier avait pu supporter ce connard prétentieux pendant vingt-trois ans.

Il préféra conserver le silence jusqu'à la 81e Rue.

— Pas de conneries, contacte tout de suite tes gens, lui recommanda Alden en descendant de l'Audi dont il claqua la portière.

— Mes gens, marmonna Silas.

Il regarda sa montre. Il était près de 23 heures à Bombay. Il fit défiler la liste de ses contacts sur l'écran de son téléphone et cliqua sur un nom. Vivek décrocha à la première sonnerie.

— Agence de recherches privées SDB, Vivek à l'appareil.

— J'espère que tu n'avais pas prévu de dormir cette nuit, Vivek, l'apostropha Silas. Hubert Alden ne me lâche pas la grappe, il a besoin d'une recherche de niveau trois sur un certain Ryan Madison.

— Que reproche M. Alden à l'abominable M. Madison ?

— C'est là que le bât blesse. Pour une fois, Madison n'est pas un lobbyiste à la moralité douteuse. Il est prof à l'école Barnaby Prep de New York. Il est très possible que son plus grand méfait soit de s'être attiré les foudres d'Alden en refusant de se laisser acheter. Il faudra peut-être te montrer inventif.

— Dans ce cas, souhaitons que M. Madison soit un citoyen modèle. C'est toujours plus amusant pour moi de fabriquer des squelettes et de les cacher dans les placards que d'en trouver des vrais. À quoi ressemble Barnaby Prep ?

— C'est un lycée de garçons.

— Silas, s'il te plaît ! pouffa Vivek à l'autre bout du fil. C'est trop facile.

42

Kylie et moi avons gagné Gerri's Diner au coin de la rue et préempté un box. Gerri Gomperts, propriétaire des lieux et mère poule honoraire du commissariat, est venue prendre notre commande en personne.

— Je suis désolée, s'est-elle excusée.

— De quoi ? lui a demandé Kylie.

— De ne pas avoir le droit de vendre de l'alcool. J'ai comme l'impression qu'un petit remontant vous ferait du bien. Que puis-je vous servir ?

Nous avons passé la commande.

— À voir vos têtes, a insisté Gerri, je vous apporte aussi une assiette de Foutez-nous-la-paix-qu'on-puisse-bosser.

Gerri venait tout juste de s'éloigner que Kylie se lançait.

— Patrice Chevalier a dépeint la victime sous un jour très différent. Tu ne trouves pas étrange qu'Hubert Alden ait consciencieusement oublié de nous préciser que Peter avait financé un dispensaire pour enfants ?

— C'est parce qu'on coupe rarement la tête des humanitaires. Ce genre de traitement est réservé aux types qui couchent avec les femmes des autres. Alden essaye de nous persuader que Peter a bien cherché ce qui lui est arrivé, histoire d'éviter qu'on le *harcèle* au sujet de son fils.

Elle a souri.

— Il faut croire qu'il nous connaît mal, pas vrai ?

Elle a été interrompue par la sonnerie de son téléphone.

— Ah, salut Janet. Demain ? Tu es sûre ? On est samedi, demain. Non, je ne cherche pas à repousser, c'est juste que je suis débordée au boulot. Ne quitte pas.

Elle s'est tournée vers moi.

— C'est Janet Longobardi. Tu peux te passer de moi demain à 15 heures pendant une heure ?

— Ça ne va pas être facile, mais je pense pouvoir tenir soixante minutes sans que tu m'expliques comment faire mon boulot.

Trop loin pour me donner un coup de poing, elle a repris sa conversation.

— C'est bon, je peux. Envoie-moi son adresse et son numéro de téléphone par e-mail. Merci. Salut.

— C'est la première fois que je te vois t'occuper d'un truc personnel sur ton temps de travail. Que se passe-t-il ?

— Tu sais bien comment est Janet. C'est une raccommodeuse de destinées. Il suffit que quelqu'un ait un problème pour qu'elle essaye de l'aider.

— Et en quoi t'aide-t-elle ?

— J'avais besoin d'un avocat. Non seulement elle a trouvé le meilleur de la ville, mais elle est allée jusqu'à prendre un rendez-vous pour moi samedi, en s'imaginant que j'étais quelqu'un de normal qui dispose de ses week-ends. Ne t'inquiète pas. Je doute que ça dure une heure.

— Depuis quand as-tu des problèmes juridiques ?

— Pas des problèmes juridiques. Des problèmes matrimoniaux.

— Waouh. Hier soir, tu me disais que Spence traversait une passe difficile avec sa cure de désintoxication, et maintenant tu prends un avocat pour divorcer ?

— Je ne prends pas un avocat pour divorcer, Zach. J'en consulte un. Et ce n'est pas une décision soudaine, j'y réfléchis depuis quelque temps.

Je me suis demandé si elle y pensait la veille quand on entremêlait nos fourchettes en mangeant cette part de tarte au chocolat, ou encore quand elle me serrait interminablement dans ses bras pour me dire bonsoir, sur la 3e Avenue.

— Tu veux en parler ?

— Non.

Putain. Moi si.

Je m'interrogeais sur la meilleure façon de la convaincre qu'en parler lui ferait du bien quand mon téléphone a sonné.

— C'est Cates.

J'ai décroché.

— Jordan à l'appareil.

Cates savait que j'étais en train de déjeuner avec Kylie et elle n'était pas du style à interrompre notre repas pour une broutille.

— Je vous attends.

Je me suis levé et dirigé vers la porte, le portable à l'oreille et Kylie sur les talons. En passant à hauteur du comptoir, j'ai croisé le regard de Gerri qui m'a répondu par un petit signe. Ce n'était pas la première fois qu'elle voyait des flics quitter précipitamment son restaurant avant que leur commande n'arrive à table. Nous avons descendu Lexington Avenue en courant et tourné sur la 67e Rue. Le temps d'arriver à la voiture, Cates m'avait fait le topo.

— Où va-t-on ? m'a demandé Kylie en prenant place derrière le volant de la Ford.

— 239 Delancey Street, sous le pont de Williamsburg. Police-secours vient de recevoir un appel. Deux individus retenus prisonniers dans le sous-sol de la cité scolaire 114.

— Tripp et Lonnie ?

— Lonnie et un employé des services techniques de la cité scolaire.

— Et Tripp Alden ?

— D'après les premiers flics arrivés sur place, Tripp aurait immobilisé le type des services techniques avec un Taser avant de s'enfuir. Il a pris la poudre d'escampette.

— Je croyais que notre gosse de riche était noyé sous le chagrin ? a réagi Kylie en brûlant un feu sur Lexington Avenue.

— Tais-toi et accélère.

43

— Il n'y a personne ! s'est étonnée Kylie à notre arrivée à la cité scolaire.

Par « personne », elle voulait dire qu'il n'y avait là que cinq voitures de patrouille, un camion de pompiers et une ambulance, ce qui est plutôt maigre pour une alerte dans un collège.

— L'établissement est vide en ce moment et le standard s'est contenté de signaler un vol avec effraction, ce qui explique que personne n'ait encore fait le lien avec notre enquête. Autant se dépêcher avant la ruée.

Nous avons commencé par interroger l'employé des services d'entretien. Augie Hoffman était le témoin rêvé. Un type organisé, méticuleux, précis. À ceci près qu'il était encore sous le choc.

— Cette histoire n'a aucun sens, nous a-t-il déclaré avant de nous fournir tous les détails de sa mésaventure.

Un Bon Samaritain délivre les victimes d'un enlèvement, et l'une des victimes neutralise le Bon Samaritain avec un Taser. Il avait raison, c'était absurde.

Augie a refusé le petit séjour à l'hôpital qu'on lui proposait.

— Je vais bien et ma nouvelle petite amie me tuera si je ne suis pas là pour l'accueillir à l'aéroport. Il faudrait que je voie où en est son vol, le gamin m'a pris mon portable. Ça vous ennuierait de m'en prêter un ?

— S'il est en possession de votre téléphone, on peut le suivre à la trace, a répondu Kylie. Votre numéro ?

Il nous l'a indiqué, ainsi que celui de sa petite amie pour que nous puissions le joindre.

Nous avons ensuite interrogé Lonnie Martinez. Sa version de l'enlèvement corroborait en tout point celle de Mme Gittleman, à un détail près : la vieille dame décrivait l'homme à la barbe rousse comme un flic en civil alors que Lonnie parlait d'un ravisseur. Après toutes les dénégations d'Hubert Alden, c'était agréable d'entendre enfin quelqu'un utiliser ce mot.

Je lui ai demandé si le ravisseur en question avait parlé de rançon.

— Le montant, vous voulez dire ? Non, il nous a juste expliqué que le père de Tripp refuserait de payer si Tripp ne donnait pas une preuve de vie.

— C'est lui qui a dit à Tripp qui appeler ?

— Non, mais il lui a dit qui *ne pas* appeler. Personne de la famille. Il a sorti de sa poche le portable de Tripp en lui disant de choisir quelqu'un parmi ses contacts. Tripp a voulu appeler Peter, son chauffeur, mais le type lui a répondu : Jamais de la vie.

J'ai lancé un coup d'œil en direction de Kylie.

— Lui a-t-il précisé pourquoi ?

— Il lui a dit que Peter était trop proche, qu'il faisait quasiment partie de sa famille. Alors Tripp a décidé d'appeler un de nos profs, M. Madison.

Je l'ai cru. En partie parce que ça concordait avec ce qu'on savait déjà, et surtout parce que, après le témoignage d'Augie, Lonnie réservait ses mensonges pour la suite de son récit.

— Une dernière question. En arrivant, la police vous a trouvé enfermé dans une cage avec M. Hoffman, sans Tripp. Que s'est-il passé ?

— C'est le plus dingue, a répliqué Lonnie. Au moment où Hoffman nous délivrait, le ravisseur a débarqué. Il a eu le temps de nous neutraliser avec Hoffman, et Tripp a trouvé le moyen de s'échapper.

— Où a-t-il pu se réfugier ? l'a interrogé Kylie.

Il a affiché un air perplexe.

— Je n'avais pas compris qu'il t'avait neutralisé avec son Taser, a insisté Kylie. Il faut que tu ailles à l'hôpital.

— Tout va bien, a répondu Lonnie. J'ai surtout besoin d'une bonne pizza. J'ai la dalle.

— Nous ne pouvons pas te laisser partir sans avoir examiné ta blessure. Tu peux me montrer à quel endroit il t'a électrocuté ?

Il a relevé sa chemise et nous a montré un hématome au niveau de l'épaule.

J'ai fait la grimace.

— C'est pas beau à voir. Montre-moi la blessure du jour de l'enlèvement.

— Euh… elle n'a pas laissé de trace. Je portais un manteau, alors c'était pas bien méchant. Il ne me reste que celle d'aujourd'hui.

— Je te demande de patienter quelques minutes. On va téléphoner à ta grand-mère, après quoi un agent te reconduira chez toi.

Je me suis éloigné avec Kylie.

— Bien joué, garçon, m'a-t-elle dit. L'hématome de l'épaule est brun, et non rouge vif et tuméfié. Ce n'est pas une blessure récente.

— Après le père riche, c'est au tour du gamin pauvre de nous mentir.

— Oublie toutes les conneries qu'il nous a débitées. Je n'en reviens toujours pas. Tu as entendu comme moi ?

— Si *j'ai* entendu ? Je t'ai regardée pour m'assurer que *toi*, tu avais entendu. Tripp a voulu téléphoner à Peter. Ça fait plusieurs jours qu'on court après Tripp pour l'interroger au sujet du meurtre, et voilà qu'il n'est même pas au courant de la mort de Peter.

44

Après avoir passé quatre heures et vingt minutes à monter la garde devant Barnaby Prep, Silas Blackstone vit enfin sortir Ryan Madison. L'enseignant prit ses clés dans la poche de son blouson. Des clés de voiture.

— Alléluia, il a une bagnole, grommela Silas entre ses dents, après avoir longtemps redouté de devoir abandonner l'Audi le long d'un trottoir afin de suivre sa cible dans le métro.

Madison parcourut quelques dizaines de mètres, récupéra sa voiture dans le microscopique parking de l'établissement, et remonta Central Park West en direction du nord.

Silas le suivit à cinq voitures de distance. Un quart d'heure plus tard, les deux véhicules franchissaient le pont RFK en direction de Queens.

Où est-ce que tu nous conduis ? s'agaça intérieurement Silas.

Madison ne rentrait pas chez lui, en tout cas. Vivek lui avait confirmé que le prof de cinéma vivait dans le bas de Manhattan.

Il était un peu plus de 17 heures lorsqu'il quitta le Grand Central Parkway au niveau de Hillside Avenue. Moins de deux kilomètres plus loin, il bifurqua sur Musket Street et s'engagea sur le parking du Silver Moon Diner.

Silas en arrivait à se demander s'il ne s'était pas trompé. Il avait initialement cru que cet abruti d'Hubert perdait son temps en lui ordonnant de filer Madison, mais tout semblait indiquer qu'il y avait anguille sous roche. Personne ne se rend dans un snack aussi éloigné s'il a la conscience tranquille.

L'enseignant se gara puis poussa la porte du Silver Moon. À travers les vitres, Silas le vit rejoindre un individu installé dans un box.

Silas prit une paire de jumelles dans la boîte à gants, avec l'espoir d'identifier le mystérieux rendez-vous de Madison.

— Putain de merde ! dit-il en voyant s'afficher dans les oculaires la tête ébouriffée d'un adolescent aux yeux fatigués cernés de noir. Tripp.

Silas saisit précipitamment son portable. Il allait appeler Hubert lorsque son doigt se figea. Il était trop tôt. Autant comprendre de quoi il retournait.

Tripp Alden, les dents plantées dans un hamburger près de la fenêtre du snack, ne donnait pas l'impression d'avoir été kidnappé. Il avait pourtant été enlevé, Silas en était sûr. Même si Hubert avait menti à Janelle en lui parlant d'une rançon de 100 millions de dollars, la tête de Peter dans sa caisse, accompagnée d'un téléphone jetable, ne mentait pas.

Tripp avait dû s'échapper, c'était la seule solution. Tout indiquait que le ravisseur était un amateur : les portes arrière de la camionnette retenues par de la corde élastique, le fait qu'il s'était laissé taillader le bras par le petit Portoricain... *L'autre gamin !* Qu'avait-il bien pu devenir ?

Tout ça ne rimait à rien. Jusqu'à cette expédition à Queens avec ce prof à tête de cul de bébé. Un seul détail comptait aux yeux de Blackstone : il pouvait empocher un million de dollars s'il tuait Caïn, alors qu'Hubert ne lui verserait pas un sou s'il se contentait de lui ramener son fils.

L'unique façon de toucher le jackpot était de parler à Tripp. Seul à seul.

Au même instant, Madison se leva sans que Tripp fasse mine de bouger, trop occupé à plonger ses frites dans une mare de ketchup. Madison quitta le snack, s'éloigna de quelques pas, et alluma une cigarette.

Il en tira trois bouffées, l'éteignit, remonta son col et retourna au parking. Mais au lieu de regagner sa voiture, il se dirigea droit vers l'Audi.

Il m'a repéré, pensa Silas. *Et maintenant il va m'emmerder.*

Madison toqua à la vitre et Silas la baissa.

— Je peux vous aider ? demanda-t-il.

En l'espace de quelques secondes, les dernières qui lui restaient à vivre, Silas Blackstone comprit qu'il s'était lourdement trompé sur le compte de Ryan Madison. L'enseignant, debout à côté de l'Audi, braquait sur son visage un Glock 9 mm équipé d'un énorme silencieux.

L'instinct de Blackstone reprit instantanément le dessus. *Surtout pas de bêtise. Essaye de le calmer.*

— Monsieur Mad…

Il n'alla pas plus loin, tué net par une balle qui dessina sur son front un cercle minuscule et fit exploser l'arrière de sa boîte crânienne en aspergeant le siège passager de l'Audi d'un mélange de cervelle et de sang.

Madison rangea l'arme à l'intérieur de sa veste, se baissa, récupéra le GPS fixé sur le châssis de l'auto et le glissa dans sa poche.

Il fit des yeux le tour du parking. Une vingtaine de voitures. Pas âme qui vive. Il lança un dernier regard à la masse sanguinolente prostrée sur le siège de l'Audi.

— Désolé, monsieur Blackstone, ça ne faisait pas partie de mon plan, mais vous ne pouvez vous en prendre qu'à vous-même.

Il tourna les talons et regagna le Silver Moon avec l'intention de récupérer Tripp. Il était grand temps de reprendre la main.

45

Tripp attendit que Madison soit sorti fumer une cigarette pour tirer du fond de sa poche le téléphone d'Augie qu'il avait éteint après avoir appelé police-secours et Barnaby. Les flics devaient être en possession du numéro, ce qui leur permettait de le pister, mais il devait absolument joindre quelqu'un. Madison commençait à lui foutre la trouille. Lorsqu'il lui avait raconté ce qui s'était passé, le prof s'était penché vers lui et l'avait fusillé du regard.

— À quoi pensais-tu ? avait-il grondé.

Tripp avait tenté de lui expliquer la situation, mais Madison restait inflexible.

— Si je comprends bien, tu as réussi à les enfermer tous les deux, tu t'es enfui, et puis tu as estimé que le plus malin était encore d'appeler les flics, c'est ça ?

— Je ne pouvais tout de même pas les abandonner là, monsieur Madison. Ils seraient morts de faim.

— Tes sentiments t'honorent, Tripp, mais ton raisonnement est totalement idiot. Les flics vont se douter que tu étais dans le coup.

— Pas du tout. Ce type était trop dans le cirage pour se rendre compte de ce qui se passait, et jamais Lonnie ne me balancera. Il leur a sûrement raconté que vous nous aviez neutralisés avec le Taser et que vous en aviez profité pour vous enfuir.

Madison avait explosé.

— *Quoi?* Tu lui as dit que j'étais là ?

— Je n'ai pas prononcé votre nom. Croyez-moi, je viens de passer trois jours enfermé avec lui. Lonnie ne se doute pas qu'il s'agit de vous. Tout va bien.

— Non, Tripp, tout ne va pas bien, mais je vais devoir m'en dépatouiller.

Il avait observé le parking à travers la vitre.

— Ne bouge pas, je vais en griller une.

Tripp avait très peu de temps devant lui. C'était un risque à courir.

Il ralluma le portable d'Augie et composa un numéro qu'il connaissait par cœur depuis son enfance.

Une voix fit allô à l'autre bout du fil.

— Peter, c'est Tripp. J'ai besoin de toi.

— Tripp ? Ce n'est pas Peter, c'est Patrice.

— Patrice, qu'est-ce que tu fabriques à New York ? Où est Peter ?

— Seigneur, réagit le médecin. Tu n'es pas au courant !

— De quoi ?

Patrice laissa s'écouler un court silence avant de répondre :

— Tripp, il n'y a pas trente-six façons de te l'annoncer. Peter est mort.

Tripp en resta muet de saisissement.

— Si tu savais combien je suis désolé, poursuivit Patrice. Je sais à quel point tu l'aimais.

— Comment est-il mort ? demanda Tripp en réprimant ses sanglots.

— Il a été assassiné. Quelqu'un l'a attaqué à Riverside Park à l'endroit où il était censé te récupérer et…

Patrice jugea préférable de ne pas lui fournir davantage de détails.

— Quelqu'un l'a attaqué et l'a tué.

— Mercredi soir ? Mais je n'étais pas…

Tripp comprit brusquement l'implication de ce qu'il venait d'entendre. Madison.

— Tripp, il faut qu'on prenne le temps de discuter, tous les deux, reprit Patrice. Où es-tu ?

— C'est sans importance. Je ne peux pas rester ici.

— Ne bouge surtout pas, je viens te chercher et je te ramène chez toi.

— Non.

— Laisse-moi au moins te conduire à la police. Les enquêteurs ont besoin de toi pour mettre la main sur l'assassin de Peter.

— Il est trop tôt pour que je parle à la police.

— Pourquoi appelais-tu Peter ?

— Il avait un truc à moi. J'ai besoin de le récupérer, mais s'il est… s'il est mort, je ne sais plus très bien. C'était la seule personne en qui je pouvais avoir confiance.

— Je te connais depuis toujours, dit Patrice. Si tu avais confiance en lui, tu sais bien que tu peux avoir confiance en moi. Qu'avais-tu confié à Peter ?

— Une clé USB.

— Je viens de fouiller toutes ses affaires. Son ordinateur est là, mais je n'ai pas trouvé de clé USB.

— Ce n'est pas une clé USB normale. Elle est en forme de…

Madison arracha le téléphone des mains de Tripp.

— Tu es complètement cinglé, ou quoi ? s'énerva-t-il en coupant la communication. Je te rappelle que tu es censé avoir été enlevé. À qui parlais-tu ?

— Lonnie. Je l'ai appelé pour m'assurer qu'il allait bien. Ne vous inquiétez pas, il sait que je n'ai pas été enlevé.

Et je sais que tu mens. J'ai pris son portable à Lonnie il y a trois jours. Madison ne savait pas à qui Tripp avait téléphoné, mais il n'allait pas attendre pour agir. Il déposa un billet de vingt dollars sur la table.

— Viens. Il faut qu'on y aille.

Quelques instants plus tard, ils retrouvaient l'air glacé de la nuit.

— Je peux au moins récupérer le téléphone ? demanda Tripp.

— Mais enfin, réfléchis une minute ! Si tu gardes ce truc dans ta poche, c'est comme si tu demandais aux flics de venir te chercher. Tu leur as suffisamment téléphoné pour aujourd'hui.

Il se débarrassa du portable d'Augie en le lançant au milieu des mauvaises herbes, au fond du parking, et poussa Tripp vers la Subaru.

— Maintenant, dépêche-toi de monter dans la voiture.

— C'est bon, on n'est pas aux pièces.

Madison lança un coup d'œil furtif en direction de l'Audi dont la vitre était baissée.

— Tu parles. C'est bientôt l'heure du dîner, il faut se barrer avant qu'il y ait trop de monde.

46

J'ai bien conscience que ça ne me regardait pas, mais je ne pouvais pas m'empêcher de penser au rendez-vous de Kylie avec cet avocat. J'aurais aimé en savoir plus, ce qui ne risquait pas d'arriver tant qu'on resterait enfermés au bureau.

J'ai regardé ma montre.

— Il est 17 h 20. Je meurs de faim. Et si on retournait chez Gerri, histoire de voir si notre commande de ce midi est prête ?

— Bonne idée. Je n'ai rien avalé depuis les ailes de poulet d'hier soir.

Mon téléphone a sonné au moment où je me levais.

— Patrice Chevalier à l'appareil. Je viens de recevoir un appel de Tripp Alden.

Je me suis rassis précipitamment en saisissant un stylo au vol.

— Où est-il ?

— Il ne me l'a pas dit, mais à en juger par le bruit de fond, il devait se trouver dans un bar ou un restaurant.

— Comment Tripp était-il au courant de votre présence à New York ?

— Il n'en savait rien. Il appelait Peter. Quand je lui ai dit que mon frère avait été assassiné, il a accusé le coup.

— Vous lui avez demandé pourquoi il souhaitait parler à Peter ?

Patrice n'a pas répondu assez vite, preuve qu'il mentait.

— Je… j'ai voulu le lui demander, mais quelqu'un lui a arraché le téléphone des mains.

— Quelqu'un ?

— J'ai entendu une voix masculine. Le type paraissait furieux. Et puis nous avons été coupés. Je suis très inquiet, inspecteur. J'ai l'impression que Tripp est en danger. Je lui ai proposé de l'aider, mais…

— Pouvez-vous vérifier le numéro de son portable sur votre appareil ?

— Je l'ai déjà fait.

Il m'a communiqué le numéro.

— Merci, docteur. Vous nous facilitez grandement la tâche.

— Suffisamment pour que vous me teniez au courant de la suite ?

— Oui, docteur. Dans la mesure du possible.

J'ai raccroché et tendu à Kylie la feuille sur laquelle j'avais noté le numéro.

— Tripp vient d'appeler Peter depuis ce portable.

— *Peter ?* a répété Kylie.

— D'après Patrice, Tripp n'était pas au courant du meurtre de Peter. C'est lui qui lui a annoncé la nouvelle. Demande à Matt Smith de nous retrouver ce numéro.

— Pas besoin de Matt, je le reconnais. Il s'agit du portable que Tripp a piqué à Augie Hoffman. Il s'en est déjà servi pour appeler police-secours. J'ai demandé à Matt de surveiller le signal, sans résultat pour l'instant. Ce gamin n'est pas bête, il aura veillé à l'éteindre.

Son téléphone a sonné.

— Quand on parle du loup, a-t-elle dit en décrochant. Salut, Matt. On parlait justement de toi avec Zach.

Elle s'est tournée vers moi.

— Il a repéré le portable d'Augie. Oui, Matt, donne-moi l'adresse.

— Arrêtez tout.

J'ai vu Cates en relevant la tête.

— Laissez-nous une minute, capitaine. On a peut-être retrouvé la trace de Tripp Alden.

— Et moi, j'ai un cadavre tué par balle sur le parking du Silver Moon Diner, 235-20 Hillside, à Queens.

— Oh putain, s'est écriée Kylie qui écoutait Matt d'une oreille tout en essayant de se concentrer sur ce que nous expliquait Cates. Merci, Matt. Je te laisse.

Elle a raccroché.

— Vous avez un problème, MacDonald ? lui a demandé Cates.

— Matt a retrouvé la trace du téléphone portable dont s'est servi Tripp Alden. Au carrefour de Hillside Avenue et de Musket Street, à Queens.

— C'est là que se trouve le corps, a réagi Cates.

— Alors Tripp est mort.

— Je ne crois pas, m'a contredit Cates. Le central précise que la victime est un homme blanc d'approximativement quarante-cinq ans, installé au volant d'une Audi récente, immatriculation SDB. Tout indique que votre vieux copain Silas Blackstone serrait de près l'assassin de Peter Chevalier.

— D'un peu trop près, même, a ajouté Kylie qui se dirigeait vers l'escalier tout en enfilant son manteau.

Je lui ai emboîté le pas. Notre déjeuner allait devoir attendre.

47

Kylie et moi avons quand même terminé l'après-midi dans un snack. Mais au lieu de manger tranquillement dans un box chez Gerri, on s'est retrouvés à se geler sur le parking du Silver Moon. Et au lieu d'écouter Kylie me confier ses déboires conjugaux, j'ai écouté Chuck Dryden procéder aux premières constatations sur le cadavre de Silas Blackstone.

— Un seul projectile de calibre 9 mm en pleine tête, a-t-il déclaré, enfonçant une porte ouverte.

La balle avait dessiné un cercle bien net au milieu du front de Blackstone en pénétrant la boîte crânienne, avant de ressortir de façon nettement moins propre après avoir traversé l'os, le cerveau et toutes sortes de tissus. On aurait pu croire qu'une cocotte avait explosé à l'intérieur de l'Audi.

— Blackstone connaissait son assassin, a remarqué Kylie.

— Comment pouvez-vous le savoir, inspecteur? lui a demandé Dryden.

— Quand un inconnu frappe à la vitre de votre voiture, vous vous contentez de l'entrouvrir de quelques centimètres. La vitre est grande ouverte. Sans compter que Blackstone n'a pas cherché à dégainer son arme. Non seulement il connaissait l'assassin, mais il lui faisait probablement confiance.

Chuck a pris un air amusé.

— La théorie est intéressante, mais je préfère m'en tenir à des preuves moins empiriques.

— Je suis preneuse si vous en avez. En attendant, je me contenterai de suppositions non vérifiables.

Il était temps que je me mêle à la discussion.

— Tes suppositions te conduisent-elles à penser que le tireur est Tripp ?

— Il y a quelques heures encore, je n'aurais jamais cru Tripp capable de neutraliser Augie Hoffman à l'aide d'un Taser. À ce stade, je ne sais plus quoi penser. D'une façon ou d'une autre, Blackstone a retrouvé sa trace et il le surveillait, ce que confirme la présence de jumelles sur le siège passager. Essayons de deviner ce qu'il regardait.

Nous avons commencé par interroger la femme qui avait découvert le corps. Leslie Stern venait de se garer lorsqu'elle avait remarqué que la vitre de l'Audi était baissée. Elle avait jeté un coup d'œil à l'intérieur, appelé police-secours, décrit la situation au central, et couru jusqu'au snack en ameutant tout le monde.

Le temps que les flics arrivent, un attroupement s'était formé, les badauds avaient tous leur portable à la main, et le hashtag #CadavredansuneAudi circulait déjà sur Twitter.

Nous nous sommes entretenus ensuite avec le patron du snack, furieux parce que c'était un vendredi soir et que son parking regorgeait de curieux dont il n'avait rien à espérer financièrement. Le NYPD avait ordonné la fermeture de son établissement, et il refusait de comprendre que les meurtres finissent toujours par booster le commerce. Nous lui avons montré le portrait de Silas Blackstone récupéré auprès du service des permis de conduire.

— Jamais vu, nous a-t-il déclaré d'un air renfrogné.

Je lui ai tendu une photo de Tripp Alden.

— Et lui ?

Il a grommelé un « ouais » maussade et je lui ai demandé des détails.

— Il est arrivé aux alentours de 16 h 30. Il m'a expliqué qu'il attendait quelqu'un et qu'il voulait un box. Comme il était tôt, je lui en ai donné un près de la fenêtre.

— Nous aimerions interroger la personne qui l'a servi.

L'intéressée se prénommait Denise, elle avait le look d'une serveuse de snack chevronnée, le style à vous resservir en café avant même que vous ayez eu le temps de lever le petit doigt. Denise était infiniment plus perturbée que son patron. C'est tout juste si elle n'a pas fondu en larmes quand je lui ai montré la photo de Tripp.

— Mon Dieu, c'est donc lui qui a été tué ?

— Non, l'a rassurée Kylie. Que pouvez-vous nous dire à son sujet ?

— Eh bien, il a commandé un cheeseburger, des frites et un Pepsi. Un gamin bien élevé qui disait s'il vous plaît et merci. Sinon, rien d'autre. Les ados discutent rarement avec les serveuses qui ont l'âge d'être leur mère.

— Était-il seul?

— Au début. Il a été rejoint par un type. Un Blanc, dans les trente-cinq ans. Je lui ai proposé un menu, mais il m'a expliqué qu'il ne restait pas, alors je n'ai pas fait très attention à lui. Il est sorti à un moment et quand il est revenu, j'ai bien vu qu'il était furieux contre le gamin. Il a jeté un billet de vingt dollars sur la table et ils sont partis ensemble.

Pendant ce temps-là, les collègues en uniforme en ont profité pour circuler parmi les badauds. À part les hypothèses du genre « C'est sûrement un règlement de comptes entre gangs » ou « Encore un mari jaloux », rien qui s'apparente à ce que Chuck Dryden avait qualifié de preuve rationnelle.

Il nous attendait près de l'Audi lorsque nous sommes ressortis du snack.

— J'ai trouvé ça sous le siège avant, côté passager, nous a-t-il dit, un ordinateur portable à la main. C'est l'ordi de Tripp Alden. J'ai relevé les empreintes, mais plutôt que de l'immobiliser en l'emportant au labo, je pensais le confier à Matt Smith. Il en tirera plus d'informations en examinant son contenu.

Une sonnerie a retenti. Le portable de Blackstone. J'ai décroché.

— Putain, Silas ! a tonné la voix d'Hubert Alden. Où es-tu ?

— Monsieur Alden ? Inspecteur Zach Jordan à l'appareil. J'ai une mauvaise nouvelle à vous annoncer. M. Blackstone a été abattu. Il est mort sur le coup. Toutes mes condoléances.

Je lui ai raconté les circonstances du drame.

— Un restau à Queens ? Qu'est-ce qu'il fabriquait là-bas ?

— Tout indique qu'il avait retrouvé la trace de votre fils. Tripp a mangé ici tout à l'heure.

— Il est avec vous ? Je passe le prendre.

— Non, monsieur. Tout s'est accéléré depuis que nous vous avons vu ce matin.

Je lui ai expliqué comment Tripp s'était enfui de la cité scolaire.

— Si je comprends bien, ce type retenait Tripp prisonnier, a fait Alden. Mon fils parvient à s'enfuir, et au lieu de rentrer à la maison, il s'évanouit dans la nature. C'est bien ça ?

— Oui, monsieur. Nous le recherchons actuellement, mais il n'est plus considéré comme un otage. Tout indique qu'il était de mèche avec le maître chanteur. De ce fait, votre fils se trouve impliqué dans un double meurtre. Nous souhaitons que vous acceptiez de coopérer avec nous dorénavant. S'il cherche à vous contacter, appelez-nous immédiatement, faute de quoi vous seriez accusé de complicité et…

Il a raccroché avant que j'aie pu finir ma phrase.

48

Je suis resté comme un idiot avec le portable dans la main.

— Ce connard se fiche de la mort de Blackstone encore plus que de celle de Peter.

— Certaines personnes réagissent mieux que d'autres quand on retrouve leurs employés assassinés dans un parking, a dit Kylie. Au lieu de nous énerver contre Hubert Alden, essayons de nous montrer plus productifs.

— Si tu entends par là manger enfin un morceau, je te coupe tout de suite. Le Silver Moon est fermé.

— Non, je pensais plutôt à retrouver le portable d'Augie Hoffman. Matt vient de m'envoyer un texto. Le signal émet toujours. Le portable est donc branché, et il se trouve tout près d'ici.

Nous avons réuni une douzaine d'agents en uniforme que nous avons équipés de gants en caoutchouc.

— Écoutez-moi tous, les a harangués Kylie. Nous sommes à la recherche d'un téléphone portable. Avec un peu de chance, nous l'entendrons sonner. S'il est en position vibreur, il sera nettement plus difficile à repérer, mais ce n'est pas impossible. Un premier groupe passera au crible Hillside Avenue pendant que le second fouillera ces fourrés.

Les flics se sont séparés et j'ai rejoint avec Kylie le groupe affecté aux taillis recouverts de givre qui bordaient le parking.

— C'est bon, a crié Kylie. Je mets en route mon super détecteur de portable.

Elle a composé le numéro d'Augie. Cinq secondes se sont écoulées, puis des notes se sont égrenées dans la nuit. *I hear the train a-comin'. It's rollin' round the bend.* Johnny Cash, *Folsom Prison Blues.* Augie Hoffman était décidément un type bien.

— Je l'ai, s'est écrié un flic cinq mètres plus loin.

Il s'est baissé, a ramassé le portable, et s'est dirigé vers nous.

Kylie et moi sommes remontés dans la voiture et elle a branché le chauffage.

Le portable d'Augie était un vieux modèle à capot, sans mot de passe. J'ai fait dérouler le journal d'appels.

— Il a reçu une flopée de coups de fil en provenance de Floride. En revanche, les derniers coups de fil sont des appels sortants. Le premier a été passé à 14 h 09 à destination de police-secours, peu avant l'arrivée des premières patrouilles à la cité scolaire. Une minute plus tard, il a appelé les renseignements.

— Logique, a approuvé Kylie. Ce n'était pas son téléphone, il n'avait donc pas ses contacts avec lui. Qui a-t-il appelé après les renseignements ?

— Un numéro commençant par 212, c'est-à-dire Manhattan. La conversation a duré deux minutes, ensuite plus rien pendant trois heures. Le quatrième appel a été passé à 17 h 17. Je reconnais le numéro, il s'agit de la conversation qu'il a eue avec Patrice.

— Essaye de rappeler automatiquement le numéro commençant par 212, m'a proposé Kylie.

— Je ne peux pas. Il y a quinze chiffres au lieu des dix habituels, ce qui signifie que Tripp est tombé sur une messagerie et qu'il a obéi aux instructions de la voix. Le rappel automatique ne marche pas dans ces cas-là, il faut répéter l'opération au fur et à mesure. Prends ton téléphone, mets-le sur haut-parleur, et tape les numéros que je vais t'indiquer.

Elle a commencé par composer les dix premiers chiffres sur son iPhone et une messagerie lui a répondu.

Vous êtes en relation avec Barnaby Prep. Si vous connaissez le numéro de poste de votre correspondant, tapez-le directement. Pour avoir accès à l'annuaire de l'établissement, tapez 9.

— C'est ce qu'a fait Tripp. Fais pareil.

Elle s'est exécutée.

Entrez à présent les quatre premières lettres du nom de votre correspondant.

— Maintenant, tape 6 2 3 4.

Kylie a enfoncé les touches correspondantes.

Une sonnerie a retenti et un répondeur a pris le relais.

— *Bonjour, vous êtes en contact avec Ryan Madison. Je ne suis pas disponible pour le moment, mais vous pouvez laisser un message, je vous rappelle dès que possible. Merci.*

Kylie a raccroché.

— Madison ? Pour quelqu'un qui n'entend pas se mêler aux affaires des autres…

— Ce n'est pas lui qui a appelé Tripp, mais l'inverse.

— Pour quelle raison ?

Elle a donné un coup dans le volant avec la paume de la main avant que j'aie pu trouver une réponse intelligente.

— Quelle idiote, s'est-elle exclamée avant de s'escrimer sur son téléphone.

— Qu'est-ce que tu fais ?

— Pour un peu, je me donnerais des claques, a-t-elle répondu en continuant de s'énerver sur son écran.

Sa recherche terminée, elle m'a tendu l'appareil.

— La serveuse, a-t-elle déclaré.

Elle est descendue en trombe de la voiture et s'est précipitée vers le restaurant dont elle a franchi la porte en trombe. Je la suivais de près.

— Denise ? a-t-elle crié à la cantonade.

Quatre serveuses buvaient du café dans un box en attendant de savoir si le snack rouvrirait ses portes avant la fin de la soirée.

Denise a relevé la tête.

— Oui ?

Kylie lui a montré l'écran du téléphone.

— Reconnaissez-vous cet homme ?

— C'est lui, a-t-elle répondu sans hésiter. C'est lui qui est reparti avec le gamin.

— Vous en êtes sûre ? a insisté Kylie en lui fourrant à nouveau son téléphone sous le nez. Regardez bien, prenez votre temps.

— Je n'ai pas besoin de prendre mon temps, ma jolie. Je suis physionomiste.

— Je vous en prie, c'est important.

Kylie s'était rendue sur le site de Barnaby Prep où elle avait consulté la rubrique consacrée aux enseignants jusqu'à ce qu'elle trouve la photo de Ryan Madison.

Denise a examiné le portrait attentivement sans chercher à dissimuler son agacement.

— Encore une fois, a-t-elle déclaré, c'est le type dont je vous ai parlé tout à l'heure. Celui qui a rejoint le gamin et qui ne voulait rien commander. Il est sorti fumer une cig… Seigneur ! Il n'est pas du tout sorti fumer, c'est lui qui a tué cet homme sur le parking. Je comprends pourquoi c'était si important… Mon Dieu !

Elle a regardé la photo de Madison une nouvelle fois.

— C'est bien lui. C'est l'homme que vous cherchez.

— Vous en êtes certaine ?

— Tout ce qu'il y a de plus certaine, ma jolie, a rétorqué Denise, hypnotisée par le portrait souriant du prof de cinéma.

49

Tripp, recroquevillé sur le siège avant de la Subaru, feignait de dormir.

Peter est mort. Il a été assassiné le soir du faux enlèvement.

Il aurait voulu hurler, demander à Madison pourquoi il l'avait tué, alors qu'il avait promis que l'opération se déroulerait sans heurt.

Sauf qu'il ne pouvait rien dire. Il avait commis trop d'erreurs. Jamais il n'aurait dû se fier à Madison. Le mieux à présent était encore d'avoir l'air normal en attendant la première occasion de s'enfuir.

Ils mirent une heure à regagner Manhattan avant de se retrouver bloqués sur Park Avenue, au milieu des embouteillages du vendredi soir, alors qu'ils tentaient de rallier le Holland Tunnel.

Tripp estima qu'il était temps de rouvrir les yeux.

— Où est-on ? s'enquit-il.

— En plein milieu de cette foire d'empoigne, répondit Madison. Je ne comprends pas comment font les gens pour s'infliger ça tous les jours.

— Je vais mettre 1010 WINS pour avoir un point sur la circulation, suggéra Tripp en tendant la main vers l'autoradio. Madison lui tapa sur les doigts.

— Pas besoin d'eux pour savoir que ça circule mal. Je n'aime pas conduire avec la radio.

— Pas de souci, dit Tripp. On se passera du point sur la circulation.

On se passera aussi des infos.

Ils mirent trois quarts d'heure de plus pour arriver au parking de la marina de Liberty Harbor, à Jersey City.

— Tu reconnais le monstre ? demanda Madison en se garant à côté d'un vieux Dodge Caravan bleu.

— C'est le tas de tôle dans lequel vous nous avez enlevés ? réagit Tripp.

— N'en dis pas trop de mal. Je l'ai acheté sur Craigslist pour 800 dollars. Avec un vieux tendeur en prime pour bloquer les portes arrière.

— Le type qui vous l'a vendu aurait pu changer les amortisseurs. Un vrai tank, surtout quand on voyage allongé par terre sur la tôle glacée.

— Oh, pauvre petit gosse de riche. La prochaine fois que je t'enlèverai, je prendrai une Maybach.

Tripp sentit le cheeseburger se retourner dans son estomac, il crut qu'il allait vomir. La mention de la Maybach lui avait fait repenser à Peter.

Ils descendirent de voiture et se dirigèrent vers le ponton où était amarré le yacht de sept mètres de Madison.

— Tu es recherché par trop de monde, expliqua le prof de cinéma. En attendant mieux, ce sera ta nouvelle maison. Première règle : aucun contact avec le monde extérieur.

— Comment voulez-vous que j'appelle quelqu'un? Vous m'avez pris mon portable. Vous ne voulez pas me le rendre, que je puisse faire des jeux ?

— Ni jeux, ni e-mails, ni textos, ni coups de fil. J'ai retiré la carte SIM de façon à éviter qu'on te suive à la trace.

— Rendez-moi au moins mon portefeuille.

— Tu n'en as pas besoin. Il n'y a pas de centre commercial dans le coin. De toute façon, tu ne sors pas d'ici.

— Si je comprends bien, je suis prisonnier pour de bon, rétorqua Tripp en se forçant à sourire.

La remarque n'eut pas l'air d'amuser Madison.

— Ne fais pas le malin. On est dans la même galère, tous les deux. Je vois bien que tu es en train de paniquer, je dois veiller à ce que tu ne nous fasses pas tout exploser dans la figure. Alors ni télé, ni radio…

— Ni chauffage, le coupa Tripp en se serrant dans sa parka. On ne pourrait pas aller à l'hôtel? Ça gèle, dans cette lessiveuse, et je ne suis pas exactement habillé pour une croisière.

— Arrête, je vais pleurer, mon chéri adoré. À la minute où tu entres dans un hôtel, tu es filmé par une dizaine de caméras de surveillance. Ce bateau était notre plan B, tu ne serais pas là si tu n'avais pas foutu en l'air le plan A, alors arrête de geindre et couche-toi. Encore trois journées de merde et on est quittes. Tu empoches tes 90 millions et tu sèmes à tous vents.

— Et vous ?

— Je ne sais pas, répondit Madison, mais je peux déjà te dire que je n'ai pas l'intention de continuer à lécher le cul des gros richards qui foutent leurs mômes à Barnaby Prep, tout ça pour une pitance annuelle de 48 000 dollars. En attendant, je te laisse la couchette du haut. Extinction des feux dans cinq minutes.

50

Quand on travaille sur une enquête hypermédiatisée, on obtient facilement un mandat de perquisition, même un vendredi soir. À 20 h 30, Kylie et moi traversions Manhattan dans l'espoir d'en apprendre davantage sur le compte de Ryan Madison.

Ce dernier habitait un immeuble d'avant-guerre de trois étages situé au coin de la 4e Rue Est et de l'avenue D, au cœur d'Alphabet City, à moins d'un kilomètre de la cité scolaire où Tripp et Lonnie avaient été retenus prisonniers.

Son appartement était la garçonnière type à laquelle on pouvait s'attendre. Un lieu encombré, mais vivable, avec des affiches de cinéma aux murs, des étagères pleines de livres consacrés au septième art et des DVD dans tous les coins. À part ça, on se serait cru dans un cendrier.

La fouille du salon n'a rien donné, mais nous avons découvert dans la salle de bains, sur le rebord du lavabo, un aérosol d'un produit antiseptique, de la gaze, et un rouleau de sparadrap.

La poubelle contenait une demi-douzaine de bandages couverts de sang.

— Soit il se rase quand il est soûl, a suggéré Kylie, soit un ado l'a attaqué au cutter.

Nous sommes allés tout droit à la poubelle de la cuisine dans laquelle nous avons rapidement trouvé ce que nous cherchions : un sweat à capuche des Yankees dont la manche gauche, tailladée sur toute sa longueur, était tachée de sang séché.

— On pourra envoyer une carte de remerciements à Fannie Gittleman au 530 de la 136e Rue Ouest.

Nous sommes passés à la chambre, où nous attendait une pile de fringues par terre.

— Une tenue entièrement noire correspondant à celle que portait le ravisseur, d'après Lonnie.

Kylie a éclaté de rire.

— Zach, on vit à New York. Les tenues entièrement noires ne sont pas exactement rares dans cette ville. C'est même la mode.

J'ai ouvert la porte du placard.

— À propos de mode, que dit *Vogue* au sujet des équipements de surveillance et de sécurité qui se trouvent dans ces cartons ?

— Il est temps de mettre la main sur ce salopard, a décrété Kylie.

Partant du principe que trente-cinq mille flics sont plus efficaces que deux inspecteurs, nous avons contacté le central afin que soit lancé un bulletin d'alerte, puis demandé à l'identité judiciaire d'envoyer une équipe de techniciens récupérer tout ce qui pourrait servir lors du procès.

Restait à comprendre quel rôle avait joué Tripp Alden dans cette histoire.

— Tu crois que c'est la victime, un simple complice, ou bien le cerveau de toute l'opération ? m'a interrogé Kylie.

— Tu peux oublier la dernière solution. Quels que soient ses torts, je ne peux pas croire que ce gamin ait pu être mêlé de près ou de loin au meurtre de Peter. Vu ce qui s'est passé au Silver Moon, je ne suis même pas certain qu'il soit au courant de l'assassinat de Silas.

— Il est pourtant coupable d'une façon ou d'une autre.

— Nous sommes tous coupables d'une façon ou d'une autre. Cela dit, j'ai beau me creuser la tête, je ne vois toujours pas quel peut être son mobile. Il existe d'autres moyens d'obtenir du fric d'un père milliardaire que de mettre en scène un enlèvement et d'exiger une rançon.

— À ce stade, je n'ai même plus la force de me creuser la tête. Il est 22 heures et nous n'avons pas mangé de la journée. Les enquêteurs sont incapables d'enquêter quand le réservoir est vide.

— Je t'invite à déjeuner, si tu veux.

— Volontiers. Dans un endroit tranquille.

— N'oublie pas que nous sommes vendredi soir à New York. N'importe quel troquet digne de ce nom débordera de gens super cools tous habillés en noir. Pourquoi ne pas aller chez moi ? Au moins, on sera tranquilles.

La phrase est sortie toute seule, Kylie en a été aussi surprise que moi.

— Où ai-je déjà entendu ça ? La première fois que tu m'as invitée chez toi, tu n'avais qu'une bouteille à moitié vide de mauvaise vodka, un reste de pizza, et le dernier album de Radiohead. Très classe.

— Holà, je te trouve bien dure en affaires. J'ai fait des progrès depuis l'école de police. Je peux te proposer de la Stoli glacée, rien ne nous empêche de commander une pizza du jour, et je devrais bien réussir à télécharger les enregistrements branchés du moment.

— Tope là, a répondu Kylie. Mais on applique la même règle qu'hier soir. On a bossé quinze heures aujourd'hui, le week-end s'annonce tout aussi chargé, j'ai besoin d'un break. Interdiction de parler boutique. On n'aborde que des trucs personnels.

J'ai haussé les épaules.

— Ça me va.

La formule tenait de la litote. J'avais passé la journée à me demander si Kylie allait vraiment larguer Spence et si elle comptait se remettre sur le marché. On peut difficilement se montrer plus personnel que ça.

51

À 23 heures, assise sur mon canapé, les pieds nus repliés sous elle, une part de pizza à la main, Kylie tenait de l'autre une bouteille de Blue Moon qu'elle tétait au goulot.

À défaut de parler boutique, nous revisitions la glorieuse époque où nous usions ensemble les bancs de l'école de police en riant des canulars qu'on avait faits, sans jamais nous autoriser la moindre allusion à nos émois amoureux.

Le souvenir de notre relation flottait pourtant dans l'air et je sentais remonter à la surface des sentiments dont je n'avais jamais réussi à me débarrasser totalement.

Kylie en était à sa deuxième bière quand j'ai fini par aborder la question qui me travaillait depuis le matin.

— Je sais bien que Spence t'en a fait voir des vertes et des pas mûres avec son problème de drogue, mais de là à divorcer, c'est plutôt radical.

— Il n'y a rien de radical jusqu'à maintenant. Comme je te l'ai dit, je consulte afin de prendre la mesure des différentes possibilités.

— Il faut ce qu'il faut.

Une façon comme une autre de lui manifester mon soutien. Tout du moins de ne pas prendre parti, mais Kylie l'a mal pris.

— Écoute, j'aime Spence, mais s'il n'arrive pas à se débarrasser de son problème, je n'ai pas l'intention de m'incruster. C'est le deal qu'on a passé ensemble quand on s'est mariés il y a dix ans, et je n'ai pas changé d'avis. Tu me prends pour une salope sans cœur, c'est ça ?

— Pas du tout !

Je ne voulais pas qu'elle se méprenne sur ma loyauté à son égard.

— J'ai cru comprendre que tu lui avais déjà donné une seconde chance, il n'a pas su en profiter. Et je constate qu'il laisse passer sa chance une troisième fois.

— Exactement. Au bout de trois fautes, éliminé. Je suis flic, Zach. Je ne peux pas vivre avec un toxico.

— Quel que soit ton choix, je serai toujours là pour toi.

J'ai entendu une clé tourner dans la serrure et mes intestins se sont liquéfiés. Le timing fait tout dans la vie et le mien était décidément mauvais. Cheryl a ouvert la porte.

— Salut. Je me disais bien que j'entendais des voix.

— Eh oui, c'est nous. Je croyais que tu restais encore à l'hôpital ce soir.

J'espère que je n'avais pas l'air trop coupable.

— Mildred est morte.

— Je suis sincèrement désolée, a dit Kylie.
— Moi aussi.
Je me suis levé et j'ai serré Cheryl maladroitement dans mes bras.
— À ce stade, c'était ce qui pouvait lui arriver de mieux. Fred est resté avec la sœur de Mildred et plusieurs de ses cousins, j'ai préféré rentrer. J'y retournerai mardi pour la veillée funèbre. Je suis venue chez toi pour m'excuser de n'avoir pas dîné avec toi hier soir, mais si vous bossez, je vais rentrer à la maison.
— Pas du tout. On avait justement décidé de ne pas travailler ce soir, l'a rassurée Kylie. On a passé le même pacte qu'hier, interdiction de parler boulot. Tu as faim ?
— Je *meurs* de faim, a répondu Cheryl en prenant une part de pizza.
Je me suis dirigé vers la cuisine.
— Je t'apporte une bière ?
— S'il te plaît. Je meurs aussi de soif.
Je lui ai rapporté une bouteille dont elle a bu une longue gorgée avant de soupirer.
— Je peux déjà te dire qu'une seule bière ne suffira pas. Quelle journée !
— Nous aussi. Je descends acheter un pack vite fait.
Je me suis éclipsé avant qu'elles aient le temps de réagir, sans même enfiler un blouson.
J'en ai profité pour repasser la scène dans ma tête en essayant de m'imaginer ce qu'avait découvert Cheryl en ouvrant la porte. *Tiens, tiens ! Zach confortablement installé sur le canapé en train de*

boire des bières avec son ex-copine, persuadé que sa petite amie actuelle est occupée à tenir la main d'une amie mourante.

Le tableau n'était pas glorieux. J'avais pourtant cru m'en tirer avec les honneurs, jusqu'au moment où Cheryl avait dit : « Si vous bossez, je vais rentrer chez moi » et que Kylie avait achevé de clouer le couvercle de mon cercueil.

« Mais non, on ne travaille pas. On s'amusait, comme hier soir. Comment ? Il ne t'a pas parlé de la petite soirée nostalgie d'hier ? C'était magique. » Kylie et Zach. Le même enfoiré qui pétait un plomb parce que je voyais Fred.

J'ai acheté deux packs de six chez le Latino du coin tout en sachant que l'abus d'alcool ne suffirait jamais à sauver ma soirée.

Pour une fois, je ne me trompais pas…

52

— Il est l'heure d'aller titiller le fauve, déclara Madison en remontant la fermeture Éclair de son blouson.

Tripp, réfugié sous une couverture, regardait le plafond.

— Où allez-vous ?

— À force d'observer ton père, je sais qu'il y a des erreurs à ne pas commettre. Il faut toujours gérer seul ses affaires. Je sors. Pas toi.

Il saisit au passage un téléphone jetable neuf et cadenassa la porte de la cabine derrière lui.

Une nuit glacée l'attendait, sans un nuage, et la lune lui permit de retrouver la Subaru sans peine. Il ne prit pas le temps de laisser se réchauffer l'habitacle, sachant qu'il n'en avait pas pour longtemps. Il alluma une cigarette et composa le numéro d'Hubert Alden.

Au bout de quelques secondes, il comprit que les talents de négociateur de son interlocuteur s'étaient émoussés sous l'effet de l'épuisement, de l'alcool, et de la fureur.

Alden se lança dans une diatribe.

— Vous auriez mieux fait d'accepter les 5 millions que je vous proposais hier soir. Je sais à présent que mon crétin de fils est mêlé à tout ça, et je peux vous dire que vous n'aurez pas un sou.

— Un scoop pour vous, Hubert. Tripp n'est pas seulement *mêlé à tout ça*, c'est lui qui a imaginé toute l'opération.

— N'importe quoi. Il bénéficie d'un fonds de placement d'un demi-milliard de dollars, sans parler de tout ce qui l'attend par la suite. Pourquoi voudriez-vous qu'il me pique en plus 100 millions de dollars ?

— Pour vous punir, Hubert. Et pour dédommager vos victimes.

— Dédommager mes victimes ? C'est ça, son opération de chantage ? Donne-moi ton argent, sinon je révèle tous tes petits secrets ? Et le jour où je touche ce fric, je m'empresse de le distribuer et je fais la une de tous les journaux de la planète ?

— Que voulez-vous, votre fils est un idéaliste.

— Eh bien, il peut se les foutre au cul, ses idéaux. Je n'ai jamais fait de *victimes*, et je ne vous verserai rien. Allez vous faire foutre, et Tripp aussi. Tuez-le, si ça vous fait plaisir.

— Je serai ravi de vous rendre ce petit service, répondit Madison, mais il vous en coûtera 100 millions de dollars.

— Qu'est-ce que vous me chantez là ?

— Vous n'avez toujours pas compris ? J'étais persuadé qu'à ce stade les détails de mon brillant business plan ne vous auraient pas échappé.

— J'attends vos lumières, espèce d'enfoiré.

— Tripp est au courant de tout. Dès que vous aurez versé la rançon, il compte se rendre à la Sécurité intérieure pour leur dire que son papa est un monstre, de sorte que vous passiez le restant de vos jours derrière des barreaux. Je n'ai pas enlevé Tripp pour vous le rendre une fois l'argent sur mon compte. Je vous le rends uniquement *si vous ne me payez pas*.

Hubert laissa échapper un hoquet.

— Ah ! J'ai comme l'impression que vous commencez à entrevoir la vérité. C'est pourtant simple, Hubert. Si vous n'acceptez pas ma proposition, je prends mes cliques et mes claques, je libère votre fils et vous ne tarderez pas à voir les flics sonner à votre porte. Dois-je poursuivre ?

Hubert resta silencieux.

— Votre silence est encourageant. Vous commencez à comprendre l'intérêt de ma proposition. Puis-je vous envoyer par texto les coordonnées de mon compte aux îles Caïmans ?

— Ce genre de transaction prend du temps.

— J'ai des origines modestes, ce qui ne m'a pas empêché de me familiariser avec le fonctionnement du système bancaire international. Nous sommes vendredi soir, il est presque minuit. La Réserve fédérale rouvre ses portes dimanche à 21 heures, ce qui vous laisse quarante-cinq heures pour décider de votre avenir, du mien… et de celui de Tripp.

— J'ai besoin de plus de détails. Qu'est-ce que j'achète exactement pour ce prix ?

— Mon silence. Dès que l'argent a été viré sur mon compte, Tripp et moi partons pour un petit voyage en mer et vous n'entendrez plus jamais parler de nous. Bonsoir, Lévitique.

Il raccrocha et regagna le ponton. Les eaux de l'Hudson brillaient sous les rayons de la lune et la pointe de Manhattan luisait dans le lointain. *Le cœur de la finance. Wall Street, patrie des barons de l'arnaque.*

Il se débarrassa du téléphone portable dans l'eau et le regarda disparaître sans remous. Alors, il tendit le bras et leva bien haut le majeur.

— Je m'appelle Ryan Madison et je vous emmerde tous avec mes 100 millions de dollars, hurla-t-il dans la nuit glacée.

TROISIÈME PARTIE

Le Projet Gutenberg

53

Si vous cherchez un refuge à 6 heures du matin un dimanche de grand froid, Gerri's Diner est l'endroit rêvé. La nourriture est toujours correcte et le lieu quasiment vide à cette heure-là, si bien que Gerri a toute latitude de venir à votre table et de s'immiscer dans votre vie privée.

Il m'arrive d'éviter ses conseils spontanés, mais après le désastre de la veille avec Cheryl et Kylie, j'étais tout disposé à bénéficier de sa sagesse éclairée de grand-mère sans concession. Elle est arrivée avec deux tasses de café, une corbeille de muffins, et s'est assise en face de moi.

— Désolé d'être parti sans payer hier.

— Ouais, j'ai appelé les flics, a-t-elle rétorqué en poussant les muffins dans ma direction. Ils ont lancé un bulletin d'alerte à ton nom.

— Qu'est-ce que je vous dois, Gerri ?

— Je ne sais pas encore. Tout va dépendre de la durée de cette séance de thérapie. Tu es complètement perdu, ça se voit comme le nez au milieu de la figure.

Je lui ai fait le récit des événements de la veille. Elle n'a pas prononcé un mot jusqu'au moment où je lui ai raconté comment j'avais quitté l'appartement précipitamment pour acheter de la bière.

— Tu as quitté la scène du crime ? J'espère au moins que tu es revenu avec une troisième femme, pour te protéger contre les deux autres.

Ma mine dépitée lui a confirmé qu'elle avait mis le doigt sur le problème.

— Bref, je suis rentré avec mes packs de bière en me demandant comment j'allais pouvoir m'en tirer sans trop de dégâts. Je venais à peine de pousser la porte que Cheryl m'embrassait vaguement sur la joue et s'en allait en m'expliquant qu'elle était épuisée après sa journée. Kylie, qui n'avait rien compris au film, m'a dit qu'elle ferait mieux d'aller se coucher, et elle s'est carapatée à son tour.

— Bref, tu t'es retrouvé avec tes bières et personne avec qui les partager.

— Et le sentiment d'être un sale con de première.

— Tu veux mon avis ?

Je savais d'avance que son avis ne me ferait pas plaisir, mais j'avais besoin de l'entendre.

— Bien sûr. Allez-y.

— Tu as raison sur un point. Tu t'es comporté comme un sale con de première. Cheryl vient de perdre une personne qu'elle aimait, elle est bouleversée, et ta seule réaction est de laisser parler ton orgueil de mâle ? Elle est mariée à Fred depuis plus de dix ans, mais c'est fini, et tu es furieux parce qu'elle fait preuve de compassion ? Mon avis…

Elle s'est emparée d'une cuillère avec laquelle elle a frappé la table, à la façon d'un maillet.

— Je te déclare coupable de t'être mal comporté. Ensuite : Cheryl a eu raison de te battre froid quand elle est arrivée avec Fred. La fois suivante, elle te trouve avec Kylie, elle est furax, et elle t'envoie chercher de la bière pour rien avant de s'en aller quand tu rentres. Comportement passif-agressif typique. Mon verdict : le docteur Robinson est déclarée coupable.

Nouveau coup de cuillère.

— Enfin, Kylie. Tu t'imagines vraiment qu'elle n'avait rien compris au film ? Les femmes comprennent les situations infiniment mieux que ne le croient les hommes. Elle savait parfaitement ce qu'elle faisait en acceptant de venir chez toi manger une pizza et parler de son couple qui bat de l'aile. Elle te faisait le coup de la nostalgie de l'ancienne petite amie, sans le sexe… jusqu'à nouvel ordre. Un peu comme si Spence passait la soirée avec une boîte de comprimés d'OxyContin sur la commode en se promettant de ne pas y toucher.

— Vous croyez qu'elle souhaite se remettre avec moi ?

— Je ne sais pas si elle est prête à remettre le couvert avec toi, mais elle n'a pas oublié ce qu'elle a vécu avec toi, et c'est une possibilité qu'elle n'a pas éliminée. Quant à toi… tu étais dans le même état d'esprit. Ne me dis pas que tu buvais de la bière à côté d'elle sur le canapé dans le seul but de l'aider à sauver son mariage. Verdict : coupables tous les deux.

Cette fois, son maillet-cuillère s'est abattu deux fois.

— Si je comprends bien, vous me dites que nous sommes coupables tous les trois de la même façon.

— Tu ne m'as pas bien écoutée. Vous êtes coupables tous les trois, mais pas de la même façon. C'est toi qui as commencé, Zach. C'est toi qui en as voulu à Cheryl en laissant ton ego prendre le pas sur ton cerveau. Et c'est toi qui as invité Kylie chez toi pour lui tenir la main en buvant des bières, sauf que ce n'est pas ton ego qui parlait, cette fois-là. C'était ta… il faut que je te mette les points sur les I ? La séance est levée.

Elle a donné un dernier coup de maillet.

— Tu as besoin de protéines, a-t-elle ajouté. Comment veux-tu tes œufs ?

54

Tripp fut réveillé par une odeur de café. Il avait passé la nuit emmitouflé dans sa parka.

— Jamais aussi mal dormi, se plaignit-il en s'extrayant de la couchette supérieure.

— Laisse-moi appeler la réception pour voir s'ils peuvent te passer dans la catégorie supérieure, fit Madison. En attendant, princesse, serre les dents.

— Je suis désolé pour hier, s'excusa Tripp. Je n'ai pas eu le choix, en voyant ce type sortir de nulle part et ouvrir la cage.

— On a toujours le choix, rétorqua Madison, mais ce qui est fait est fait.

— Mon père doit être furax à présent qu'il sait que je n'ai pas vraiment été enlevé.

— Ça me fend le cœur d'avoir à te le dire, mais il m'a donné l'impression de n'avoir rien à foutre de toi. En revanche, il chie dans son froc à l'idée que je sois au courant du Projet Gutenberg.

Il se versa une tasse de café.

— Je sors en griller une. Sers-toi, il y a du café et des barres énergétiques dans le placard.

Madison monta sur le pont et alluma une cigarette.

Tripp remplit un mug de café noir et le suivit.

— Vous croyez qu'il acceptera de payer les 100 millions ?

— Il se fera une raison, estima Madison en tournant la tête pour rejeter sa fumée de cigarette sans incommoder Tripp.

L'adolescent se prépara mentalement. *C'est maintenant ou jamais.*

À l'instant où Madison se tournait à nouveau vers lui, Tripp lui envoya son mug de café bouillant en pleine figure.

Madison poussa un hurlement en lâchant simultanément sa cigarette et sa tasse afin de porter les mains à son visage brûlé. Tripp tira de la poche de sa parka le Taser et posa le canon sous le menton de son prof en lui envoyant une décharge de quinze millions de volts.

Madison s'effondra sur le pont. Une main crispée sur la figure, il tenta de se relever mais Tripp lui tomba dessus, colla le canon du Taser sur ses fesses et appuya sur la détente.

Madison neutralisé, Tripp procéda à une fouille rapide de ses poches et récupéra son argent et ses clés de voiture sans trouver de portable. Tant pis, il n'avait plus le temps de redescendre fouiller la cabine. Il souleva le corps inerte de l'enseignant en le prenant sous les bras, le tira sur toute la largeur du pont et, dopé par l'adrénaline, le fit basculer dans les eaux glacées de l'Hudson.

L'instant suivant, il bondissait sur le ponton. La manœuvre aurait été simple si l'extrémité de sa bottine n'avait pas buté contre un taquet. Il atterrit plus brutalement que prévu, ses chevilles ployèrent sous lui et le Taser s'échappa de sa main, rebondit sur un montant de bois et tomba dans l'eau.

Il se releva péniblement. Le parking se trouvait à moins de cent mètres. Il voulut courir, mais son corps refusait de lui obéir, comme dans un cauchemar. Ses chevilles lui faisaient un mal de chien, ses jambes s'étaient transformées en plomb et c'est tout juste s'il trouva la force de se traîner en boitant en direction de la Subaru.

Il touchait au but lorsqu'il entendit un grand cri. Il se retourna et vit Madison, dégouttant d'eau, qui tentait péniblement de le rattraper.

Tripp se rua sur la portière de la Subaru, côté conducteur, et enfonça la clé dans la serrure à deux mains. Ce n'était pas la bonne. Il en trouva une seconde sur le trousseau, mais elle ne correspondait toujours pas, et il retenta sa chance avec la première en pestant. En vain.

Madison, trempé par l'eau qui alourdissait ses vêtements, avait déjà parcouru la moitié du chemin. Il appela Tripp à tue-tête en lui promettant que tout était pardonné, que tout allait s'arranger.

Tripp, en désespoir de cause, s'acharna de plus belle avec la seconde clé en veillant à ne pas trembler, mais elle refusait obstinément de s'enfoncer dans la serrure. Madison n'était plus qu'à une vingtaine de mètres. Il paraissait exténué, mais il se rapprochait inexorablement.

Tripp n'avait que deux solutions : essayer de lui échapper en courant du mieux qu'il le pouvait, ou bien rester et se battre. Il observa machinalement les clés inutiles et eut un éclair en voyant l'étoile à cinq branches du porte-clés.

Le logo Chrysler ! Il ne s'agissait pas des clés de la Subaru.

Madison se trouvait à moins de dix mètres lorsque Tripp parvint à déverrouiller la portière avant de la vieille Dodge Caravan. Il enfonça la clé de contact dans le démarreur, mit le contact, passa la marche arrière, et enfonça la pédale d'accélérateur.

La camionnette s'ébranla et recula en multipliant les embardées dans le parking désert. Trois mètres, cinq mètres, quinze mètres.

Il pleurait au volant, submergé par la peur et l'ampleur du désastre. Peter était mort, Madison l'avait trahi, son père le détestait… Pour la première fois de son existence privilégiée, Tripp Alden se retrouvait face à lui-même.

Il passa en marche avant et se dirigea en brinquebalant vers la liberté. Une poignée de secondes plus tard, il quittait le parking et remontait Marin Boulevard en direction du Holland Tunnel et de Manhattan.

55

Après avoir avalé un solide petit-déjeuner composé d'œufs, de bacon, et d'une bonne dose d'introspection, je suis allé au bureau où m'attendait le deuxième défi de la journée : Matt Smith.

Matt est notre génie scientifique de service. Un Anglais particulièrement sympa, sur le plan personnel comme professionnel. De façon agaçante, il est également très beau gosse, ce qui m'empêche de l'apprécier à sa juste valeur, sur le plan personnel comme professionnel.

Depuis quelques mois, j'ai remarqué qu'il s'intéressait beaucoup à Cheryl. J'étais persuadé qu'il la draguait, mais je me trompais. Matt s'intéresse plus encore à Kylie tout en se montrant discret puisqu'il la sait mariée. Emporté par ma propension naturelle à me rendre dingue sans l'aide de personne, je me suis demandé comment il réagirait s'il apprenait que Kylie envisageait de se démarier.

Elle se trouvait déjà dans le bureau de Matt quand je suis entré.

— Zach, Matt a passé sa nuit à fouiller l'ordinateur de Tripp. Il a trouvé un truc intéressant.

— Petite correction, a repris Matt avec un sourire satisfait. J'y ai seulement passé la moitié de la nuit et je n'ai pas découvert un truc intéressant, mais *deux*.

Il a tapoté du doigt le pavé tactile et un e-mail est apparu sur l'un des deux écrans géants installés devant lui.

Mwen te kite flash la nan chanm ou. Èske ou te jwenn li? Tripp

— Un message en créole haïtien adressé par Tripp à Peter Chevalier, nous a expliqué Matt. Ça veut dire : « J'ai laissé la clé USB dans ta chambre. Tu l'as trouvée ? » Et voici la réponse de Peter.

Te resevwa li. Pa enkyete. Mwen pral kenbe l 'fèmen. Pyè

— Traduction : « Je l'ai. Pas de souci, je la garde précieusement. Peter. » J'ai consulté le dossier du meurtre, on n'a pas retrouvé la moindre clé USB sur lui. En avez-vous découvert une dans sa chambre ?

— Non, et nous avons autorisé son frère à reprendre ses effets personnels. On peut récupérer son ordinateur, si tu veux.

— D'accord. En attendant, je vous conseille d'avoir une petite conversation avec cette dame, a ajouté Matt en faisant apparaître sur le second écran une photo de femme. Irène Gerrity, quatre-vingt-cinq ans. Selon l'un des dossiers que j'ai trouvés dans l'ordinateur de Tripp, c'est la toute première personne employée par Alden Investissements. Elle était l'assistante personnelle de Hutch jusqu'à ce que le fiston intègre la boîte paternelle. Hutch lui a demandé de seconder son fils, sans doute parce qu'elle connaissait mieux la boîte que ce dernier, au début. Elle a travaillé sous les ordres d'Hubert jusqu'à ce qu'elle prenne sa retraite il y a sept ans. Tripp l'a interviewée au mois de novembre dernier.

J'ai acquiescé.

— Il prépare un film pour les soixante-dix ans de son grand-père.

— C'est ce que j'ai cru comprendre en me tapant les vingt-trois interviews qu'il a déjà mises dans la boîte, toutes plus inintéressantes les unes que les autres.

— En quoi l'interview d'Irène était-elle différente ?

— C'est la seule qui a été réalisée par Peter Chevalier.

— Montre-la-nous, a suggéré Kylie.

— Crois-moi, l'a tempérée Matt. Si je vous montrais les quarante-sept minutes de film dans leur intégralité, vous vous tireriez une balle. J'ai sorti quelques extraits. Voici le premier.

Irène est apparue à l'écran, assise sur une causeuse dans un salon austère. À peine maquillée, elle portait une robe bleue, ses cheveux argentés impeccablement coiffés. Tripp était en train de régler son micro.

— Vous êtes superbe, Irène, lui a-t-il déclaré.

— N'importe quoi. Je ressemble au radeau de la *Méduse*.

— Sincèrement, vous êtes ravissante, a insisté Tripp en sortant du champ de la caméra.

— Tu sais que tu n'as pas changé, Hubert. Toujours en train d'enfumer tout le monde.

— Je suis Tripp, Irène.

— Je sais bien que tu es Tripp. Pourquoi, qu'ai-je dit ?

— Vous m'avez appelé Hubert.

— Ah bon ? C'est vrai, Peter ?

— Ne vous inquiétez pas, mademoiselle Irène, a répondu hors champ une voix légèrement nasillarde, teintée d'un accent français marqué. Et c'est vrai que vous êtes ravissante.

Matt a arrêté la vidéo.

— Elle l'a appelé Hubert à cinq autres reprises, et il a fini par cesser de vouloir la corriger. Mais en dehors de ses problèmes de sénilité, Irène est une femme de caractère.

— Zach n'aime pas les femmes de caractère, a remarqué Kylie.

Matt a souri tout en veillant soigneusement à ne pas relever.

— Voici le deuxième extrait, a-t-il enchaîné.

Irène, installée devant un piano, chantait les dernières mesures de *Happy Birthday*. Des applaudissements ont crépité derrière la caméra et elle a gratifié son auditoire de la révérence obligée de tout pianiste de bar qui se respecte.

— Merci, merci, merci.

— C'est moi qui vous remercie, a fait la voix de Tripp. Non seulement vous avez été formidable, mais cette pièce fournira à mon film son plus beau décor. Votre maison est incroyable.

— Je n'aurais jamais pu me l'offrir sans toi, Hubert, a répondu Irène.

— C'est à Hutch que vous devez surtout ça, l'a reprise Tripp. Il a toujours bien rémunéré ses collaborateurs.

Elle a balayé la remarque d'un geste.

— Hutch n'avait rien à voir avec ça. Je veux parler du…

Irène s'est penchée vers la caméra en glissant dans un murmure :

— Je veux parler du Projet Gutenberg. Rien que toi et moi, Hubert. Nous avons touché le jackpot ce jour-là.

Voyant qu'elle n'obtenait pas de réponse, elle a soudain porté la main à sa bouche.

— Oh merde… J'ai vendu la mèche. Hubert, je t'en prie, il ne faut pas m'en vouloir.

Tripp est entré dans le cadre et s'est assis à côté d'elle sur le tabouret de piano.

— C'est bon, Irène. Je ne sais pas de quoi il retourne, mais vous savez bien que je ne vous en voudrai jamais.

— J'ai toujours su garder tes secrets. En particulier au sujet du Projet Gutenberg, mais je dois à mon tour t'avouer un petit secret. Je m'en suis toujours voulu de te l'avoir caché.

— Pas de souci, l'a rassurée Tripp. Je me fiche de savoir de quoi il s'agit.

— Tant pis. Quitte à ouvrir ma grande gueule, autant me libérer d'un poids.

Matt a stoppé l'enregistrement.

— Hé, laisse-nous voir la suite, ça devenait intéressant ! s'est écriée Kylie.

— Tu veux vraiment voir la suite ? a réagi Matt en enfonçant une touche.

L'image s'est brouillée sur l'écran, laissant place à une tempête de neige de pixels blancs.

— C'est quoi ce bordel ? s'est agacée Kylie.

— L'image a été effacée. Censurée. Je ne sais pas quel était le secret de la vieille dame, mais Tripp ne voulait pas qu'il tombe entre d'autres mains que les siennes, alors il a effacé la bande.

J'ai souri.

— Mais pas immédiatement.

— Que veux-tu dire ? m'a interrogé Kylie.

— Irène, qui prenait Tripp pour Hubert, lui a révélé une bombe. Comment réagit un gamin de dix-huit ans en pareil cas ? Il détruit les preuves dont il dispose, ou bien il partage les images avec une personne de confiance ?

— Putain ! a juré Kylie. Avant d'effacer la bande, Tripp l'a montrée à Ryan Madison, le prof de cinéma modèle qui forme ses élèves à la mise en scène.

Nous ne savions toujours pas où se cachait Madison, mais nous connaissions désormais la carte maîtresse de son jeu.

56

Lonnie Martinez quitta l'appartement de sa grand-mère, appela l'ascenseur et recula machinalement en voyant les portes s'ouvrir. Il avait passé suffisamment de temps enfermé dans une cage, il préférait encore descendre à pied les cinq étages.

Il vit un homme assis par terre dans l'entrée de l'immeuble, la tête dans les mains. Lonnie lui tapota l'épaule.

— Hé, mec, tu peux pas rester là. C'est pas un refuge.

L'homme releva la tête.

— Lonnie, j'ai besoin d'aide.

Le jeune Portoricain reconnut Tripp.

— T'as besoin d'aide? Tu manques pas d'air. Je me suis pris quelques millions de volts pour avoir voulu te sauver la mise, j'ai passé trois jours enfermé dans une cage, et au moment de s'enfuir, tu me fourres un Taser sous le nez et tu m'obliges à retourner en prison. Casse-toi ou j'appelle les flics. Non, attends une seconde. Je peux même pas, ton pote m'a piqué mon portable. En revanche, rien ne m'empêche de te casser la gueule.

— Le type qui nous a enlevés n'est pas mon pote.

— Me prends pas pour un idiot, Tripp. Je sais pas de quoi il retourne, mais toute cette histoire d'enlèvement est une arnaque. Trois jours, Tripp. Trois jours de ma vie. Tu veux savoir dans quel état était mon *abuela* quand je suis rentré ?

Tripp mit les mains en avant en un geste de défense.

— Je suis désolé. Tu as raison, j'ai déconné au début, mais il a brusquement changé la règle du jeu hier soir. Il m'a enfermé dans un bateau, et j'ai réussi à m'échapper.

— Rien à foutre. Maintenant, lève-toi et…

— C'est lui qui a tué Peter !

— Qui ça ? répliqua Lonnie.

Tripp se releva péniblement.

— Je me suis bousillé les deux chevilles.

Lonnie l'agrippa par les épaules.

— Qui ça ? répéta-t-il dans un murmure menaçant. Qui a tué…

La porte donnant sur la rue s'ouvrit, laissant passer deux femmes qui contournèrent les adolescents. Lonnie leur adressa un petit salut de la tête et entraîna Tripp sur le trottoir.

— Avance.

— Je caille grave, et j'arrive pas à marcher mais j'ai une bagnole. Je suis garé au coin de la rue.

Lonnie reconnut tout de suite la camionnette Dodge en rejoignant la 120e Rue.

— Si tu crois que je vais monter là-dedans pour que tu me menaces à nouveau avec un Taser, tu te fourres le doigt dans l'œil.

— Je ne l'ai plus, se justifia Tripp en écartant bras et jambes.

Lonnie s'empressa de le palper.

— Ouvre les portes arrière, ordonna-t-il à Tripp.

Le jeune Alden s'exécuta.

— Tu vois bien, la camionnette est vide. Monte, on ferait mieux de ne pas moisir dans le coin.

— À la moindre entourloupe, je t'assomme, promit Lonnie en s'installant sur le siège passager.

Tripp démarra sans un mot.

— Maintenant, explique-moi un peu qui est ton complice dans cet enlèvement de gosse de riche.

— M. Madison.

— *Notre* M. Madison ? Celui de Barnaby Prep ?

Tripp fit oui de la tête.

— Je lui ai proposé un plan… pour soutirer du fric à mon père.

— Tu voulais ce fric au point de tuer Peter ?

Tripp freina brutalement.

— Putain de merde, ce n'est pas moi qui ai tué Peter. Je n'ai appris sa mort qu'hier soir, déclara-t-il, en pleurs. C'est Madison qui l'a tué, et il me réserve le même sort.

— Et c'est aussi Madison qui a tué Blackstone ?

— De quoi tu parles ?

— Je parle du flic privé qu'emploie ton père. Quelqu'un lui a collé une balle entre les deux yeux hier soir. On l'a retrouvé dans sa voiture au Silver Moon Diner. Tu te souviens ? Le snack où on a tourné ce vol de bagnole.

— J'ai donné rendez-vous à Madison au Silver Moon hier soir, reconnut Tripp, mais je peux te jurer que je n'ai tué personne.

— Tu veux dire que Peter *et* Blackstone ont été assassinés par un petit prof de lycée privé ?

— Je n'ai pas été témoin de la scène, mais oui, c'est sûrement lui.

— Pour quelle raison ? s'étonna Lonnie. Blackstone, je peux comprendre, surtout s'il avait retrouvé ta trace, mais pourquoi avoir assassiné Peter ?

Tripp secoua la tête.

— Je ne peux pas te le dire.

— Tu ne peux pas *quoi* ? Tu me fais vivre un enfer, tu reviens me voir en me suppliant de t'aider, et tu refuses de tout me raconter ?

Lonnie ouvrit sa portière.

Tripp le rattrapa par le pan de son blouson.

— Attends. Je suis désolé. Je t'en prie.

— Lâche-moi, Alden. Je suis pas ton boy. Je suis ton meilleur ami. Alors soit tu réponds à mes questions, soit tu te trouves une autre racaille de ghetto pour te lécher le cul.

Tripp lâcha le blouson de Lonnie.

— Tu te souviens d'Irène Gerrity ?

— Ça risque pas, j'étais malade ce jour-là. C'est même pour ça que Peter a fait le tournage à ma place. Pourquoi ?

— À la fin de l'interview, elle m'a avoué un truc au sujet de mon père. Un truc qui pourrait lui valoir de passer le restant de ses jours en prison.

— Et tu l'as crue ? Cette vieille était complètement cinglée.

— Elle avait des preuves, et elle me les a données. Je me sentais complètement démuni. Peter m'a conseillé d'en parler à Hutch, mais j'ai préféré montrer ça à Madison et c'est lui qui a mis au point un plan pour obliger mon père à dédommager les victimes.

— J'ai vu la vidéo. La vieille ne disait rien de mal sur ton père.

— Madison a effacé la fin de l'interview avant que tu visionnes la bande, mais Peter avait tout entendu, puisqu'il était là. C'est sûrement pour ça que Madison l'a tué.

— Pourquoi ne donnes-tu pas aux flics les *preuves* dont tu parles ?

— Je le ferais si je savais où elles se trouvent. Je les avais confiées à Peter pour qu'il les mette en sécurité.

— Putain, mec ! s'exclama Lonnie, la main sur la poignée de sa portière entrouverte. C'est dangereux d'être ton cameraman. Je ferais mieux de démissionner avant de me prendre une balle.

— Je t'en supplie, je sais que j'ai déconné dans les grandes largeurs, mais tu es le seul qui puisses m'aider.

Lonnie poussa un grand soupir.

— Saloperie, gronda-t-il en refermant sa portière. Qu'est-ce que t'attends de moi ?

57

— Je ne sais pas quand Irène Gerrity a commencé à perdre la boule, a déclaré Matt, mais elle était en pleine possession de ses moyens à l'époque du Projet Gutenberg. J'ai fouillé l'ensemble de ses relevés bancaires, mais l'argent qu'elle a gagné lors de cette opération n'a jamais pointé le bout de son nez aux États-Unis. Elle a trouvé le moyen de le planquer quelque part sur un compte offshore.

— Et sa maison ?

— Elle l'a achetée il y a huit ans, m'a répondu Matt, juste avant de rendre son tablier et de quitter son poste chez Alden Investissements. Cela dit, impossible de savoir comment elle l'a payée.

— Sans doute une des ficelles du métier apprises en travaillant pour Hubert. Je lui poserai la question. J'ai décidé de lui rendre une petite visite à Fieldston dès que Kylie sera rentrée de chez son dentiste.

Kylie était partie cinq minutes plus tôt.

— Un problème dentaire urgent, avait-elle annoncé à Matt en nous quittant précipitamment.

Un bobard, bien évidemment, mais expliquer à un collègue qu'on a un plombage en péril est nettement plus discret que de déclarer, la bouche en cœur, que son couple bat de l'aile.

Je suis retourné à mon bureau, qui se trouve dans l'espace paysager dévolu au Red au deuxième étage du commissariat du 19e. J'en ai profité pour traiter la paperasse qui fait partie des joies du travail de flic.

Quand les portes de l'ascenseur se sont ouvertes cinq minutes plus tard, j'ai relevé la tête et découvert la personne à laquelle je m'attendais le moins : Spence Harrington, le mari de Kylie.

Il s'est planté en face de moi, un sourire aux lèvres.

— Bonne année, Zach.

Je me suis levé pour lui serrer la main.

— Spence… Kylie ne m'a pas dit que tu rentrais.

— Probablement parce que je ne l'ai pas avertie. C'est un peu une surprise. Où est-elle ?

Tu parles d'une surprise. Le mieux était encore d'entretenir le bobard de Kylie.

— Elle est chez le dentiste. J'imagine que ça ne s'est pas super bien passé en Oregon, si tu rentres déjà.

— Pas la peine de prendre de gants. Tu peux parler de *désintox*, tu sais. À vrai dire, leur programme est génial, mais j'ai eu une longue conversation avec mon référent, il me dit que j'en ai pour six mois ou un an. Je sais que Kylie n'est pas d'accord, mais je trouve que c'est trop long pour être à cinq mille kilomètres d'elle. Alors j'ai trouvé un autre programme à New York et me voici, bon gré mal gré.

— Je suis sûr que Kylie sera…

Je cherchais le terme adéquat, mais Spence a été plus rapide que moi.

— Elle sera furax, tu veux dire, mais c'est son problème. C'est ma dernière chance de sauver notre couple et je me suis dit que ce serait plus facile si j'étais plus près de chez nous. Sinon, vous en êtes où avec Kylie ?

Nous en sommes où ? J'ai voulu croire qu'il parlait du boulot, alors je lui ai expliqué que le NYPD avait terminé l'année avec les meilleures statistiques de l'histoire de la ville en matière de meurtres, sans la moindre référence au dossier Alden. La situation était pour le moins étrange, mais je ne pouvais tout de même pas rester là comme un idiot, sans lui parler.

Dix minutes plus tard, Kylie sortait à son tour de l'ascenseur. Elle a pris un air dégoûté en apercevant Spence.

— Qu'est-ce que tu fous ici ?

— Salut, ma chérie. Ravi de te voir, moi aussi.

— Laisse-moi te poser la question différemment, a répliqué Kylie. Depuis quand as-tu perdu la tête ?

— Ce n'est pas ce que tu crois, s'est défendu Spence. Je me suis inscrit à un programme ici, à New York. Un truc baptisé *Mieux choisir*.

— En quoi *Mieux choisir* est-il mieux que le programme que tu suivais dans l'Oregon ?

— Il ne se déroule pas dans l'Oregon, précisément, a répondu Spence avec un sourire juvénile forcé. Allez, Kylie ! Ne juge pas avant de savoir. Les locaux se trouvent à Tribeca, les séances ont lieu six jours par semaine de 8 heures du matin à 17 heures. Le programme a l'un des meilleurs taux de réussite de la côte Est.

— Tu veux dire que c'est un programme *de jour* ? s'est énervée Kylie. Et où comptes-tu passer tes nuits ? Parce que je peux déjà te dire où tu ne les passeras pas.

Spence m'a pris à témoin.

— Je t'avais bien dit qu'elle serait furax.

— Et encore, tu n'as rien vu, a renchéri Kylie. On avait passé un accord, tu ne rentres pas à la maison avant d'être guéri.

— Je sais. J'ai appelé Shelley. Il me prête l'appartement de la boîte. Pour tout te dire, mon retour ne l'enchante pas non plus. Il accepte de me fournir un toit, mais il refuse de me laisser retravailler tant que je n'ai pas terminé ma cure.

— Spence, c'est le troisième programme auquel tu t'inscris en moins de deux mois. Qu'est-ce qui t'autorise à croire que ce sera différent des fois précédentes ?

— La différence, c'est de t'avoir avec moi. Je te demande uniquement de croire en moi une dernière fois. C'est tout. Bon, je vous laisse travailler. Ravi de t'avoir vu, Zach.

Plutôt que d'attendre l'ascenseur, Spence a préféré emprunter l'escalier. Kylie l'a suivi des yeux en silence sans chercher à dissimuler sa colère et sa frustration.

Je me suis dit que ce n'était pas le moment de lui demander comment s'était passé son rendez-vous avec l'avocat.

58

Nous sommes retournés à la voiture et elle a traversé Central Park sans desserrer les dents. Sachant qu'elle bouillait intérieurement à cause de Spence, j'ai préféré lui laisser de l'espace. Nous roulions sur le Henry Hudson Parkway quand elle a enfin rompu le silence.

— Dommage que Cheryl ne soit pas là.

Je n'en revenais pas. Pourquoi rouvrir cette plaie-là ? Je ne pouvais tout de même pas laisser passer ça.

— Pourquoi parles-tu de Cheryl ?

— Irène Gerrity souffre de sérieux troubles de la mémoire, non ? Cheryl nous aurait conseillés sur la façon de procéder.

J'ai poussé un soupir silencieux. J'étais tellement obnubilé par Cheryl que j'en oubliais qu'elle était aussi le docteur Robinson, psychologue attitrée du service.

— Je peux l'appeler et lui poser la question, si tu veux. Cela dit, il faudrait déjà qu'on me dise par quel bout la prendre.

— Du rififi au paradis, inspecteur Jordan ?

— Vous le savez pertinemment, inspecteur MacDonald. Tu dévorais une pizza arrosée de bibine hier soir quand l'orage a éclaté.

Elle a écarquillé les yeux, un sourire innocent aux lèvres, l'air de dire : « Moi ? Je ne vois pas de quoi tu parles. » Gerri Gomperts a raison. Les femmes ne sont pas aussi naïves que les hommes veulent bien l'imaginer. Comme Kylie n'avait aucune envie de me parler de son couple, elle mettait le mien sur le tapis.

Évidemment, je n'ai pas pu m'empêcher de mordre à l'hameçon.

— À propos d'hier soir, vous avez discuté de moi avec Cheryl pendant que j'étais sorti acheter de la bière ?

— Elle m'a juste dit que tu lui devais des excuses pour t'être comporté de façon infantile avec Fred.

— Vacherie. Elle a dit ça ?

— Non, Zach. Elle n'a pas dit ça. C'est juste que je trouve nettement plus amusant d'analyser tes problèmes de couple que de réfléchir aux miens.

— On dirait que ton rendez-vous chez le *dentiste* s'est déroulé sans accrocs.

— *Sans accrocs* n'est pas exactement l'expression adéquate. Ce type est un requin. Il voulait uniquement savoir combien gagnait Spence, dans quelles proportions j'avais contribué à l'entretenir au cours des dix dernières années, la valeur de notre appartement, si on avait des voitures, des bateaux, des assurances vie, du bétail. Il ne s'intéressait qu'au fric, au fric, et au fric.

— Je te rappelle que c'est un avocat spécialisé dans les divorces, Kylie. À quoi tu t'attendais ?

— Je ne sais pas. Sans doute étais-je assez naïve pour croire qu'il ferait preuve d'un minimum de compassion tout en m'administrant ses conseils éclairés.

— Si tu veux de la compassion, autant aller dans ton restau préféré. Ce n'est pas dans un cabinet d'avocats que tu en trouveras.

— Si je comprends bien, tu t'es levé à l'aube ce matin et tu as raconté toutes tes petites misères à Gerri.

— Ne te moque pas. Non seulement elle me fournit d'excellents conseils, mais elle me les sert avec des œufs sur le plat, du bacon et un muffin aux myrtilles toasté. Je doute que ton avocat en fasse autant.

Elle a éclaté de rire.

— Mon avocat se fait payer 500 dollars de l'heure. 600 avec le petit-déjeuner. Bon, on peut parler sérieusement une minute ?

— On peut toujours essayer.

— J'ai géré mon lot de personnes émotionnellement fragiles au cours des dix dernières années, avec des résultats pour le moins médiocres.

Le NYPD traite plusieurs centaines de milliers d'appels d'individus dérangés chaque année. La plupart sont inoffensifs, mais quelques-uns sont dangereux. Comme il est toujours délicat de répondre à ces gens-là, le service s'efforce constamment de nous former plus efficacement. Il n'en reste pas moins que certains flics sont plus doués que d'autres. Je n'ai pas été surpris que Kylie m'avoue ses carences en la matière.

— Irène n'est pas exactement le genre de personne dérangée qui représente une menace pour le voisinage. C'est une vieille dame riche à qui l'âge fait progressivement perdre ses facultés mentales.

— Peut-être, mais je ne me souviens plus du tout des techniques d'interrogatoire des personnes séniles qu'on nous a enseignées à l'école de police. Tu t'en souviens, toi ?

— Je me souviens des grandes lignes. Les regarder dans les yeux, parler lentement, les pousser à parler d'expériences familières, n'utiliser la torture qu'en dernier recours.

Kylie a ri.

— Je te laisse prendre la main avec Irène, a-t-elle décidé.

— Tu es sûre ? Je me demande si elle ne se sentirait pas davantage en confiance avec une femme.

— Non, non… J'ai surpris une partie de votre conversation avec Spence. Tu me parais très doué pour communiquer avec les gens qui ont perdu pied avec la réalité.

Nous avons achevé le trajet dans un silence salutaire.

59

Si vous demandez au New-Yorkais moyen ce qu'il connaît du Bronx, il se souviendra peut-être du premier match des Yankees auquel il a assisté dans le temple de Babe Ruth, ou bien il vous parlera avec ravissement des *cannoli* à tomber qu'il a dégustés sur Arthur Avenue, ou encore de la vague d'incendies criminels qui a ravagé le sud de l'arrondissement dans les années 1970.

En revanche, personne ne mentionnera jamais Fieldston. Situé à moins de vingt minutes du commissariat en voiture, Fieldston est l'un des secrets les mieux gardés du Bronx, un quartier privé aux rues bordées d'arbres, peuplé de Blancs fortunés vivant dans des demeures prestigieuses.

— Mlle Irène m'a tout l'air de s'être plutôt bien débrouillée pour une secrétaire, a remarqué Kylie en s'engageant sur Goodridge Avenue avant de se garer devant une imposante maison de style Tudor.

Nous avons sonné, une femme en uniforme d'infirmière nous a ouvert et nous avons décliné nos identités.

— Est-ce au sujet des perles volées ? nous a-t-elle demandé.

— Non, madame. Vous avez signalé un cambriolage ?

— Mlle Irène a appelé la police à ce sujet la semaine dernière, m'a-t-elle répondu. Elle a caché ses perles pour que personne ne puisse les lui voler, mais elle a oublié où, de sorte qu'elle a téléphoné à police-secours. Hier, en rangeant les décorations du sapin de Noël, devinez ce que j'ai trouvé ? Son rang de perles. J'ai aussitôt appelé le commissariat afin de retirer la plainte.

— Nous voudrions voir Mlle Irène au sujet de Peter Chevalier. Est-elle au courant du meurtre ?

— Elle a appris la nouvelle par le journal, elle en a été bouleversée sur le coup, mais je ne sais pas si on peut dire qu'elle est *au courant*. Il est très difficile de savoir ce dont elle se souvient. Sa mémoire est fluctuante.

L'infirmière nous a conduits dans le salon que nous avions aperçu dans la vidéo. Irène Gerrity, installée sur sa causeuse, buvait un cocktail.

Nous nous sommes présentés et elle a levé son verre.

— Un Manhattan préparé dans les règles de l'art, nous a-t-elle expliqué. Mon médecin m'autorise à en boire deux par semaine.

L'infirmière, qui s'était mise en retrait, a levé les yeux au ciel et j'ai cru comprendre que Mlle Irène était fâchée avec les chiffres. Délirante et soûle, par-dessus le marché. J'allais devoir naviguer à vue.

— Mademoiselle Gerrity, nous sommes venus vous parler de Peter Chevalier.

— Un homme formidable. D'où le connaissez-vous ?

— Je ne l'ai jamais rencontré, mais je crois savoir que vous l'avez vu récemment.

Elle a posé sur moi un regard perplexe. J'allais devoir me montrer plus précis. Et, surtout, lui mentir de façon à m'adapter à sa réalité.

— Il est venu ici avec… avec Hubert Alden, afin de tourner un film en hommage à Hutch.

— Ah oui, je me souviens. Nous avons bien ri. Je leur ai raconté quelques-uns de mes « exploits de guerre ».

— Hubert nous a expliqué que vous étiez très avisée en matière d'investissements.

— C'est lui qui est avisé. Il a provoqué des ravages à Wall Street.

— À la vue de cette maison, on dirait que vous n'avez rien à lui envier.

Elle a porté son verre à ses lèvres.

— Vous êtes là au sujet de mon collier de perles ? Je sais qui l'a volé.

J'allais devoir jouer le jeu jusqu'au bout, sans pour autant en connaître les règles. J'ai sorti un carnet de ma poche.

— Voilà qui nous sera très utile. Avez-vous vu la personne qui a volé vos perles ?

— Et comment ! Je l'ai souvent vu traîner dans les parages. C'était Truman.

— Quel est son nom de famille ?

Irène s'est tournée vers Kylie.

— Il est idiot ou bien il fait semblant ? Truman, c'est son nom de famille. Harry S. Truman. C'est le putain de président des États-Unis. Tous ces démocrates en veulent à mon argent, c'est lui leur chef.

— Merci de votre aide, madame, a répondu Kylie. Je suis persuadée que nous retrouverons ce collier. Merci de votre aide. Nous allons devoir vous quitter.

Kylie m'a adressé un signe de tête. Nous allions sortir de la pièce quand elle s'est retournée.

— J'aurais une dernière question, a-t-elle dit d'une voix douce.

Irène, ravie à l'idée de nous aider à mettre la main sur le président mort qui lui avait volé ses perles, lui a souri.

Kylie lui a rendu son sourire.

— C'est au sujet du Projet Gutenberg…

— Sortez ! s'est mise à crier Irène. Allez-vous-en tous les deux !

Comme elle voulait se lever, l'infirmière s'est précipitée.

— Lâchez-moi tout de suite, Lorna ! Foutez-moi dehors ces deux connards.

Lorna l'a calmement aidée à se rasseoir.

— Je les reconduis, mademoiselle Irène. Vous devriez boire une gorgée de votre cocktail. Dès que je reviens, nous ferons une partie de canasta.

Irène, snobant son verre, regardait Kylie d'un air mauvais, mâchoires serrées, le poing crispé.

— Espèce de salope, a-t-elle grondé.

Nous venions de découvrir la face cachée de la charmante vieille dame.

Lorna nous a reconduits jusqu'à la porte.

— Et ne revenez pas ! a-t-elle crié suffisamment fort pour que l'octogénaire puisse l'entendre du salon, avant de nous glisser dans un murmure : Attendez-moi dans votre voiture. Je vous rejoins dans dix minutes.

60

— Je suis un piètre juge de la nature humaine, mais j'avancerais volontiers l'hypothèse que les deux femmes de caractère que vous êtes ne risquent pas de devenir les meilleures amies du monde.

— Holà ! s'est cabrée Kylie. Tu n'arrivais à rien avec elle, alors j'ai tenté une manœuvre désespérée. Ça n'a pas marché, mais je ne vais pas m'en excuser.

— Je ne t'en demandais pas tant. En revanche, je serais heureux si tu me laissais conduire.

Elle m'a lancé les clés et nous sommes montés dans la voiture.

Dix minutes plus tard, Lorna, emmitouflée dans un épais manteau, la tête recouverte d'un foulard, sortait de la maison. Elle s'est dirigée vers la Ford sans s'arrêter pour autant à notre hauteur. Elle a parcouru quelques dizaines de mètres, puis elle s'est retournée et nous a fait signe de la suivre. Nous avons tourné sur Fieldston Road et je me suis garé.

— Je ne voulais pas qu'elle nous voie. Elle m'observe par la fenêtre quand je sors, nous a expliqué

Lorna en se glissant sur la banquette arrière. Je lui ai dit que la bouteille de bourbon était quasiment vide et que je préférais sortir en acheter une avant qu'il se mette à neiger.

— Où se trouve le magasin d'alcool ? Nous pouvons vous y conduire, a suggéré Kylie.

Sa proposition a fait rire Lorna.

— Ne vous inquiétez pas pour ça, ma chérie. Ce n'est pas l'alcool qui manque à la maison. Je suis obligée de cacher les bouteilles, Irène boit comme un trou. Je suis désolée qu'elle vous ait injuriée.

— Merci, a répondu Kylie. J'imagine que vous n'avez pas monté tout ce stratagème pour vous excuser.

— Je vis avec elle douze heures par jour, si bien que j'entends tout, mais je ne voudrais pas que M. Alden me renvoie pour n'avoir pas su tenir ma langue.

— C'est Hubert Alden qui vous rémunère pour vous occuper d'Irène ?

— Mon Dieu, non ! Il n'a jamais passé un coup de fil ou effectué une visite depuis qu'elle a pris sa retraite. Mon employeur est M. Hutch. Je ne voudrais en aucun cas lui nuire.

— Hutch est le premier à vouloir que nous mettions la main sur l'assassin de Peter, l'a rassurée Kylie. Je vous promets qu'il ne s'en formalisera pas si vous nous aidez.

— Mon mari, Findley, est son chauffeur depuis plus de trente ans. Nous connaissions Peter de longue date. Que voulez-vous savoir ?

— Avez-vous entendu parler du Projet Gutenberg ?

— Oui, le jour où ils sont venus tourner ce film. Mlle Irène y a fait allusion accidentellement. Tripp n'a pas eu l'air de s'en formaliser, mais Irène a brusquement souhaité libérer sa conscience et tout est sorti.

— Pouvez-vous nous rapporter ses propos ?

— C'était lié au monde des affaires. En rentrant chez moi, j'ai tout raconté à Findley afin de voir s'il comprenait de quoi il retournait. Vous pouvez lui en parler si vous voulez.

— Dites-nous déjà ce dont vous vous souvenez.

— Je ne me souviens pas des mots exacts, mais il en ressortait que Mlle Irène espionnait Hubert. Chaque fois qu'il investissait une grosse somme d'argent, de l'ordre d'un million, elle imitait son exemple avec une somme bien moindre, par exemple 5 000 dollars. Il gagnait beaucoup, elle gagnait modestement, mais tout le monde était content, à ceci près qu'il n'était pas au courant qu'elle l'imitait.

— Ça n'avait rien d'illégal.

— C'est exactement ce que m'a dit Findley quand je lui en ai parlé, m'a-t-elle répondu. Mais le Projet Gutenberg était d'un tout autre ordre, c'était top secret. Irène a deviné qu'il s'agissait d'un gros coup en constatant qu'Hubert ne lui en avait pas parlé. Jusque-là, elle avait pris l'habitude de gagner de l'argent facilement, elle a donc décidé de se lancer dans l'aventure.

Lorna transpirait à grosses gouttes. Elle a retiré son fichu et s'en est servie pour s'essuyer le visage et le cou. J'ai coupé le chauffage et je lui ai tendu la bouteille d'eau que j'avais avec moi. Elle l'a vidée.

— Je vous remercie. Où en étais-je?

— Vous nous parliez du Projet Gutenberg, lui a rappelé Kylie. Irène voulait en bénéficier, mais Hubert ne la tenait pas informée.

— Exactement. Elle se montrait prudente, d'autant qu'elle avait une longueur d'avance sur lui. Elle avait pris l'habitude d'enregistrer ses conversations téléphoniques et de copier ses e-mails pour les lire ensuite chaque soir chez elle. Le jour où Hubert a commencé à injecter un paquet de fric dans ce Projet Gutenberg, Irène a voulu saisir sa chance et elle a investi tout ce qu'elle possédait.

— Que s'est-il passé? a voulu savoir Kylie.

— Mon Dieu, vous avez vu sa maison, non? a rétorqué Lorna en gloussant.

Il lui a fallu quelques instants pour reprendre son sérieux.

— Le jour de l'interview, elle a tout déballé et Tripp a réagi très calmement. Ce n'est pas comme si elle avait volé son patron. Si Hubert avait perdu de l'argent, elle aurait plongé avec lui. Mais à ce moment-là, elle révèle d'un seul coup ce qui la taraudait depuis tant d'années : « C'est triste que nous ayons gagné tout cet argent en laissant derrière nous autant de souffrances. » Ce sont ses paroles exactes. « En laissant derrière nous autant de souffrances. »

— À quelles souffrances faisait-elle allusion?

Lorna a haussé les épaules.

— Elle ne l'a pas précisé, mais quelle importance ? Je suis originaire d'Haïti, ma chérie, on a eu notre part de souffrance, c'est une réalité aussi vieille que le monde. Les riches s'enrichissent toujours sur le dos des plus pauvres. La seule différence dans le cas d'Irène, c'est qu'elle éprouve des remords aujourd'hui.

J'ai hoché la tête.

— Vous nous avez beaucoup aidés. Merci de vous être manifestée.

— Cette rencontre reste entre nous, d'accord ?

— Je vous en donne ma parole.

Je lui ai tendu ma carte.

— Si jamais vous vous souvenez d'autre chose, vous pouvez m'appeler à n'importe quelle heure.

Lorna a ouvert sa portière.

— Une dernière question, est intervenue Kylie. Peter vous a-t-il jamais parlé, à vous ou votre mari, de la clé USB que Tripp lui avait donnée ?

— Non, a-t-elle répondu d'un air pensif. Vous voulez parler de la clé USB que j'ai donnée à Tripp le jour où il est venu tourner cette vidéo ?

Je lui ai fait signe de refermer sa portière.

— Quelle clé USB ?

— Je vous ai expliqué qu'Irène enregistrait les conversations téléphoniques d'Hubert et qu'elle faisait des copies de ses e-mails de façon à pouvoir les examiner tranquillement. Elle avait tout mis sur une clé USB. Quand elle a révélé son secret à Tripp, il lui a demandé si elle avait conservé cette clé.

— Et c'était le cas ?

— Elle la conservait dans une boîte à musique sur sa commode. Elle m'a envoyée la chercher à l'étage et je l'ai rapportée à Tripp, mais je ne sais pas s'il l'a confiée à Peter.

Nous l'avons remerciée et elle est descendue de la Ford.

Nous sommes restés là sans rien dire. Il était clair que le contenu de cette clé USB était susceptible de briser l'existence d'Hubert Alden.

J'aurais donné n'importe quoi pour mettre la main dessus.

61

Hubert Alden fit défiler les contacts de son iPhone jusqu'à ce qu'il trouve les coordonnées de Silas Blackstone.

— Quel idiot, grommela-t-il, hypnotisé par le numéro de téléphone. Quel détective privé digne de ce nom se fait descendre dans sa voiture sur un parking ?

Seize heures s'étaient écoulées depuis le meurtre de Silas et Hubert prenait lentement la mesure de la situation. Il n'aurait jamais dû accorder autant sa confiance à son homme de main. Silas avait toujours été son unique interlocuteur au sein de l'agence SDB.

Il jeta un dernier coup d'œil à l'écran du portable et effaça le contact. En un clin d'œil, Silas Blackstone avait définitivement disparu de son existence. Hubert Alden n'avait pas le temps de lui trouver un remplaçant, il allait devoir agir seul. Il tendit le bras et s'empara du calibre .38 qu'il portait à la cheville, dans un étui.

Ses copains amateurs d'armes à feu lui cassaient toujours les bonbons. *Avec un prénom comme*

Hubert, comment se fait-il que tu n'ailles jamais à la chasse? Tout simplement parce qu'il n'avait aucune envie de se taper plus de dix mille kilomètres en avion pour aller massacrer un rhinocéros. Cela ne signifiait pas pour autant qu'il n'aimait pas les armes. Il était parfaitement capable de se débrouiller avec un flingue. Pourquoi n'avait-il jamais pris la précaution de demander à Silas le numéro de Wheeler?

L'interphone grésilla. Il remisa le .38 dans son étui et se pencha sur l'écran de surveillance posé sur son bureau afin de voir qui sonnait à sa porte.

— Saloperie!

Hubert appuya le bouton qui actionnait la grille, se précipita dans l'entrée et ouvrit brutalement la porte.

— Qu'est-ce que tu fous là?

Lonnie Martinez le dévisagea d'un air méprisant.

— J'ai un message de la part de Tripp.

Hubert lui renvoya un regard haineux.

— Comment se fait-il qu'on t'ait laissé en liberté? Les flics auraient dû t'arrêter.

— À quel titre?

— Pour complicité, répondit Hubert. As-tu vu mon fils depuis sa prétendue évasion?

— Ouais. On vient de déjeuner ensemble. C'est même lui qui a payé, le railla Lonnie. Avec votre argent.

— Où est-il?

— Je ne sais pas où il est à cette heure, mais je peux vous dire où il sera bientôt.

Il tendit à Hubert une carte.

— De quoi s'agit-il ? s'énerva ce dernier en l'examinant.

— Vous savez lire. Il s'agit d'une carte de membre de la chaîne Costco.

— Pour quoi faire ?

— Leurs magasins sont réservés aux membres, comme un club.

— Ça ne m'intéresse pas.

— Ce n'est pas ce qu'on vous demande. Tripp vous fait profiter de son abonnement. Félicitations, c'est un magasin génial. Ma grand-mère y travaille.

— Dis à Tripp que s'il veut me voir je l'attends ici, rétorqua Hubert.

— Il connaissait d'avance votre réaction. Pour des raisons qui m'échappent, il préfère vous rencontrer dans un lieu public. Le Costco le plus proche se trouve à East Harlem, sur la 117e Rue, tout près de la voie rapide. Il vous attend dans la galerie, près des fast-foods, à 17 heures.

Sur ces mots, Lonnie tourna les talons et redescendit les marches du perron.

— Tu pourras dire à ton complice qu'il peut toujours attendre, lui cria Hubert.

Lonnie s'immobilisa et se retourna.

— Il avait aussi prévu que vous diriez ça. Dans ce cas, il m'a chargé d'un autre message. Si vous n'êtes pas là à 17 h 01, il appelle le *Wall Street Journal*. Bonne journée, et n'oubliez pas votre carte de membre.

Lonnie descendit les dernières marches d'un bond, franchit la grille et remonta la 81e Rue vers l'est.

Hubert sentit le poids du .38 contre sa cheville gauche. L'espace d'un instant, il eut la tentation de récupérer l'arme et d'ouvrir le feu sur ce petit con suffisant de Portoricain. Sauf que Lonnie Martinez n'était pas le problème. C'était Tripp.

Il referma la porte.

À quoi bon tuer le messager ?

62

Les premiers flocons de neige se sont écrasés sur le pare-brise au moment où je m'engageais sur le Henry Hudson Parkway.

— Essuie-glaces, m'a commandé Kylie depuis le siège passager.

J'ai obtempéré.

— Oh, merci ! Je me disais aussi que j'aurais dû prendre des cours de conduite accompagnée au lycée. Quoi d'autre pour ton service ?

— Ouais. Je sais que tu vas trouver ça bizarre, a répondu Kylie, mais il faut que je te l'avoue. J'adore cette enquête.

— Moi aussi. Quand on y réfléchit bien, deux types qui se font tuer, quasiment pas de sommeil, le clan Alden qui nous met des bâtons dans les roues à tous les tournants, que demande le peuple ?

— Arrête, Zach. On a commencé jeudi par un corps sans tête découvert dans une bagnole à un million de dollars. Depuis, ça n'arrête pas. Enlèvement, escroquerie, un second meurtre…

— Sans oublier un collier de perles volé.

— Le genre de truc dont on rêvait quand on était à l'école de police.

— Rafraîchis-moi la mémoire. On rêvait aussi de la façon dont on pourrait retrouver le coupable ?

— On le retrouvera, m'a-t-elle assuré. À mon avis, on devrait commencer par rendre une petite visite à Irwin.

Jusqu'au Jour de l'an, Irwin Diamond était le fonctionnaire le plus brillant attaché à la municipalité. C'était le bras droit du maire précédent et un soutien indéfectible du Red. Et puis Muriel Sykes a pris possession de Gracie Mansion et Irwin a retrouvé son ancien boulot de banquier d'affaires.

— Tu crois qu'Irwin pourrait nous apporter ses lumières sur le Projet Gutenberg ?

— Je ne sais pas, mais tout ce que la ville compte de flics est aux trousses de Madison et de Tripp. Nous sommes les seuls à être au courant de cette histoire. Il faut bien commencer quelque part.

Le « quelque part » en question était le duplex de toit d'Irwin au 1 Morton Square, l'une des adresses les plus prisées de la ville.

Il nous a invités à nous asseoir avec lui dans un petit nid douillet, au milieu d'un immense salon vitré du sol au plafond. Par beau temps, j'imagine qu'on doit voir le New Jersey de l'autre côté de l'Hudson, mais le panorama se limitait ce jour-là aux bourrasques neigeuses.

— La météo annonce plus de vingt centimètres de poudreuse, a remarqué Irwin. En clair, cela signifie que Muriel Sykes aura beau s'y prendre comme elle l'entend avec la tempête, demain à cette heure, quatre des cinq arrondissements de la ville lui tomberont dessus à bras raccourcis. Si vous saviez comme je suis heureux d'avoir quitté la politique ! Dites-moi en quoi je peux vous aider.

Nous l'avons mis au courant de nos découvertes. Il n'avait jamais entendu parler du Projet Gutenberg.

— Le fait que son nom de code fasse référence à la Bible me donne à penser que ce projet n'est pas propre du tout. Les criminels en col blanc adorent manier l'ironie.

— Hubert Alden est-il un criminel ?

Il m'a fixé par-dessus ses verres sans monture.

— Un criminel supposé, mais jamais condamné.

— Que savez-vous de lui ?

— Vous vous y connaissez en investissement ?

J'ai souri.

— Rien de plus facile. On donne son fric à son agent de change, il le place dans un truc qui ne marche pas comme il l'espérait et on a de la chance si on récupère le tiers de son apport un an plus tard.

— Ce résumé montre que vous êtes plus malin que la plupart des gens qui cherchent à investir, mais laissez-moi vous éclairer un peu plus.

Il s'est levé et s'est approché des baies vitrées.

— Vous voyez ces deux gouttes d'eau ? Je vous parie un dollar que celle de gauche atteindra le bas de la fenêtre avant celle de droite. Chiche ?

— D'accord.

Nous avons observé la course des gouttelettes le long de la vitre. Dix secondes plus tard, celle de droite achevait sa course la première. Irwin a sorti de son portefeuille un billet d'un dollar qu'il m'a tendu.

— Êtes-vous prêt à un exercice plus risqué ?

— Je joue avec l'argent de la maison, alors vous pouvez y aller.

Il a regardé sa montre.

— Je vous parie cinquante dollars que dans moins de dix minutes, le chat de mon voisin sautera sur ma terrasse, grattera à la porte et attendra que je lui donne une soucoupe de lait avant de repartir. Chiche ?

— Jamais de la vie.

— Pourquoi pas ?

— Irwin, je n'ai aucun moyen de savoir si ce chat et vous n'avez pas mis sur pied une arnaque ensemble. En revanche, je sais que vous êtes trop malin pour me proposer un pari aussi idiot à moins de bénéficier d'informations que je n'ai pas.

— Je gagne de l'argent parce que je dispose d'informations fiables, a acquiescé Irwin. La différence entre Alden et moi, c'est que mes informations sont le résultat de recherches méticuleuses. De son côté, il bénéficie d'écoutes illégales, pirate les e-mails, installe des micros cachés, soudoie de hauts cadres, et verse des pots-de-vin à des fonctionnaires.

— C'est donc un escroc, mais cela ne me dit pas ce que voulait dire Irène lorsqu'elle affirmait laisser derrière elle beaucoup de souffrance.

— Je ne sais pas non plus, mais je peux émettre une hypothèse. Imaginons qu'un inventeur mette au point une pilule miracle qui vous permette de manger tout ce que vous voulez sans jamais prendre de poids. Les autorités sanitaires donnent le feu vert à sa commercialisation, tout indique donc que le cours des actions de la compagnie va monter. Curieusement, Hubert Alden parie à la baisse.

— Pour quelle raison ?

— Parce qu'il a appris que la compagnie pharmaceutique avait bidonné ses essais cliniques. Il se garde bien de donner l'alerte. Le médicament sort sur le marché, des centaines de gens meurent et les cours s'effondrent.

— Ce qui permet à Hubert de se remplir les poches en laissant derrière lui un océan de souffrance.

— Le gendarme de la Bourse ne vérifie pas les transactions anormales, de façon à traquer les délits d'initiés ? a demandé Kylie.

— Son nom n'apparaîtra nulle part. Il agira par l'intermédiaire d'un avocat suisse en effectuant des transferts d'argent sur un compte offshore.

— Je commence à avoir une petite idée de ce qu'on va trouver sur cette clé USB, a raisonné Kylie.

Je me suis approché de la baie vitrée à mon tour.

— J'aurais peut-être dû accepter votre pari. Je doute que le chat du voisin ait envie de sortir par un temps pareil.

— De toute façon, mon voisin n'a pas de chat, a répliqué Irwin. Je voulais uniquement illustrer mon propos sur le pouvoir de l'information, même lorsque celle-ci est mensongère.

— Merci, en tout cas. Je ne sais pas si ça va nous aider à boucler notre enquête, mais je comprends mieux pourquoi 99 % de la planète hait le 1 % restant.

La formule a fait rire Irwin.

— Ne nous haïssez pas trop. Souvenez-vous que sans ce 1 %, le Red n'existerait pas.

63

Le taxi effectua une glissade sur la 3e Avenue en évitant de justesse un autobus. Hubert tapa du poing contre la paroi de verre qui le séparait du chauffeur.

— Vous avez décidé de nous tuer ?

Le chauffeur partit d'un grand rire.

— Désolé. Il n'y a pas autant de neige au Bangladesh.

— Vous devriez envisager d'y retour…

La sonnerie de son portable l'empêcha d'achever sa phrase.

— Allô, aboya-t-il.

— Monsieur Alden ? Sergent McGrath du commissariat du 19e. Votre voiture est à nouveau disponible, vous pouvez envoyer quelqu'un la récupérer quand vous voudrez.

— Quelqu'un ? Ah non, sergent. C'est vous qui l'avez immobilisée, c'est à vous de me la rendre. Vous n'aurez qu'à vous servir du bip qui se trouve à l'intérieur pour ouvrir la porte du garage, avant de ressortir par la petite porte. C'est encore dans vos moyens, ou bien vous préférez que j'appelle le préfet ?

— Non, monsieur. Je trouverai quelqu'un pour la reconduire chez vous.

— Assurez-vous que le quelqu'un en question sache s'en servir. Cette voiture coûte le salaire annuel d'une dizaine de flics. Je n'ai pas envie de la retrouver égratignée.

— Bien, monsieur, répondit McGrath.

Le taxi s'arrêta devant l'East River Plaza. Hubert espérait bien y mettre les pieds pour la seule et unique fois de sa vie.

Il suivit les pancartes au logo de Costco et présenta sa carte de membre à une employée souriante.

— Où se trouvent les fast-foods ? s'enquit-il.

Elle tendit le doigt et Hubert suivit son geste. Tripp l'attendait à une table à l'écart, une part de pizza et un soda posés devant lui.

— Lève-toi, lui ordonna son père.

— Au cas où tu l'aurais oublié, c'est moi qui ai organisé cette rencontre, rétorqua Tripp. Assieds-toi.

— Je veux d'abord vérifier que tu n'as pas de micro caché. Lève-toi.

— Un micro caché ? Je ne suis pas complètement malade, contrairement à toi.

Tripp se redressa et, pour la seconde fois ce jour-là, accepta de se laisser palper.

— Qu'est-ce que tu veux ? lui demanda son père en prenant place en face de lui.

— C'est toi le négociateur. Je pensais que tu étais venu négocier.

— Très bien. Dans ce cas, voici ma dernière offre : je refuse de te verser un sou et je réorganise mon héritage de sorte que tu ne touches rien à ma mort.

— Ta *mort* ? Elle risque d'avoir lieu en prison. Quand tout le monde saura ce que tu as fait, je doute que tu survives à ta première nuit derrière les barreaux. Même s'ils te mettaient au mitard, je ne serais pas surpris qu'un gardien te fasse la peau.

— Tu n'as aucune preuve permettant de m'envoyer en prison.

— Ah bon ? Pas même le détail de tes coups de fil à M. Joost, ton avocat suisse ? Je les ai écoutés. Au début, je pensais que tu parlais d'une opération financière compliquée à haut risque, mais tu étais si sûr de toi, comme si tu savais d'avance ce qui allait se passer. Pas étonnant, puisque c'était le cas.

— La confiance en soi n'est pas punie par la loi, que je sache.

— J'ai pas fini. J'ai fouillé tes papiers pendant des semaines avant de tomber sur le gros lot. Cette réunion dans l'archipel Turks-et-Caïcos, que tu es allé jusqu'à enregistrer. Pas très malin, Lévitique. Encore moins malin d'avoir *gardé* cet enregistrement. Mais je comprends pourquoi tu as fait ça. Tu *détestes* perdre. Pire encore, tu détestes que quelqu'un d'autre gagne. Cette bande te servait de police d'assurance. Tu t'es dit que si tu te faisais prendre, tu pourrais t'en servir pour négocier. Si les enquêteurs de la Sûreté nationale parvenaient à retrouver le type qui a monté le Projet Gutenberg, tu échapperais peut-être à la peine de mort.

Hubert éclata de rire.

— Je ne sais pas ce que tu t'imagines avoir découvert, réagit-il, mais je vais m'empresser de jeter un coup d'œil au gros lot en question dès mon retour à la maison. Assez discuté, je lève la séance.

Tripp ne lui laissa pas le temps de s'exécuter.

— Tu me prends pour un con? Tu crois qu'il te suffit de rentrer à toute blinde à la maison et d'effacer ces enregistrements compromettants? J'ai tout récupéré, papa. Les coups de téléphone à ton avocat suisse, cette rencontre dans l'archipel Turks-et-Caïcos. J'ai tout mis sur une clé USB.

— Que toi et ton complice, M. Caïn, avez l'intention de partager avec le reste de la planète, que je vous donne ou non de l'argent.

— M. Caïn a disparu, le contredit Tripp. Ça fait un moment qu'il n'est plus dans la boucle. Et puis j'ai changé d'avis, je n'ai pas l'intention de tout révéler au public.

Hubert se rassit.

— C'est-à-dire?

— C'est-à-dire que j'ai beau mourir d'envie de te faire payer ta bassesse, j'aime trop mon grand-père pour ruiner son nom, sa réputation et tout ce qu'il a bâti. Je suis disposé à ne pas ébruiter ton secret. Mais pas sans contrepartie.

— Combien?

Tripp tapa du poing sur la table.

— Combien tu crois, espèce de connard? Tu n'as prévenu personne, alors que tu savais très bien ce qui allait se passer. Tu es resté les bras ballants.

Combien ? répéta-t-il d'une voix rauque proche du murmure. Un putain de milliard. Jusqu'au dernier sou du fric que tu as gagné sur le malheur de tous ces gens.

— Tu es fou.

— Oh non, papa. Je suis abîmé, mais je ne suis pas fou. Dès lundi matin, tu vas créer une fondation au nom de maman. Ensuite, par grandeur d'âme, tu donneras à la Fondation Marjorie Alden un milliard de dollars en souvenir de ta défunte épouse et tu nommeras ton fils à la présidence du conseil d'administration.

— Quelle grande œuvre as-tu en tête, monsieur le président ?

— J'utiliserai cet argent pour réparer les dégâts que tu as causés.

— Je n'en doute pas. Et quel sort me réserves-tu ?

— Toi ? Mais tu seras un héros. Ta photo fera la une de toute la presse américaine. Hubert Alden, philanthrope et bienfaiteur de l'humanité. Je serai le seul à savoir quel salopard tu es vraiment.

64

Le cœur de Tripp battait à tout rompre lorsqu'il quitta le centre commercial et regagna la camionnette qui l'attendait sur le parking. Il aurait pu mettre son père KO s'il ne s'était pas planté.

— Ne dévoile jamais ton jeu à tes adversaires, lui avait recommandé son grand-père bien des années plus tôt.

Tripp avait pourtant avancé un atout qu'il n'avait pas en main. La clé USB.

À présent que son père était au courant, il allait remuer ciel et terre pour mettre la main dessus. Il finirait tôt ou tard par fouiller la chambre de Peter, et tout s'écroulerait.

Tripp se glissa derrière le volant de la camionnette et composa le numéro de Patrice.

— Tripp, si tu savais comme je suis soulagé de t'entendre ! Tu vas bien ?

— Oui, ça va, mais j'ai absolument besoin de cette clé USB dont je vous ai parlé. Vous ne l'avez pas trouvée, par hasard ?

— J'ai cherché partout, sans succès, mais à ce stade, je m'inquiète davantage pour toi que pour cette clé.

— Ça va, je vous assure. J'ai vraiment besoin que vous la retrouviez. Elle se trouve forcément dans les affaires de Peter.

— Qui sont encore chez tes parents.

— Patrice, vous êtes son frère. Ses affaires vous appartiennent, vous n'avez besoin de l'autorisation de personne pour les récupérer. Il vous suffit de passer à la maison et de les prendre. Je vais vous donner le numéro de code du garage.

— Je crois surtout qu'on devrait avoir une petite conversation tous les deux, le contra Patrice. Où peut-on se retrouver ?

Tripp se tétanisa en sentant le canon glacé d'un pistolet se poser sur sa nuque. Il releva lentement la tête en direction du rétroviseur.

Madison.

— Tout de suite, je ne peux pas. Je vous rappelle très vite.

Il raccrocha et concentra toute son attention sur le visage qui l'observait dans le miroir.

Sous l'effet du café brûlant, le visage de Madison était couvert de marbrures rouges et plusieurs cloques le défiguraient au niveau de la joue droite, sous l'oreille. Quant à son cou, il portait la trace du Taser.

— Vous feriez mieux d'aller voir un dermatologue, sinon personne ne voudra danser avec vous au bal de fin d'année, plaisanta Tripp.

Madison leva le bras et lui donna un grand coup de crosse sur l'omoplate. Une douleur fulgurante irradia le cerveau de Tripp qui se mordit la lèvre, bien décidé à ne pas crier.

— J'ai entendu ta conversation de la dernière chance avec le frère de Peter. On dirait que tu as perdu cette clé. Je savais bien que tu n'y arriverais jamais seul.

— Peut-être pas, mais après le meurtre de Peter et de Silas, quand j'ai vu que vous m'enfermiez sur le bateau, j'ai pensé que le mieux était encore de poursuivre par moi-même. Comment m'avez-vous retrouvé ?

— Je ne me suis même pas fatigué à te pister. Je me doutais que tu chercherais à contacter ton père, il m'a suffi de le suivre. Je vous observais, caché derrière une palette de papier toilette. Je n'entendais pas ce que vous disiez, mais à vos gestes, j'ai cru deviner que tu avais passé un accord avec lui. Combien lui as-tu demandé ?

— Aucune importance, répondit Tripp. Ça ne m'empêchera pas de vous verser votre part.

— *Toi ?* Me verser ma part ?

Madison ponctua sa phrase par un nouveau coup de crosse à l'omoplate.

Cette fois, Tripp laissa échapper une plainte.

— À quoi vous jouez ? Je vous ai dit que je vous donnerais vos 10 millions.

— Et toi, combien tu touches ? insista Madison, prêt à récidiver.

— Un milliard, répondit Tripp en se massant l'épaule. Tout ce qu'il a gagné grâce au Projet Gutenberg.

Madison éclata de rire.

— Pourquoi diable te donnerait-il un milliard alors qu'il a refusé de me verser dix fois moins ?

— Parce qu'il est prêt à tout pour que je me taise, hurla Tripp en pivotant d'un bloc. Et ce n'est pas à *moi* qu'il donne ce fric. Il le verse à une fondation que je vais créer au nom de ma mère. Il sait bien que je ne dirai rien pour ne pas salir sa mémoire.

— Ta mère était aussi une idéaliste, Tripp ? C'est d'elle que tu tiens ? Parce que tu n'as visiblement pas hérité du sens des affaires de ton père. Il se fout royalement des idéaux tant qu'il y a du fric à la clé. Allez, on va se promener tous les deux.

Tripp se retourna et glissa la clé dans le démarreur.

— Où va-t-on ?

Madison se pencha en avant.

— 81e Rue Est. J'ai l'intention de passer un pacte avec le diable.

— Pourquoi ? Je viens de vous le dire, il est d'accord pour payer. Vous allez tout foutre en l'air.

— Tu n'as décidément rien compris, mon pauvre Tripp. Hubert Alden a passé sa vie à négocier des accords. Et tu veux que je te dise ? murmura-t-il à l'oreille de Tripp.

— Quoi ?

— Il négocie toujours avec le mieux-disant.

65

Comme il faisait aux alentours de zéro, la chaussée était glissante, pour reprendre l'expression des météorologues, une façon pudique de dire que la ville était paralysée par un mélange de neige fondue et de pluies verglaçantes.

Tout en roulant au pas, je suis passé devant l'entrée du grand magasin Bloomingdale's, une vraie foire d'empoigne en temps ordinaire, où une maigre demi-douzaine de clients optimistes tendaient désespérément le cou, à la recherche d'un taxi. J'ai accéléré progressivement à partir de la 60e Rue alors que le blizzard se dissipait.

— Tu crois qu'on aurait la moindre chance d'obtenir un mandat de perquisition ? m'a demandé Kylie.

— Tu connais déjà la réponse, c'est bien pour cette raison que tu n'en as pas parlé à Irwin Diamond. Inutile de reposer la question à Cates, elle t'a déjà opposé un non catégorique hier.

— La situation était différente. On parlait de fouiller de fond en comble la maison des Alden, à la recherche d'une tête coupée. On se contenterait désormais d'un rapide coup d'œil au garage, où se trouve la chambre de Peter. Combien de temps nous faudrait-il pour mettre la main sur cette clé USB ?

— Même si la tête de Peter trônait dans la salle à manger d'Alden, nous n'aurions aucune raison sérieuse de procéder à une perquisition. C'est tout juste si on dispose du témoignage indirect d'une vieille dame qui perd la boule.

J'ai tourné à gauche sur la 67e Rue. La caserne de pompiers du quartier jouxte le commissariat, si bien qu'il est quasiment impossible de se garer dans le coin, même quand on est flic. Devant l'entrée du 19e, j'ai reconnu un véhicule familier qui occupait l'espace de deux voitures.

— On dirait que notre ami Hubert est sur le point de récupérer sa voiture.

— Super ! a réagi Kylie.

Son enthousiasme m'a laissé perplexe, jusqu'à ce que je remarque la lueur qui brillait dans son regard. La lueur chère aux caricaturistes lorsque l'un de leurs personnages a une idée particulièrement tordue. Je connaissais assez mon équipière pour savoir quelle idée tordue elle avait derrière la tête.

— Je monte au bureau, m'a-t-elle annoncé en ouvrant sa portière. Ça t'ennuie de me rapporter un café de chez Gerri ?

Je lui ai aussitôt emboîté le pas et nous avons franchi la porte du commissariat l'un derrière l'autre.

— Je téléphonerai pour qu'on te le livre.

Elle s'est approchée bille en tête du sergent McGrath, qui trônait à l'accueil.

— D'où venez-vous, inspecteur ? lui a-t-il demandé.

— Je poursuivais les méchants avec mon efficacité coutumière, lui a-t-elle répondu en chassant d'un mouvement de tête les flocons de neige qu'elle avait dans les cheveux. Pourquoi cette question ?

Il l'a toisée.

— Vous n'auriez pas reçu un appel du garage ce matin, au sujet d'un véhicule à rendre à son propriétaire, un certain M. Hubert Alden ?

Kylie m'a regardé en haussant les épaules.

— Si.

— Alors pourquoi n'avez-vous pas appelé M. Alden pour le lui signaler ?

— Vous voulez savoir la vérité ?

— Ce serait bien, pour une fois.

— Je n'ai pas appelé Alden parce que j'avais rendez-vous chez le dentiste, mais aussi parce que Hubert Alden est un gros con qui nous met des bâtons dans les roues depuis le début de notre enquête. Je me suis dit que le laisser mariner un peu ne lui ferait pas de mal.

— Le problème, inspecteur, c'est qu'au lieu de mariner, Alden s'en est pris à moi. J'ai suffisamment de pain sur la planche avec les gens ordinaires sans avoir besoin de jouer les flics de riches comme vous.

— Pour mémoire, s'est justifiée Kylie, mon collègue, l'inspecteur Droit-dans-ses-bottes, n'était pas au courant qu'Alden était autorisé à récupérer sa voiture.

— Le mot récupérer est mal choisi, l'a corrigée McGrath. Ce monsieur exige qu'on la lui livre. En vingt-deux ans de service, c'est la première fois que le propriétaire d'une pièce à conviction ne vient pas chercher son bien en personne, en signant le registre. Votre M. Alden n'est apparemment pas astreint aux mêmes règles que le commun des mortels, si bien que je suis obligé d'envoyer deux de mes gars la lui restituer.

Kylie a baissé timidement les yeux.

— Veuillez accepter toutes mes excuses, sergent, a alors déclaré ma collègue, dont je sais pourtant qu'elle ne s'excuse jamais, jamais, jamais. C'est de ma faute si vous en êtes là, c'est donc à moi de rendre cette voiture.

McGrath est tombé dans le panneau.

— C'est pardonné, a-t-il dit en lui tendant une liasse de formulaires. Vous n'aurez qu'à la garer dans son garage. Si Alden est là, demandez-lui de signer ces papiers ; dans le cas contraire, laissez-les sur le siège passager, il m'en faxera un exemplaire signé.

Il lui a tendu un porte-clés auquel étaient attachés un petit boîtier noir orné d'un sigle et un crucifix doré.

— La clé de voiture de monsieur Tout-le-monde, a commenté McGrath en désignant du doigt le sigle Maybach. Il vous suffit de le glisser dans votre poche, il se charge du reste. Je ne suis pas certain que la croix soit d'origine, mais ça peut toujours servir.

Il lui a lancé le porte-clés.

— Que dieu vous bénisse, inspecteur.

— C'est moi qui conduis, m'a averti Kylie, une fois dans la rue. Tu n'auras qu'à me suivre.

Elle s'est mise au volant et j'ai ouvert la portière côté passager.

— On ne prend qu'une seule voiture, je voudrais discuter de deux ou trois trucs en chemin.

Le système de démarrage électronique a reconnu le signal émis par le porte-clés et Kylie a mis le contact en enfonçant un bouton.

— Tu es sûr que tu ne préfères pas t'installer à l'arrière et te servir un verre ? Je n'ai aucune envie que tu me fasses un sermon.

— Ce n'est pas te faire un sermon que de te signaler l'impossibilité de perquisitionner un garage sans mandat.

— Tu me prends pour une bleue ? a-t-elle répliqué en mettant en route les essuie-glaces. Je connais la loi, mais puisque nous avons l'autorisation de pénétrer dans son garage, rien ne nous empêche d'ouvrir les yeux et d'observer tous les objets qui traînent.

— J'aimerais connaître ta définition du verbe traîner.

— Tout ce qui se trouve bien en vue, ou qui n'est pas caché, a-t-elle rétorqué en démarrant le véhicule à un million de dollars sur la chaussée couverte de neige fondue.

Elle a affiché un sourire roué avant d'ajouter :

— Dans le cas d'un enfoiré comme Hubert Alden, ça comprend tout ce que je suis susceptible de découvrir dans un tiroir que je n'ai pas besoin d'ouvrir avec un pied-de-biche.

66

Hubert Alden, qui avait l'habitude d'être reconnu comme un personnage important, s'était aperçu qu'il n'était personne lorsqu'il s'était retrouvé seul à une table anonyme du snack de Costco. Pour un peu, il se serait levé et aurait crié à la cantonade : « Vous ne savez donc pas qui je suis ? J'ai plus de fric que vous tous réunis. »

Il consulta sa montre. Tripp était reparti sept minutes plus tôt en lui *donnant l'ordre* d'attendre un peu avant de s'en aller. C'était bien la preuve que son fils le connaissait mal. S'imaginait-il vraiment que son père tenterait de le suivre ? Hubert avait des sbires pour ce genre de manœuvre. À vrai dire, il n'en avait plus, puisque Blackstone était mort et qu'il ne savait pas comment contacter Wheeler.

Il avait finalement opté pour la seule solution viable, créer une fondation en l'honneur de Marjorie. Il s'était engagé à tenir une conférence de presse le lundi suivant, ce qui lui laissait moins de quarante-huit heures pour museler Tripp à moindre coût.

Il finit par se lever et quitta l'East River Plaza en empruntant la sortie donnant sur la 117e Rue. Marcher au milieu des tourbillons de neige lui aurait éclairci les idées, mais il ne s'était pas habillé assez chaudement et il décida de frapper à la vitre d'un taxi arrêté à un feu sur la 2e Avenue. Le chauffeur avait terminé son service, mais il se montra trop heureux d'accepter la course en échange des 200 dollars que lui proposait le milliardaire.

Alden retrouva avec plaisir la chaleur réconfortante de sa maison de la 81e Rue. Les clés de Janelle n'étaient pas posées sur la console de l'entrée, preuve qu'il était seul chez lui, et il se rendit directement dans son bureau.

Il entendit la voix de l'intrus avant de découvrir son visage.

— Bonsoir, monsieur Alden. J'ai pris mes aises en vous attendant.

Il reconnut le prof de Tripp, confortablement installé dans un fauteuil, un verre à la main. Son visage était tuméfié et couvert de cloques, mais c'était le cadet des soucis d'Hubert.

— Comment êtes-vous entré ? s'étonna-t-il d'une voix agacée. C'est ma femme qui vous a ouvert ?

— Je ne crois pas qu'elle soit là, répondit Madison. Non, votre fils avait la clé.

— Tripp est ici ? Où ça ?

— Dans le garage.

— Ne bougez pas, lui ordonna Hubert.

Il fit le tour de sa table de travail et enfonça une touche de l'interphone.

— Tripp ! Viens ici tout de suite.

— J'ai bien peur que ce ne soit pas possible, fit Madison avec un sourire satisfait. Tripp a les mains liées pour le moment. Au sens propre.

Hubert se laissa tomber sur son fauteuil et passa nonchalamment la jambe gauche par-dessus la droite de façon que sa main ne soit plus qu'à quelques centimètres du calibre .38 dissimulé dans l'étui qu'il portait à la cheville.

— Je ne comprends pas très bien de quoi il retourne, mais je vous invite très vivement à m'expliquer tout de suite ce qui vous amène ici.

— Je suis venu vous dire que vous aviez raison.

— À quel sujet ?

— Quand vous affirmiez que tout individu a son prix, monsieur Alden.

— Sauf que les offres les plus généreuses ont une date de péremption, monsieur Madison. Hier encore, je vous aurais payé 20 000 dollars avec plaisir pour m'appeler lorsque mon fils vous…

— Taisez-vous, le coupa sèchement Madison. Je ne parle pas de 20 000 dollars. Je parle des 100 millions que j'entends réclamer à Lévitique.

Hubert se tétanisa.

— Caïn, c'est vous ?

— Caïn est mort. Je ne suis que le prof de votre fils à Barnaby Prep et j'ai le regret de vous annoncer que Tripp n'est pas très bon en maths. J'ai cru comprendre qu'il vous réclamait un milliard de dollars en échange de la promesse de ne pas vous dénoncer. Une simple *promesse* ? De la part d'un ado qui déteste littéralement tout ce que vous représentez ? Il est toujours prudent de savoir ce qu'on achète, monsieur Alden. Personnellement, je suis disposé à vous apporter une *garantie* pour une somme bien moindre.

— Je connais le montant de votre offre. 100 millions de dollars.

— C'était le montant initialement fixé par Tripp. Nous étions censés partager cinquante-cinquante, mais puisque nous ne sommes plus associés, je me contenterai de mon cinquante à moi. Cette proposition est valable jusqu'à demain soir à 21 h 01. Une minute après l'ouverture officielle par la Réserve fédérale des transactions bancaires.

Hubert posa nonchalamment la main sur le revers de son pantalon et sentit la présence du pistolet sous ses doigts, à travers le tissu.

— C'est ça, votre plan ? lui demanda Madison. Me descendre, vous précipiter au sous-sol, abattre Tripp et vous débarrasser des deux corps avant que votre femme rentre à l'heure du dîner ? Vous n'êtes pas dans votre élément, Hubert. Vous êtes un dirigeant, pas un exécutant.

Hubert reposa sa main sur le bras du fauteuil.

— Avec le peu d'impôts que je paye, je me vois mal vous donner des conseils financiers, reprit Madison, mais la situation étant ce qu'elle est, vous avez le choix entre donner son milliard à Tripp dans l'espoir qu'il ne changera pas d'avis le jour où il aura fini de le distribuer, ou bien me verser 50 millions avec une garantie à vie. La vie de votre fils.

Hubert tendit le bras et saisit le portrait de Marjorie et Tripp qui n'avait pas quitté sa table de travail depuis quinze ans. Il l'examina brièvement, le reposa, et reporta son attention sur Madison.

— J'accepte de vous donner 20 millions de dollars. C'est ma dernière offre et elle expire dans dix secondes.

— Vous êtes dur en affaires, monsieur Alden. J'accepte.

Il se leva et tendit la main à son interlocuteur.

— Allez vous faire foutre, gronda Hubert.

Un sourire proche du ricanement victorieux s'étala sur le visage tuméfié de Madison. Il retira sa main, fit un pas en arrière, et quitta la pièce.

Hubert, en tendant l'oreille, entendit la porte d'entrée se refermer derrière l'enseignant. Il ne quittait pas des yeux la photo de Marjorie et Tripp. Il se sentit soudain submergé par une vague d'émotions rentrées, réprimées par des années de cynisme et de dureté. Des remords, des regrets, et plus encore le chagrin d'avoir perdu son fils unique.

Il se leva et se dirigea vers le bar, s'empara de la bouteille de Richard Hennessy à 3 000 dollars et regagna son siège.

Toujours hypnotisé par le portrait, il porta la bouteille à ses lèvres et avala une longue gorgée, suivie d'une deuxième, puis d'une troisième, avant de finir par saisir le cadre avec l'intention de le poser à l'envers sur sa table de travail.

Il ne put s'y résoudre.

Alors, il acheva de vider la bouteille, jusqu'à l'hébétude.

67

— Par une nuit de tempête sans lune…, a déclamé Kylie d'une voix spectrale, au volant de la Maybach.

— J'aimerais autant que tu arrêtes ton cirque et que tu te concentres sur ta conduite.

— Putain, Zach ! Déride-toi un peu. Si tu te concentrais un minimum toi-même, tu verrais que je suis concentrée.

Je dois à la vérité de reconnaître que c'était vrai. Les flocons légers et ouatés qui tombaient sur la ville quelques heures plus tôt avaient cédé la place à une neige fondue et poisseuse. Kylie naviguait entre les plaques de verglas comme dans un champ de mines, oubliant pour une fois ses clowneries.

Elle s'est arrêtée à un feu, au carrefour de la 79e Rue et de Madison.

— C'était idiot de ne prendre qu'une voiture. Tu as réfléchi un instant à la façon dont nous allions pouvoir rentrer de chez Alden ?

— J'ai réfléchi que j'étais flic, et qu'il nous suffisait d'appeler police-secours. J'ai tenu à monter avec toi après t'avoir vue en rêve pénétrer dans le garage d'Alden, refermer la porte et saccager la maison pendant que j'attendais dehors au volant, en me donnant des claques pour t'avoir fait confiance.

— Tu croyais vraiment que j'allais tout saccager ?

— Je te connais, Kylie. À ce stade de l'enquête, tu es aussi tenace qu'un chien accroché à un bifteck alors que tu es déjà en indélicatesse avec Cates. J'essaye de te protéger contre tes démons.

Le feu est passé au vert. Elle a redémarré, tourné sur la 81e Rue, et s'est arrêtée à quelques mètres de la demeure des Alden.

— À ton avis, lequel de ces boutons ouvre la porte du garage ? m'a-t-elle demandé en s'intéressant au tableau de bord installé au-dessus du rétroviseur.

Je n'ai pas eu le temps de répondre « Aucune idée » que la porte du garage se relevait.

— Tu as trouvé toute seule.

— Comment ça, j'ai trouvé toute seule ? Je n'ai touché à rien.

La porte a fini de s'ouvrir, dévoilant le garage brillamment éclairé.

— Putain de merde, a bredouillé Kylie.

L'expression n'était pas galvaudée. Là, sous nos yeux, à l'emplacement réservé à la luxueuse limousine d'Alden, se trouvait une vieille camionnette bleue. *La* camionnette bleue. Debout à l'arrière, en train de refermer les portes arrière avec un morceau de corde élastique, nous avons reconnu Ryan Madison, notre ravisseur et assassin.

J'ai bondi hors de la voiture en sortant mon arme et je me suis précipité en criant à tue-tête :

— NYP…

Je n'ai pas eu le temps de prononcer le D. Mon pied gauche a heurté un obstacle métallique, le rebord d'une bouche d'égout, probablement. Tout ce que je sais, c'est que ce truc était aussi glissant qu'une savonnette. Une fraction de seconde plus tard, je m'étalais dans un tas de neige sale.

Cet accident a sans doute été la chance de ma vie, la balle tirée par Madison ayant traversé l'air à l'endroit précis où je me tenais avant de tomber.

J'ai rampé dans la neige fondue derrière l'une des voitures garées le long du trottoir. Le pistolet à la main, je voyais clairement Madison dans le garage, mais je me suis bien gardé de tirer. À la première erreur de ma part, je me retrouverais sous les feux d'une commission d'enquête, on me demanderait pourquoi j'avais fait usage de mon arme dans une demeure privée en pleine tempête de neige.

Kylie en a profité pour jaillir à son tour de la Maybach et s'accroupir derrière la porte ouverte du garage. Elle aussi était armée, mais elle n'était pas assez bête pour vouloir s'en servir.

— NYPD ! a-t-elle crié. Vous êtes cerné. Ne bougez pas.

Tu parles ! Il a bougé, et vite.

Je l'ai vu se jeter derrière le volant de la camionnette, enclencher la marche arrière et zigzaguer jusqu'à la rue, tourner brutalement le volant, enfoncer la pédale d'accélérateur, emboutir au passage un véhicule garé le long du trottoir et s'éloigner tant bien que mal vers la 5e Avenue.

— Vite ! m'a hurlé Kylie en remontant dans la Maybach.

J'ai pataugé péniblement jusqu'à la portière passager.

— Agrippe-toi, m'a-t-elle recommandé en mettant les gaz.

Les roues ont patiné avant d'accrocher sur la chaussée et la voiture a fait un bond en avant. La camionnette a tourné à gauche sur la 5e Avenue au moment où le feu orange passait au rouge.

Kylie a klaxonné, grillé le feu, tourné dans une longue glissade et réussi à reprendre le contrôle de la voiture à l'instant où je nous voyais déjà monter sur le trottoir et foncer dans la façade du Metropolitan Museum of Art.

— Ce n'est pas vraiment la voiture idéale par ce genre de temps, a-t-elle remarqué. Mais pas de problème, je me débrouille.

J'ai sorti ma radio.

— Inspecteurs Jordan et MacDonald pour central. Nous venons d'essuyer des coups de feu tirés depuis une résidence située au 208 de la 81e Rue Est. Envoyez des renforts pour établir un périmètre de sécurité autour du bâtiment. Le tireur s'est enfui à bord d'une camionnette Dodge bleue. Il circule sur la 5e Avenue en direction du sud et se trouve actuellement au niveau de la 80e Rue. Ordre à toutes les unités disponibles de lui couper la route. Prévenez-les que nous sommes à la poursuite du tireur dans un véhicule banalisé noir de type limousine.

— Bon Dieu, Zach, s'est énervée Kylie. Tu avais vraiment besoin de les prévenir tout de suite ?

— Avec un peu de chance, une patrouille peut réussir à l'intercepter avant qu'il ne gagne la voie rapide. Pourquoi s'en priver ?

— Parce qu'on n'a pas envie de voir débarquer une bande de cow-boys en uniforme qui vont le prendre en chasse comme nos chers collègues californiens l'ont fait en leur temps avec O. J. Simpson. On aura de la chance si ça ne se termine pas par un carambolage géant.

— Je suis trempé du cul au cou, et je n'ai surtout pas envie de me retrouver avec une coéquipière qui n'en fait qu'à sa tête et remet en cause toutes mes putains de décisions ! Je t'invite à me lâcher la grappe et à reporter ton agressivité rentrée sur le connard qui a bien failli m'abattre.

— Désolée.

Elle avait beau avoir grommelé ses excuses de façon à peine intelligible, je suis persuadé qu'elle était sincère.

Elle a enfoncé la pédale d'accélérateur et la limousine a bondi à la poursuite de la vieille camionnette.

68

— Cette bagnole est le manège le plus cher de la planète, m'a crié Kylie en zigzaguant sur le verglas à travers les quartiers les plus huppés de la ville. Pour un million de dollars, tu pourrais t'imaginer que l'option quatre roues motrices serait de série.

Nous nous trouvions à quelques dizaines de mètres de la camionnette, mais c'est à peine si je distinguais ses feux arrière à travers le blizzard. Soudain, ils ont disparu au niveau de la 76e Rue.

— Ce salopard a coupé ses phares et s'est réfugié devant ce bus, a commenté Kylie.

— Passe devant, coupe-lui la route.

— Cette putain de bagnole n'a pas de gyrophare et de sirène.

Elle a longuement klaxonné en doublant le bus. Grave erreur, les chauffeurs de bus new-yorkais détestent qu'on les klaxonne, surtout lorsqu'il s'agit d'une femme au volant d'une limousine.

Le bus a accéléré et le chauffeur nous a regardés de haut en nous adressant un doigt d'honneur. Comme nous roulions à sa hauteur, j'ai descendu ma vitre et je lui ai montré mon badge. Il faut croire que les cinglés qui circulent dans des voitures de luxe sont rarement des flics. Il a dû croire que j'allais tendre à mon tour un doigt dans sa direction car il a volontairement mordu sur notre file.

Kylie s'est déportée sur la gauche et nous franchissions le carrefour de la 72ᵉ Rue quand nous avons entendu un grand bruit. Il ne m'a fallu qu'une seconde pour comprendre qu'il ne s'agissait pas de nous, ni du bus, mais de la camionnette.

Madison avait tourné à droite, envoyé voler la barrière en bois qui fermait la chaussée, et je l'ai vu s'enfoncer dans Central Park.

Kylie a freiné brutalement et la voiture a fait un tour complet sur elle-même.

Elle a passé la marche arrière, remonté la 5ᵉ Avenue sur quelques dizaines de mètres, et franchi l'entrée du parc au niveau de la 72ᵉ Rue en slalomant autour des restes de la barrière en bois éparpillés sur la chaussée.

La camionnette roulait toujours, mais la corde élastique n'avait pas résisté au choc. Les portes arrière s'étaient ouvertes et battaient furieusement dans le rayon de nos pleins phares, au milieu des bourrasques de neige.

Kylie est passée en code et l'intérieur de la camionnette nous est apparu. Tripp Alden, pieds et poings liés, tentait désespérément de se rapprocher des portes ouvertes.

Kylie a bifurqué sur la file de gauche et s'est rangée à hauteur de la Dodge.

— Qu'est-ce que tu fabriques ?

— J'avais décidé de lui rentrer dedans par-derrière, mais si jamais le gamin est éjecté, je lui roule dessus.

Nous avons négocié côte à côte le virage permettant d'accéder à East Drive quand Madison, d'un coup de volant à gauche, a percuté volontairement le pare-chocs avant droit de la Maybach.

J'ai poussé un cri.

— Pas si près !

Kylie a réussi à ne pas perdre le contrôle de la limousine.

— Je préviens le central. Ils auront bouclé toutes les sorties du parc dans trente secondes.

— Ils n'auront aucun mal à fermer les sorties accessibles aux véhicules, a-t-elle répliqué, mais si jamais on le perd, il lui suffira d'abandonner sa camionnette et de franchir les grilles.

Elle a serré la Dodge de plus belle. Cette fois, Madison a donné un coup de volant à droite, franchi le trottoir, et s'est retrouvé sur la pelouse. Épaisse et verte au mois de juillet, elle brillait comme une vitre à la lumière des phares en ce mois de janvier glacial.

La camionnette a fait une embardée avant de dévaler la pente d'une butte de terre. La Maybach a suivi son exemple. Kylie a freiné, mais les roues ne pouvaient mordre sur rien de solide et nous avons entamé une longue glissade incontrôlée, comme un palet de hockey d'un million de dollars.

Notre véhicule, plus lourd que la camionnette, gagnait du terrain à chaque instant. À l'arrière de la Dodge, Tripp avait réussi à se rapprocher des portes qui fendaient l'air comme des nageoires de requin, maintenues en position ouverte par la vitesse et les rafales de vent.

Nous l'avons vu basculer alternativement sur sa droite et sur sa gauche afin de prendre de l'élan.

— Attention, il va plonger !

Je n'avais pas fini ma phrase qu'il jaillissait de la camionnette dans une ultime roulade, quasiment sous les roues de Maybach.

Kyle a donné un coup de volant désespéré et l'a évité d'un cheveu. À vue de nez, il s'en était tiré. La voiture de son père n'a pas eu cette chance.

Quand j'étais gamin, je me suis rendu des centaines de fois dans ce secteur du parc pour regarder voguer les maquettes de bateau sur le grand bassin ovale, construit sur le modèle de ceux que l'on trouve dans les parcs de Paris.

— On va boire la tasse !

— Pas en janvier, a répliqué Kylie. Ils vident le bassin en hiver.

La camionnette, qui nous précédait d'une dizaine de mètres, a disparu de l'autre côté du parapet entourant le bassin asséché. La Maybach l'a suivie quelques secondes plus tard et nous avons basculé, capot en avant, dans le trou noir du bassin de béton.

Le choc a été violent. Le pare-chocs avant a amorti le choc et les airbags se sont déployés avec un bruit d'explosion en une nanoseconde.

Celui qui a jailli du tableau de bord m'a empêché de passer à travers le pare-brise, mais j'ai cru un instant qu'une mule m'avait rué en plein visage.

L'explosion m'a laissé avec les oreilles bourdonnantes, les poumons saturés de poussière chimique, et la tête en vrac.

Mais j'étais vivant, et Kylie aussi.

— Zach, a-t-elle déclaré, le nez en sang, la respiration courte. Madison à onze heures.

À la lumière des phares, qui fonctionnaient toujours, j'ai aperçu la camionnette, couchée sur le flanc gauche, dont Madison tentait de s'extraire en passant par la vitre côté passager.

— Il va s'enfuir, a-t-elle poursuivi en essayant de détacher sa ceinture.

Elle se trompait. Madison a sauté de la camionnette, mais au lieu de détaler, il s'est dirigé vers nous, une arme à la main. Ivre de rage, le visage en sang, il s'est approché en titubant de la vitre de Kylie et a posé le canon de son pistolet contre la vitre.

Pour un flic, il n'y a rien de pire que de voir son coéquipier se faire assassiner de sang-froid sous ses yeux. Ni elle ni moi ne portions de gilet pare-balles, mais si j'avais été debout, je me serais jeté devant Kylie sans hésiter.

Sauf que j'étais toujours harnaché à mon siège, incapable de bouger. L'airbag dégonflé m'encombrait la poitrine. J'ai glissé la main par-dessous en cherchant désespérément mon arme des doigts.

Kylie, prise au piège, était incapable de bouger. Madison ne pouvait pas la louper.

Il a reculé d'un pas, hurlé au vent des paroles inintelligibles, et appuyé sur la détente.

69

J'ai attendu la détonation, conscient qu'il n'y avait que deux solutions. Soit Madison nous abattait tous les deux d'une seule balle, soit il commençait par tuer Kylie avant de me réserver la balle suivante.

Il y avait une troisième possibilité à laquelle je n'aurais jamais pensé.

Madison a fait feu, la vitre s'est étoilée, mais le verre n'a pas explosé. Il a tiré à nouveau à deux reprises sans que les balles parviennent à franchir l'obstacle.

Je me suis brusquement souvenu de la remarque de Silas Blackstone, au début de l'enquête. Dans son désir de nous impressionner, il nous avait précisé que la voiture de son patron n'était pas un véhicule de série à 400 000 dollars. La Maybach d'Alden avait une carrosserie en acier renforcé et des vitres blindées.

La voiture d'Hubert venait de nous sauver la vie.

Ryan Madison a paru aussi surpris que nous. Comprenant soudain qu'il avait deux flics furibards sur les bras, il a choisi la solution la plus naturelle.

Il a pris ses jambes à son cou.

Le bassin, côté est, était doté d'un escalier, mais celui-ci se trouvait à plus de cinquante mètres et le sol de béton était gelé. Madison s'est dirigé en courant vers l'endroit où la camionnette avait franchi le parapet en tirant par-dessus son épaule.

J'ai réclamé des renforts par radio, puis nous sommes sortis de la voiture tout en nous abritant derrière nos portières blindées.

J'ai tendu l'index en direction du fugitif.

— Il aura besoin de ses deux mains pour se hisser hors du bassin. Dès qu'il rengaine son arme, je me lance à sa poursuite et tu me couvres.

Madison a tiré une nouvelle fois dans notre direction.

— Essayons de l'attraper vivant, dans la mesure du possible.

— Vas-y, m'a répondu Kylie.

Madison venait de glisser son pistolet à l'intérieur de son blouson et s'agrippait des deux mains au rebord de pierre du bassin.

Je suis sorti précipitamment de mon abri et j'ai couru dans sa direction.

Je pensais qu'il aurait du mal à escalader le parapet, mais il a réussi sans peine à se hisser tout en haut, il a passé une jambe et achevé de s'extraire du bassin. Quelques instants plus tard, il pointait le canon de son arme dans ma direction.

Je me suis jeté à terre et une balle a fait éclater le béton à une vingtaine de centimètres de ma tête.

Kylie a tiré sur Madison, mais la balle est passée à un mètre de lui.

— Raté, salope ! a-t-il hurlé.

Il avait tort d'exulter. Kylie était la meilleure de la promotion au tir. Elle ne l'avait pas raté, elle s'efforçait simplement de détourner son attention afin que je puisse le rejoindre.

Les premières sirènes ont hululé du côté de la 72e Rue, accompagnées des clignotements des gyrophares.

— Madison ! Vous êtes cerné. Jetez votre arme.

— J'ai vu trop de films pour me résoudre à une fin aussi minable, Jordan, m'a-t-il répondu.

Il a ponctué sa phrase par un coup de feu.

J'ai exécuté une roulade et la balle m'a frôlé.

— Zach ? a crié Kylie.

On fait équipe depuis si longtemps qu'il lui a suffi de prononcer mon nom pour que je comprenne.

— Vas-y !

Kylie s'est redressée et elle a fait feu par-dessus la portière de la Maybach. La balle a dessiné un joli petit trou au niveau du cou de Madison, sous la mâchoire, et un autre nettement moins propre dans sa nuque.

Un gargouillis rauque s'est échappé de sa gorge. L'espace d'un instant, il est resté comme figé, les bras en l'air, puis son corps a basculé tout entier et s'est écrasé tête la première sur le fond gelé du bassin.

J'ai songé à notre première rencontre avec Ryan Madison, lorsque nous l'avions vu sautiller sur son bureau devant ses élèves, attaqué par des avions imaginaires. Touché à mort, le grand King Kong avait reposé sur le bureau la poupée Barbie qu'il retenait prisonnière avant de s'effondrer.

Je me suis retourné vers Kylie. Elle se dirigeait vers moi, les lumières intermittentes des voitures de patrouille se reflétant sur ses cheveux blonds. Une fois de plus, la belle avait tué la bête.

— Allons-y, m'a-t-elle dit.

— Aller où ? Tu viens d'abattre un type, Kylie. Je sais bien que ce n'est pas une bavure, mais tu ne peux pas t'enfuir et...

— Écoute-moi, Zach. J'en ai pour une semaine et demie à noircir de la paperasse à cause de cette histoire, mais il est hors de question que je m'y mette maintenant. Tripp Alden est encore dans la nature. En ce qui me concerne, il est toujours recherché par la police et j'ai bien l'intention de l'arrêter.

Elle s'est dirigée vers le bord du bassin.

— Soit tu es avec moi, soit tu ne l'es pas, a-t-elle hurlé par-dessus son épaule. À toi de décider.

Je l'ai suivie.

— J'ai une question. Comment fait-on pour le retrouver ?

— Le premier objectif, a-t-elle répondu en se hissant hors du bassin, c'est de trouver une voiture.

70

— Pas question de commettre deux fois la même erreur, a décrété Kylie en passant à côté de trois berlines avant de jeter son dévolu sur un 4 × 4 dont le moteur tournait au ralenti. Monte !

Elle a démarré avant que j'aie pu claquer ma portière. Deux flics se tenaient un peu plus loin, attendant dans le froid qu'on leur donne des ordres. Kylie a freiné à leur niveau et baissé sa vitre.

— Ce véhicule est à vous ? leur a-t-elle demandé.

— Non, madame, a répondu l'un des deux types.

— Inspecteur MacDonald. Retrouvez-moi le conducteur de ce 4 × 4 et dites-lui qu'on échange de véhicule avec lui. Le nôtre se trouve au fond du bassin.

Le temps qu'elle exécute un demi-tour, j'ai lancé un bulletin d'alerte au nom de Tripp Alden et envoyé des patrouilles chez Hutch et chez Lonnie.

— Je me fiche de savoir combien de politicards Hubert Alden a dans sa poche, a repris Kylie. Il se planque derrière ses pistons et ses privilèges depuis trop longtemps. Je refuse de marcher plus longtemps dans toutes ces combines.

— Mais enfin, Kylie, tu t'imaginais quoi en t'engageant au sein du Red ? Que tu allais croiser des scouts ou des donneurs d'organes ? Hubert Alden est un homme méprisable, mais il gagne plus de fric, paye plus d'impôts et crée plus d'emplois que les crétins moyens. Si tu n'arrives pas à le supporter, tu t'es gourée de métier.

Elle s'est arrêtée à un feu rouge. Certaines personnes se mettent à pleurer quand elles souffrent. Pas Kylie MacDonald. Elle crache du feu.

— Ryan Madison a pointé son flingue à dix centimètres de ma tempe avant d'appuyer sur la détente. Ça ne serait jamais arrivé si Hubert Alden ne nous avait pas menti. Je l'aurai, Zach. Je le jure devant Dieu, j'aurai sa peau.

— J'ai autant envie de le coincer que toi, mais il est hors de question de débarquer chez lui comme une unité d'assaut.

Nous avons effectué le reste du trajet en silence. Deux voitures rattachées au commissariat du 19e étaient garées devant chez Alden. Un flic s'est approché.

— Il est à l'intérieur, Zach. Il prétend que son gamin n'est pas là et je n'ai pas l'autorisation de perquisitionner à l'intérieur de la maison.

J'ai appuyé sur le bouton de l'interphone jusqu'à ce que la grille s'ouvre.

Le temps de grimper les marches du perron avec Kylie, Alden nous attendait sur le seuil de sa porte en ricanant, comme s'il nous avait surpris au moment où nous glissions des prospectus sous sa porte.

— Où est mon fils ? a-t-il aboyé.

— Nous allions vous poser la même question, a répondu Kylie.

— Comment voulez-vous que je le sache ?

— Il était dans votre garage il y a une demi-heure.

— Et moi, j'étais à l'étage avec un putain d'assassin, en train d'essayer d'éviter que Tripp ne devienne sa prochaine victime. Je m'efforçais de garder mon fils en vie. Si vous aviez fait votre boulot, tous les deux, je ne me trouverais pas dans cette situation.

Kylie ne s'est pas démontée.

— Notre boulot ? Vous voulez dire, trouver le ravisseur de votre fils, par exemple ? On aurait peut-être pu y arriver si vous aviez pris la peine de nous signaler son enlèvement.

— N'essayez pas de me culpabiliser, inspecteur. « Si vous appelez les flics, on tue votre gamin. » Vous vouliez que je réagisse comment ? J'ai d'abord cru qu'il s'agissait de la mafia russe avant de m'apercevoir qu'il s'agissait d'un petit prof de lycée. Quand il a fini par venir me trouver, j'ai fait le nécessaire : j'ai négocié un accord avec lui. Il est censé revenir demain, de sorte que je puisse lui virer de l'argent.

— Les plans de M. Madison ont changé, a répliqué Kylie. Il ne reviendra pas.

— Vous l'avez arrêté ?

— Il est en route pour la morgue. Votre voiture a servi à l'opération, il vous faudra attendre quelques jours de plus avant de la récupérer.

— Rien à foutre de ma voiture. Où est Tripp ?

— Je crois avoir répondu à cette question en vous la posant moi-même.

Les leçons de diplomatie que j'avais tenté de donner à Kylie n'avaient servi à rien. Il était temps que j'intervienne.

— Monsieur Alden, nous avons tout tenté pour prendre Madison vivant, mais il a ouvert le feu sur nous. Une première fois dans votre garage, ensuite lorsque nous lui avons donné la chasse à travers Central Park. Tripp a profité de la mêlée pour s'échapper. Il s'est évanoui dans la nature, nous espérions le retrouver ici.

— Il n'est pas rentré. Maintenant que vous n'avez plus de raison d'espérer, je vous laisse libres de vous en aller. N'oubliez pas d'emmener vos collègues avec vous, a-t-il précisé en désignant les deux voitures de patrouille garées devant chez lui. Elles gênent le passage.

Il a reculé d'un pas et nous a claqué la porte au nez.

Mon portable s'est mis en branle au même moment. J'ai regardé le nom qui s'affichait à l'écran.

— C'est Cates.

Kylie a levé les bras au ciel et j'ai décroché.

— Oui, patron.

— Je me trouve actuellement devant le cadavre d'un prof du privé, près d'une automobile qui va probablement coûter au contribuable la bagatelle d'un demi-million de dollars en réparations, à quelques pas d'une meute de journalistes, parqués de l'autre côté du périmètre de sécurité, qui réclament à cor et à cri le nom du responsable de ce bazar.

— Capitaine…

— Je n'ai pas terminé, Jordan. Que dois-je répondre au préfet s'il débarque ici et me demande pour quelle raison deux de mes inspecteurs ont pris la poudre d'escampette après avoir abattu un suspect ?

— Vous pourrez lui dire que nous avions pris en chasse deux suspects. Nous avons coincé le premier, mais nous n'avions pas le temps d'établir un rapport circonstancié si nous voulions coincer le second.

— Je vous laisserai le soin de le lui dire *vous-mêmes*. Parce que s'il débarque ici et que vous n'êtes pas là, je lui explique que vous avez quitté les lieux pour trouver un autre boulot avec mes collègues de la circulation.

— On arrive, capitaine.

— Un dernier détail, Jordan. Avez-vous fouillé la camionnette bleue après l'avoir poussée dans ce bassin ?

Non. On s'est carapatés parce que ma chère collègue était encore bouleversée qu'on lui ait posé un flingue sur la tempe, elle était impatiente d'en discuter avec Hubert Alden.

— Non, capitaine. Les premières patrouilles venaient d'arriver sur place, nous leur avons laissé le soin de s'en occuper. Vous pouvez nous dire ce que contenait cette camionnette, ou bien je devrai attendre de l'apprendre par le journal ?

— J'aime autant vous le révéler quand vous serez là avec votre collègue, a répondu Cates. Je veux voir la tête que vous ferez en découvrant ce que vous avez laissé passer.

71

Rien n'attire la foule comme une fusillade. Le temps de regagner Central Park, les alentours du bassin ruisselaient de lumière comme un plateau de cinéma et l'on ne comptait plus les voitures de patrouille, les camions de pompiers, les ambulances, les équipes de télévision, sans oublier un énorme engin de dépannage Ford 4400 Jerr-Dan.

Sans oublier non plus le capitaine Cates.

— IO 52, a-t-elle aboyé du plus loin qu'elle nous a vus. Ou bien vous vous arrogez le droit de vous en affranchir, là aussi ?

L'Interim Order 52 oblige tout policier qui tue ou blesse quelqu'un avec son arme de service à souffler dans le ballon. Tous les flics y ont droit, et la plupart d'entre eux trouvent la mesure humiliante, ce qui explique que Cates nous ait apostrophés assez fort pour qu'une bonne douzaine de collègues l'entendent.

— Elle est surtout furieuse contre moi, m'a glissé Kylie alors que nous nous dirigions comme des coupables vers le fonctionnaire de la police des polices qui nous attendait avec un éthylotest.

Notre honneur lavé de tout soupçon, nous sommes allés retrouver Cates derrière le paravent qui permettait à Chuck Dryden de travailler tranquillement sans être gêné par les paparazzi.

— Nous avons retrouvé ça dans la camionnette, nous a-t-il expliqué en désignant une caisse en plastique jaune couverte de givre. Il s'agit de la boîte dont se sert ordinairement Tripp Alden pour ranger sa caméra.

Il n'avait pas terminé sa phrase que j'avais deviné la suite.

— Peter Chevalier.

C'était davantage une affirmation qu'une question.

Dryden a soulevé le couvercle et mon regard s'est figé sur la tête coupée du chauffeur.

— Cela fait plusieurs jours qu'elle est conservée dans la glace, elle a été sortie d'un congélateur tout récemment, a expliqué Dryden.

— Je suis prête à parier que c'est Hubert Alden qui l'avait déposée là, a enchaîné Kylie. Madison sortait de son garage quand nous l'avons repéré.

— Je vois où vous voulez en venir, a réagi Cates, mais à moins que vous n'ayez vu Alden lui donner lui-même cette tête, nous n'arriverons jamais à l'impliquer.

— A-t-on retrouvé des empreintes sur la caisse ?

— Le couvercle a été soigneusement nettoyé, m'a répondu Chuck.

— On a l'assassin, et le corps de Chevalier a déjà été autopsié, est intervenue Cates. Quand peut-on espérer rendre cette tête à la famille pour qu'elle puisse organiser les obsèques ?

— Très vite, j'en ai pour quelques heures.

Dryden allait repartir quand il s'est tourné vers Cates.

— Si ça peut vous intéresser, mes équipes ont inspecté les alentours, a-t-il déclaré en tendant un doigt vers l'endroit où Kylie avait perdu le contrôle de la Maybach. On dirait des traces de traîneau. Une fois franchi le sommet de cette butte, vos inspecteurs n'avaient plus aucun moyen de contrôler la voiture. Ils se sont retrouvés à la merci de Mère Nature.

— En attendant, ils se retrouvent à la merci de Maman Cates. Cela dépasse les compétences du service de police scientifique que vous dirigez, monsieur Dryden, mais je ne doute pas que mes deux inspecteurs vous soient reconnaissants d'avoir essayé de les couvrir.

Chuck a haussé les épaules en nous regardant, puis il s'est éloigné.

— Capitaine.

— Vous pouvez garder vos explications pour plus tard, Jordan, m'a coupé Cates. J'ai appris ma leçon avec vous deux. Le mieux est encore de laisser s'accumuler les entorses au règlement jusqu'à la fin de l'enquête. Je m'évertuerai ensuite à imaginer un moyen de vous obliger à respecter les règles à l'avenir, sans me bercer d'illusions.

Son téléphone a sonné et elle s'est réfugiée dans sa voiture pour échapper au hurlement du vent.

Kylie et moi sommes restés plantés là.

— Je ne regrette rien, a-t-elle déclaré.
— Comme d'habitude.
— C'est quoi, ton problème ? m'a-t-elle demandé d'un air agressif.
— Je n'ai pas de problème.
— Zach, Tripp est la seule personne en mesure de nous aider à inculper Hubert Alden. Alors, oui, c'est moi qui ai pris la décision de lui courir après au lieu d'attendre qu'un connard de l'inspection des services me dise que je n'avais pas picolé. Je ne t'ai pas obligé à m'accompagner, alors évite de me servir la même leçon que Cates et tous les chefs pour qui j'ai travaillé jusqu'ici.
— Kylie, je suis gelé, trempé, et je me sens comme un con de m'être mis en chasse d'une chimère au lieu de rester ici et de découvrir cette valise à caméra. Mais comme tu m'as sauvé la peau ce soir, je t'épargnerai un sermon et je me contenterai de te remercier d'avoir tué Madison au moment où il allait m'abattre.
Elle est restée silencieuse pendant quelques instants, et puis un petit sourire s'est lentement esquissé sur son visage.
— Avec ce vent et cette neige… c'était un beau carton. Je t'ai déjà dit que j'étais la meilleure en tir à l'école de police ?
Je n'ai pas pu m'empêcher de sourire à mon tour.
— Pas depuis hier soir.
Cates a ouvert sa portière et s'est penchée vers nous.
— Montez, nous a-t-elle ordonné.

Nous avons obtempéré et son chauffeur a démarré en direction de l'entrée du parc.

— C'était Patrice Chevalier, nous a-t-elle expliqué. Je lui avais laissé un message pour lui dire que nous avions retrouvé Peter, il me rappelait pour me remercier.

— Où va-t-on ? lui a demandé Kylie.

— On rentre au bercail.

— Capitaine, avec tout le respect que je vous dois, nous devons mettre la main sur Tripp Alden, et nous tourner les pouces au bureau n'est pas le meilleur moyen d'y parvenir.

— Tripp Alden nous retrouve là-bas. Le docteur Chevalier l'amène.

Une fois n'est pas coutume, Kylie a effectué le reste du trajet sans prononcer une parole.

72

J'ai lu ses droits à Tripp Alden. Quand je suis arrivé au passage où il est dit : « Vous avez le droit de consulter un avocat », il m'a interrompu.

— Ouais, j'en veux un. J'ai appelé mon grand-père avant de me rendre. Il m'envoie un type.

Le type en question n'était autre que Dennis Woloch, surnommé le Sorcier dans le métier, du fait de la facilité avec laquelle il envoûte les jurés. Woloch ne prend que deux types de clients : les gens blindés de fric qui ont les moyens de régler ses honoraires astronomiques, et les accusés les plus pauvres pour lesquels il travaille à la commission de façon à parader dans les journaux télévisés.

Grand-papa Alden ne prenait pas de risque. Il louait un lance-flammes pour griller des marshmallows.

— Avez-vous l'intention d'inculper mon client ? nous a demandé Woloch.

— Votre client a été victime d'un enlèvement dont nous croyons avoir découvert les circonstances, mais nous avons quelques questions à lui poser.

Woloch a donné son assentiment d'un mouvement de tête et Tripp nous a raconté ce que nous savions déjà par Gittleman et Lonnie. Au stade de son récit où Augie débarquait dans le sous-sol de la cité scolaire, je lui ai posé la question qui s'imposait :

— Pourquoi avoir neutralisé avec un Taser la personne qui venait de vous délivrer, et pourquoi vous être enfui ?

— Ne répondez pas à la question, lui a recommandé Woloch. Quant à vous inspecteur, vous ne devriez pas demander à un adolescent traumatisé par un fou de vous expliquer sa réaction au moment où un parfait inconnu débarque dans sa prison et *donne l'impression* de le délivrer. À ce stade, mon client ne faisait confiance à personne. Poursuivez.

— Après avoir quitté la cité scolaire, vous n'avez pas contacté vos proches, préférant téléphoner à votre ravisseur. Vous lui avez donné rendez-vous dans un snack où il a procédé à l'assassinat de Silas Blackstone.

— Ce n'est pas une question, inspecteur, est intervenu Woloch. Quand bien même ce préambule vous conduirait à en poser une, il manque de pertinence car vous exposez les faits de façon erronée. Mon client n'a pas *téléphoné à son ravisseur*. L'homme qui a procédé à son enlèvement était constamment déguisé et s'exprimait à l'aide d'un modificateur de voix. Ce n'est pas le ravisseur que Tripp a appelé. Animé par la peur et le désespoir, il a pris contact avec la seule personne à laquelle il pensait pouvoir accorder sa confiance, à savoir son mentor, Ryan Madison.

— Que savez-vous de l'assassinat de Peter Chevalier ? s'est enquise Kylie.

Tripp a fait non de la tête.

— Parlez-nous de la clé USB que vous lui avez confiée.

Le Sorcier a frappé des deux mains sur la table.

— Cet interrogatoire est terminé.

— Pas si nous l'inculpons d'agression sur la personne d'un agent d'entretien scolaire dans l'exercice de ses fonctions, l'a contredit Kylie en approchant un ultime marshmallow de la gueule du lance-flammes.

Le Sorcier a éclaté d'un rire sonore.

— Je croyais me trouver en présence d'employés du Red, une unité d'élite censée résoudre les difficultés des riches et des puissants. Vous avez vraiment l'intention d'inculper l'héritier de la fortune Alden pour une banale infraction ? Si c'est le cas, inspecteur, rédigez-lui sa convocation, que nous puissions nous en aller.

Il s'est levé, mais Tripp ne l'a pas imité.

— Allons, l'a aiguillonné Woloch. Je vous déposerai au passage chez votre grand-père.

— Une minute, l'a arrêté Tripp en nous dévisageant. Vous l'avez coincé ? Je veux dire, Madison. Il est… ?

— Nous avons essayé de le prendre vivant, mais nous n'y sommes pas parvenus.

— Je vous remercie. C'est lui qui a tué Peter, et je sais que j'étais le suivant sur sa liste. Merci.

Il s'est levé et il a quitté la pièce en compagnie de Woloch.

Cates, qui avait observé la scène derrière la vitre sans tain, nous a rejoints aussitôt.

— Le docteur Chevalier m'a également demandé de vous remercier. Il prend le premier vol à destination d'Haïti demain matin, dès que la tempête de neige aura cessé.

— Vous avez entendu ce que nous a dit Tripp à la fin ? a demandé Kylie.

— Il vous a remerciés de lui avoir sauvé la vie, a répondu Cates.

— Hubert Alden nous a expliqué qu'il avait accepté de verser une rançon à Madison. Il était censé transférer l'argent demain.

— Et alors ?

— Alors pourquoi Tripp était-il persuadé que Madison le tuerait puisque son père avait accepté de payer la rançon le lendemain ?

— Je ne sais pas, a répondu Cates. En revanche, je sais que vous avez transformé en épave une voiture d'un million de dollars et que vous avez attrapé un assassin. Tout bien considéré, je dirais que vous n'avez pas perdu votre journée.

— C'est un peu facile, a rétorqué Kylie. Hubert Alden n'a pas les mains propres, reste à comprendre de quelle façon il les a salies.

— Bienvenue au Red, MacDonald. Certains de nos meilleurs clients se salissent régulièrement les mains, mais votre rôle consiste à les protéger quand ils sont victimes de manœuvres criminelles, et non à essayer de découvrir de quelles manœuvres criminelles ils se rendent coupables dans l'ombre.

— Waouh ! s'est exclamée Kylie. C'est…

— Cynique, c'est ça ? l'a coupée Cates. Je vous le confirme, c'est le lot quotidien de bien des flics. Le système trouve toujours le moyen de rabattre leur caquet. Mais n'ayez crainte, MacDonald. Vous êtes immunisée contre ce genre de déboire.

— Ah bon ? Je serais curieuse que vous m'expliquiez pourquoi.

— Parce qu'on peut difficilement souffrir de règles auxquelles on refuse obstinément d'obéir.

73

— J'ai besoin de manger et de boire, et pas nécessairement dans cet ordre, m'a avoué Kylie une fois Cates partie. Tu es partant ?

J'ai arrêté pas mal de gens qui ont fait des conneries, et il m'arrive parfois de les sermonner en leur disant : « Mais enfin, à quoi pensiez-vous ? »

La réponse tombe sous le sens : les gens pensent rarement.

C'est la raison pour laquelle, vingt-quatre heures après l'arrivée inopinée de Cheryl dans mon appartement, et quinze heures après avoir entendu Gerri me prévenir que Kylie jouait avec son couple et ma libido, j'ai pris la décision qu'une troisième soirée arrosée avec mon ancienne petite amie était de rigueur.

— Je suis ton homme.

Le temps de prendre une douche bien chaude et de récupérer des vêtements propres dans mon casier au commissariat, nous avons demandé à une voiture de patrouille de nous déposer au T-Bar Steak and Lounge sur la 3e Avenue.

— C'était la première fois que je travaillais sur un enlèvement, a remarqué Kylie, un verre à la main, une fois passée la commande. En revanche, j'ai vu plein de films de kidnapping. Tu sais quelle est la différence entre la vraie vie et ce qui se passe à l'écran ?

— Je risque de me tromper, mais je dirais un seau de pop-corn.

— Je suis sérieuse, Zach. Au cinéma, quand les familles retrouvent leur gamin, tout le monde s'embrasse en pleurant alors que Janelle et Hubert ne sont même pas venus au commissariat dire bonjour à Tripp. Deux personnes ont été assassinées, leur fils en sort indemne, tu trouves ça normal qu'ils n'organisent pas une réunion de famille ?

— Janelle n'était pas rentrée quand nous sommes passés, elle n'est peut-être pas au courant. Et, connaissant Hubert, il est capable de pleurer de joie en serrant contre son cœur tout le pognon qui aura échappé au ravisseur.

— Ou alors ce n'est pas un happy end parce que Tripp en sait long sur son père, qu'il ait monté cette histoire d'enlèvement avec Madison ou non.

— Je croyais qu'on s'était mis d'accord sur le fait de ne pas parler boulot à table.

— Pas de souci, a répondu Kylie en portant à ses lèvres son Coca-bourbon. De quoi voudrais-tu discuter ? Tu as eu des nouvelles de Cheryl aujourd'hui ? Que devient mon cinglé de mari qui débarque à l'improviste ? L'avocat que j'ai consulté me demande une avance de 15 000 dollars, tu crois que…

— C'est bon, tu as gagné. Autant parler de l'affaire.

— Cates est persuadée que l'enquête est close.

— Elle a raison. Nous avions un double meurtre sur les bras et nous avons coincé le coupable en trouvant le moyen de résoudre l'enlèvement dont nous n'étions pas censés nous occuper.

— Tripp Alden a eu de la chance qu'on refuse de se laisser intimider, a remarqué Kylie.

— Je te le concède, c'est dommage qu'on ne donne pas de médailles aux flics qui ne respectent pas les consignes, sinon tu ne saurais plus où les mettre. Je te connais. Tu ne veux pas *parler* de l'enquête. Non, tu veux me guider pas à pas jusqu'à la théorie que tu as concoctée, mais je n'ai pas les idées en place ce soir. Tu ferais mieux de m'exposer ton hypothèse avant que l'alcool ne m'anesthésie pour de bon.

— Très bien. Je suis convaincue que Tripp Alden avait raison. Madison avait décidé de le tuer et je crois qu'il risque toujours sa peau à l'heure où je te parle.

J'ai reposé mon verre. Brusquement, j'étais tout ouïe.

— Suis un peu mon raisonnement. Madison se rend chez Alden qui accepte de lui verser la rançon. Pendant ce temps-là, Tripp est ligoté au fond de la camionnette. Pourquoi Hubert ne va-t-il pas rassurer son fils en lui expliquant qu'il sera bientôt libre ?

— Parce que c'est un père de merde.

— D'accord, mais je pose la question un peu différemment. Il vient d'accepter de cracher plusieurs millions pour sauver Tripp. Il n'a surtout pas envie que le gamin se fasse tuer en commettant une connerie. Dans ce cas, pourquoi Hubert ne descend-il pas au garage recommander à Tripp de se tenir à carreau pendant vingt-quatre heures ? Ce type est un homme d'affaires né, il aurait été logique qu'il cherche à protéger son investissement.

Je la suivais pas à pas dans une direction qui me dérangeait profondément.

— Tu es en train de me dire que ce gamin en sait trop et que son père a voulu le supprimer ?

— Non seulement il voulait le supprimer, mais il était même prêt à payer Madison pour s'en charger. Le pire, c'est qu'il s'en serait tiré. *Le père éploré verse la rançon, mais le ravisseur revient sur sa parole et assassine son fils*.

Avant que j'aie pu digérer son raisonnement, mon téléphone a sonné. Le sergent McGrath.

— Zach ? Bob à l'appareil.

— Pour qu'on en soit à s'appeler par nos prénoms, vous avez un service à me demander. Lequel ?

— La clé de la voiture d'Alden. Ils l'ont conduite au garage en dépanneuse, mais ils ne peuvent pas la démarrer sans le petit boîtier que je vous ai donné.

— Vous l'avez donné à ma collègue, plus exactement.

— Le service, c'est ça. Soyez gentil, demandez-lui de ma part.

Je me suis tourné vers Kylie.

— C'est McGrath. Tu as toujours le porte-clés de la May-bach?

Elle a fouillé dans sa poche et l'a posé sur la table sans un mot.

— C'est bon, je l'ai… Bob. Sans une rayure, par-dessus le marché. Vous n'avez qu'à envoyer un de vos gars au T-Bar, au coin de la 73e et de la 3e. Le boîtier vous attend.

J'ai raccroché et pris machinalement le porte-clés, auquel était accroché le crucifix doré de Peter.

— Je devrais peut-être récupérer cette breloque et la rendre à Patrice.

Sans attendre la réponse de Kylie, je me suis emparé de la croix pour la retirer du porte-clés. Comme le crucifix avait du mal à glisser le long de l'anneau, j'ai appuyé un peu trop fort et la partie inférieure s'est détachée.

— Maladroit, a ricané Kylie.

— Non, le bas de la croix s'emboîte dans la partie supérieure, je l'ai uniquement détaché.

J'ai approché les deux morceaux du crucifix de la bougie posée sur la table pour mieux comprendre le mécanisme. La partie supérieure était en réalité une clé USB à laquelle la moitié inférieure servait de fourreau.

J'ai tendu le tout à Kylie.

— Ce n'est pas un crucifix ordinaire.

74

— Alléluia, s'est écriée Kylie en brandissant la petite croix. Cette fois, je jure devant Dieu de respecter scrupuleusement le règlement.

— Pas tout à fait. Le règlement stipule qu'il faut d'abord en référer au capitaine et à un assistant du procureur avant de pouvoir demander à un juge un mandat nous autorisant à examiner le contenu de cette clé.

— La règle en question est assez souple, a rétorqué Kylie le plus sérieusement du monde. Surtout un samedi soir où il neige, sans compter que Cates n'hésitera pas à t'arracher les yeux si elle s'imagine que tu cherches à t'en prendre à Alden.

Nous avons englouti le repas en un temps record, rendu le porte-clés au flic envoyé par McGrath, et pris la direction de West End Avenue où nous attendait Leah LaBreche, la juge de permanence.

L'expression « raide comme la justice » ne s'applique pas à tous les magistrats à 22 heures un samedi car Mme LaBreche, une jeune mère de famille, n'avait pas bu une goutte d'alcool. Elle était même très alerte et nous a posé quelques questions avant d'accepter de signer le document que nous lui réclamions.

— Une clé USB ? À cette heure ? Pourquoi ne pas attendre demain matin ?

Kylie l'a noyée sous un déluge de raisons en lui glissant habilement dans son discours les expressions « double meurtre », « enlèvement de personnalité », « proches amis de la maire » avant de conclure de façon imparable :

— La responsable de notre unité a estimé que c'était suffisamment important pour que nous bravions les intempéries afin d'obtenir votre signature.

Si la juge LaBreche avait d'autres questions, elle n'a pas eu le loisir de les poser. Un bébé s'est mis à crier dans les profondeurs de son appartement et son attention s'est émoussée instantanément.

— C'est Landon, mon petit garçon. Il fait ses dents, nous a-t-elle expliqué en saisissant le stylo que lui tendait Kylie.

Elle a signé le mandat et nous avons pris congé d'elle.

Nous étions passibles du conseil de discipline pour avoir menti au sujet de Cates, mais nous disposions d'un mandat en bonne et due forme que rien n'aurait pu invalider.

— Chez toi ou chez moi ? m'a demandé Kylie sur le palier de la juge.

Nous n'avions aucune idée de ce que nous cherchions, nous ne savions même pas si nous serions capables d'identifier la pièce à conviction tant recherchée, mais nous avions besoin d'être au calme. Nous avons opté pour mon appartement.

J'ai branché la clé sur le port USB de mon ordinateur et cliqué sur l'icône qui s'affichait sur le bureau. J'ai poussé un soupir de soulagement en constatant qu'aucun des dossiers n'était protégé.

— Que Dieu bénisse Irène Gerrity de ne pas croire aux mots de passe.

— Elle y croyait peut-être autrefois, m'a corrigé Kylie, avant de s'apercevoir qu'elle n'arrivait plus à les retenir.

Irène était une femme très ordonnée. Chacun des huit dossiers était clairement identifié. J'ai cliqué sur celui qui était baptisé « Appels téléphoniques » et plusieurs dizaines de fichiers MP3 sont apparus à l'écran.

J'ai ouvert le premier.

— *Monsieur Joost ? Lévitique à l'appareil.*

Je ne savais pas qui était ce Joost, mais la voix de Lévitique était facilement reconnaissable. C'était celle d'Hubert Alden. Nous avons poursuivi l'écoute de l'appel.

— Il s'agit apparemment d'un investissement ordinaire, a commenté Kylie, mais si j'en crois ce que nous a révélé Irwin Diamond sur les délits d'initié, je suis prête à parier que M. Joost vit quelque part en Suisse et que le gendarme de la Bourse n'a jamais entendu parler de Lévitique et de cette transaction.

Nous avons écouté les trois appels suivants, qui nous ont semblé aussi obscurs que les lignes de chiffres qui défilent au bas de l'écran dans les émissions de télé boursières. Nous disposions de toutes les informations nécessaires, mais pas des compétences nécessaires à leur interprétation.

Je me suis tourné vers Kylie.

— Rafraîchis-moi la mémoire. Tu te souviens de la différence entre les options d'achat et de vente, ou bien tu préfères que j'appelle Warren Buffett ?

— Tu achètes une option de vente quand tu paries sur une baisse des cours, m'a expliqué Kylie. Si tu as raison, tu gagnes du fric. L'option d'achat, c'est l'inverse, tu paries sur une montée des cours.

Les coups de fil suivants n'ont fait que nous embrouiller, mais il était clair qu'Alden ne pariait pas sur une seule valeur. Il achetait des options d'achat sur une dizaine de compagnies différentes, et des options de vente sur plusieurs autres.

J'ai ouvert le dossier intitulé « Options de vente » et cliqué sur un tableur. Irène avait tout détaillé : les dates, les cours, les bénéfices.

— Quand on dit que l'argent va au moulin, a soupiré Kylie. Il a gagné 57 millions de dollars sur ce coup-là.

— Tu te trompes d'un zéro. Il a gagné 570 millions. Toutes les actions contre lesquelles il avait parié ont plongé. Toutes sans exception.

— Il s'agit forcément d'un délit d'initié, mais comment pouvait-il avoir des tuyaux sur autant de sociétés différentes ?

J'ai ouvert le tableur des options d'achat. Même topo, les cours de toutes les actions sur lesquelles Alden avait parié s'étaient envolés, avec un bénéfice de 442 millions à la clé.

— En tout, ça représente plus d'un milliard, a commenté Kylie. En l'espace d'un mois.

Je suis retourné dans le dossier des appels téléphoniques dont j'ai classé les icônes chronologiquement. Le premier coup de fil était daté du 4 septembre 2001 à 8 h 11, le dernier du 12 octobre à 11 h 09.

— Il a tout réalisé en cinq semaines. Sauf que…

Les mots se sont bloqués dans ma gorge. Je crois que j'aurais vomi si j'avais entrouvert les lèvres.

J'ai tapoté du doigt l'écran de l'ordinateur.

— Regarde les dates.

Kylie a blêmi.

— Seigneur…

Alden avait acheté tout ce qu'il pouvait entre le 4 et le 10, avant de tout vendre à partir du 17.

Il n'y avait pas eu de transactions pendant une semaine à partir du 11 septembre, et pour cause. *L'Amérique était trop occupée à panser ses plaies.*

Nous nous sommes intéressés au détail des actions contre lesquelles avait parié Hubert Alden. American Airlines, United, Merrill Lynch, Morgan Stanley, AXA… autant de firmes dont les cours boursiers s'étaient effondrés en même temps que les tours jumelles. Venaient ensuite les sociétés qui avaient eu ses faveurs : Raytheon, United Technologies, Northrop Grumman… toutes celles vers lesquelles se tourne l'Amérique en temps de guerre.

— Hubert Alden était au courant des attaques du 11 Septembre une semaine avant qu'elles se produisent, a balbutié Kylie.

J'ai hoché la tête en me couvrant la bouche d'une main.

— Zach, c'est pire qu'atroce. Ce type s'est fait un milliard de dollars en se servant d'une information secrète et il était prêt à signer l'arrêt de mort de son fils pour ne pas être dénoncé.

J'en restais sans voix. Je me suis levé précipitamment et j'ai tout juste eu le temps d'atteindre les toilettes avant de rendre mon dîner.

75

— Tout le monde aspire à devenir riche, avait expliqué Hutch Alden à son fils quand Hubert avait tout juste dix ans. Les gens commencent généralement par être pauvres, ils grimpent jusqu'à la lune, et si jamais ils se ramassent, mon Dieu, ils savent déjà ce qu'est la pauvreté. Tu ne te trouves pas dans le même cas de figure puisque tu es né riche. Ton boulot, c'est de le rester.

— Comment dois-je m'y prendre ? avait demandé Hubert.

— Il suffit de respecter les vingt-six règles que je me suis fixées. Je te les apprendrai.

Trois décennies plus tard, Hubert Alden avait enfin trouvé l'occasion de vérifier l'efficacité de la règle 18 : *Toujours prévoir une porte de sortie*.

Il avait réfléchi à une issue de secours dès le matin du 12 septembre 2001. Tout en ayant su à l'avance que l'Amérique allait être attaquée sur son sol, il avait été le premier choqué par l'ampleur du désastre. Il avait compris que si jamais son secret était éventé un jour, il lui faudrait quitter le pays.

Le jour en question était arrivé et il attendait que la tempête de neige se calme pour s'envoler à destination de Cuba. Il existait bien un traité d'extradition vieux d'un siècle entre Cuba et les États-Unis, mais cet accord avait autant de chances d'être appliqué que la loi interdisant aux piétons de marcher sur la chaussée.

Hubert réunit l'essentiel dans deux valises. Tout quitter était un déchirement, mais rester, avec les conséquences que cela impliquait, était inenvisageable. Robert Vesco et Marc Rich avaient eu la sagesse de partir à temps. Bernie Madoff, qui était resté, avait écopé de cent cinquante ans de prison. Hubert n'avait à ce stade que deux possibilités : profiter à longueur de journée du sable de Playa Varadero, ou moisir dans une cellule du pénitencier fédéral d'Otisville.

On sonna à la porte. C'était Findley.

— Drôle de soirée pour se rendre à l'aéroport.

— Tu as dit à mon père que j'avais besoin de sa voiture et de son chauffeur ? l'interrogea Hubert.

— Allons, mon grand, répondit Findley. Depuis quand se connaît-on, tous les deux ? J'ai toujours couvert tes arrières. Tu m'as demandé d'être discret, je t'ai obéi. Je n'ai rien dit à M. Hutch, je n'ai rien dit à Lorna, je n'ai rien dit à personne. Nos petits secrets n'ont jamais regardé quiconque.

Il prit les deux valises posées dans l'entrée et les déposa dans le coffre de la Cadillac, puis il revint chercher Hubert.

— Pourquoi tant de mystère, d'abord ? s'enquit Findley en prenant place derrière le volant. Tu sais pourtant que ton père te donnerait sa chemise, il se fiche éperdument que je te conduise à l'aéroport avec sa voiture.

— Hutch ne voit pas d'un très bon œil le deal que je suis en train de négocier. Il serait furieux s'il apprenait que je pars.

— Je suis une tombe, mon grand, le rassura Findley. Il nous faudra une bonne heure pour arriver à l'aéroport. Tu auras de la veine s'ils ont encore une piste de décollage ouverte. Tu ferais mieux de te servir un verre, histoire de te déstresser. Tu trouveras une bouteille neuve dans le bar.

Hubert ouvrit le minibar et vit le Johnnie Walker Blue.

— Elle n'est pas neuve, ta bouteille. Quelqu'un l'a entamée.

Findley éclata de rire.

— Le quelqu'un en question, c'est moi. J'ai pris une petite rasade en passant il y a deux jours, je suis donc en état de conduire. Je peux toujours m'arrêter pour en acheter une autre si tu tombes en panne de gnôle avant d'arriver à destination.

Hubert dévissa la capsule et remplit de scotch un grand verre en cristal, puis il s'adossa confortablement contre la banquette, porta le verre à ses lèvres et se laissa envahir par la chaleur du whisky.

— À voir ta mine, remarqua Findley qui l'observait dans le rétroviseur, j'ai comme l'impression de transporter un client heureux.

Hubert avala une nouvelle gorgée et sentit opérer la magie de son alcool préféré.

— C'est ce que j'apprécie le plus chez toi, Findley, décréta-t-il. Tu as toujours su prendre soin de moi.

— Tu l'as dit, mon grand. On s'est bien amusés, tous les deux, confirma le chauffeur, un œil sur la route et l'autre rivé sur le rétroviseur.

L'espace d'un instant, il revit Hubert, alors âgé de six ans, en train de chanter quand il le conduisait à la maternelle.

Hubert vida son verre et voulut se resservir d'un geste maladroit. Sa main retomba le long de son corps et la bouteille roula à ses pieds.

Findley se rangea sur le bas-côté et se retourna. Hubert avait perdu connaissance sur la banquette arrière. Le somnifère, mêlé à l'alcool, avait eu sur lui un effet foudroyant.

— Désolé, mon grand, balbutia Findley, en larmes. Je t'ai toujours aimé comme mon propre fils. Jusqu'à maintenant.

76

Hubert Alden ouvrit les yeux. Il voulut se redresser avant de s'apercevoir qu'il était immobilisé sur une table par une douzaine d'épais tendeurs.

— Findley ! hurla-t-il.

Pas de réponse.

Il commença par regarder devant lui avant de tourner la tête à gauche, puis à droite, du mieux qu'il le pouvait. Il se trouvait dans une pièce immense et les tendeurs étaient si serrés qu'il ne pouvait pas tourner le cou suffisamment pour voir les murs dans la pénombre. Il leva son menton vers le plafond et tenta de voir derrière lui en roulant des yeux.

Il découvrit une boule disco accrochée à cinq mètres au-dessus de sa tête. Elle ne tournait pas, mais il lui suffisait de déplacer légèrement son regard pour que la lumière se reflète sur ses milliers de facettes en miroir.

C'est quoi, cet endroit ?

— Findley ! tenta-t-il une nouvelle fois.

— Findley n'est pas là, lui répondit une voix.

— Qui que vous soyez, détachez-moi, tonna Hubert. Tout de suite !

— Je ne peux malheureusement pas, monsieur Alden.

— Montrez-moi au moins votre putain de visage.

Un homme svelte, vêtu d'une blouse de chirurgien et portant un masque, s'approcha et se pencha au-dessus de la table de façon que Hubert puisse le voir bien en face. Il baissa son masque.

— Vous êtes le frère de Peter.

— Patrice Chevalier. Le *docteur* Patrice Chevalier.

— Je ne sais pas où je suis, et je ne sais pas comment je suis arrivé là, mais libérez-moi immédiatement.

— Vous êtes dans un hôpital de Brooklyn.

— Un hôpital? s'étonna Hubert en tournant son regard vers la boule disco.

— Un hôpital de fortune, reconnut Chevalier. La plupart du temps, cet endroit accueille Klib Zanmi Ayisien, le Club des amis haïtiens.

— À vrai dire, je ne vois pas ce que l'endroit a d'amical. Libérez-moi, espèce de salopard. Je ne sais pas ce que vous me voulez, mais me ligoter n'est pas la meilleure façon de négocier avec moi.

— Mon frère a passé tant de bons moments ici, insista Patrice. C'est l'un des rares endroits de la ville où la diaspora haïtienne peut se retrouver et célébrer ses racines, ses traditions et sa culture.

— J'ai toujours bien traité votre frère, se défendit Hubert. Je lui ai offert un toit, de quoi se remplir l'estomac et les poches, et chaque fois qu'il tendait la main pour une inondation, un tremblement de terre ou une putain d'épidémie de choléra, je lui faisais un chèque.

— Vous l'aimiez ? lui demanda Patrice d'une voix douce.

— Quelle question idiote, s'agaça Hubert en testant ses liens. C'était un employé. Il était bien traité et bien payé… pourquoi ? Il s'est plaint de moi ?

— Tripp l'aimait, lui.

— C'est pour ça que vous me retenez ici ? Comme Madison est mort, Tripp vous a recruté pour m'obliger à cracher au bassinet ?

— Je ne veux pas de votre argent.

— Alors, qu'est-ce que vous voulez ?

— *Limyè !* demanda Patrice d'une voix forte.

Une lumière aveuglante inonda la pièce et deux individus en tenue de chirurgien, un homme et une femme, noirs tous les deux, rejoignirent le médecin et son prisonnier.

— Seigneur, à quoi jouez-vous ? s'inquiéta Hubert.

— Je joue à pratiquer mon métier. Saviez-vous que Peter avait financé mes études de médecine ?

— Écoutez-moi. Je n'ai rien à voir avec sa mort. Je vous le jure.

— Bien sûr que si. Le battement d'ailes d'un papillon dans une région du globe est capable de provoquer une tornade à des milliers de kilomètres de là. C'est ce que l'on nomme l'effet papillon. Mais vous n'êtes pas un papillon, monsieur Alden. Vous êtes un taureau, et le mal que vous faites provoque des dégâts et détruit des vies humaines sur toute la planète.

— Docteur mon cul ! hurla Hubert. Vous êtes censé sauver des vies, et non tuer par esprit de vengeance.

— Je hais la vengeance, monsieur Alden. Je souscris volontiers à ce qu'affirmait Gandhi : « À force de pratiquer la doctrine de l'œil pour œil, le monde finira par devenir aveugle. » Cela dit, je vous donne raison sur un point. Je suis médecin, et ma mission consiste à sauver des vies.

— Nous sommes d'accord, répliqua Hubert. Et c'est là que je peux vous aider. Je peux vous donner assez d'argent pour construire une centaine de dispensaires et sauver un million de vies. Je suis disposé à vous aider.

— C'est faux, grinça Patrice en serrant les mâchoires, les lèvres pincées. Le monde regorge d'humanitaires et vous n'en faites pas partie. Vous êtes un profiteur, monsieur Alden. Le moindre désastre qui s'abat sur l'humanité, naturel ou artificiel, représente à vos yeux une occasion de plus d'amasser davantage d'argent. Vous avez profité de ce qui s'est passé à La Nouvelle-Orléans, en Irak, en Indonésie, à Fukushima, et même en Haïti. Le Projet Gutenberg n'est pas la seule fois où vous avez bénéficié de la misère d'autrui. Et c'est bien le plus tragique.

— Dites-moi ce que vous voulez. Dites-moi combien.

— Je suis médecin, monsieur Alden. Quand je vois un cancer envahir des organes vitaux en pleine santé, mon métier consiste à l'éradiquer.

Il releva son masque sur son visage.

L'infirmière tenait prêtes trois seringues : la première contenait du thiopental, la deuxième du pancuronium, la troisième du chlorure de potassium.

— Quant à votre offre de financer nos efforts en Haïti, poursuivit Chevalier en procédant à la première injection, je vous remercie, mais nous avons déjà un bienfaiteur.

Les paupières d'Alden se firent lourdes à mesure que le barbiturique ralentissait son rythme cardiaque et engourdissait le système nerveux central.

— Il s'appelle Hubert Hutchinson Alden, troisième du nom, mais ses amis le surnomment Tripp, déclara Patrice en s'emparant de la deuxième seringue. Seul mon frère avait le droit de le considérer comme son fils.

77

J'ai été réveillé en sursaut par la sonnerie de mon téléphone et une revigorante odeur de café chaud. J'ai regardé mon réveil. 5 h 27. Comme j'ai l'habitude des coups de téléphone matinaux, celui-ci ne m'a pas surpris outre mesure, mais je ne peux pas en dire autant de l'odeur de café qui s'échappait de la cuisine, et qui m'a fichu une trouille bleue.

J'ai commencé par répondre au téléphone.

C'était Cates. En moins de quinze secondes, elle m'a mis au courant de ce qui s'était passé pendant que je dormais. J'ai raccroché et suivi l'odeur de café, guidé par mon nez. J'avais besoin de caféine. J'avais surtout besoin de savoir qui se trouvait dans ma cuisine.

— Bonjour, m'a accueilli Kylie, en train de casser des œufs au-dessus d'un bol sur le plan de travail. Le café est prêt.

Je m'en suis versé une tasse.

— Merci. Je ne voudrais pas paraître ingrat, mais qu'est-ce que tu fais ici ?

— J'ai passé la nuit chez toi.

Mon cerveau, écartelé entre le sommeil paradoxal et le coup de téléphone de Cates, ne parvenait pas à rassembler toutes les pièces du puzzle. À 2 heures du matin, après avoir passé les vingt heures précédentes à poursuivre les méchants, éviter leurs balles, et me prendre un airbag en pleine figure, j'avais fini par tomber d'épuisement.

Je ne me souvenais de rien d'autre.

— Je croyais qu'on avait décidé de baisser le rideau cette nuit et que tu étais rentrée chez toi.

— J'ai préféré passer la nuit ici.

— Ne le prends pas mal, mais…

Je n'avais pas les idées assez claires pour poser la question, encore moins entendre la réponse.

— Mais quoi ? a insisté Kylie. Crache ta Valda.

— Je me posais juste la question. Où as-tu dormi ?

— Putain, Zach ! Essaye de grandir un peu. Je te rappelle que je suis toujours mariée, et que même si je ne l'étais plus, je n'ai pas l'habitude de me glisser dans le lit de types qui puent le vomi. Si jamais ta petite amie te pose la question, tu lui diras que j'ai dormi quelques heures sur le canapé. Le reste du temps, j'étais sur le Net en train de me demander par quel moyen nous allions pouvoir pendre Hubert Alden.

— Je suis désolé de te le dire, mais on ne va pas pouvoir le pendre.

— Je sais bien ! N'empêche, il faut le livrer aux autorités fédérales. Le tout est de savoir à quelle agence s'adresser, entre les autorités boursières, le FBI, la Sécurité intérieure. En fin de compte, je me demande si je ne penche pas plutôt pour les Forces spéciales conjointes antiterroristes.

— Kylie, personne ne pourra jamais plus pendre Hubert Alden. Il est mort.

La nouvelle l'a stoppée net.

— Cates vient de m'appeler. Il a été assassiné. On a retrouvé son corps couvert de neige sous la statue du taureau de Wall Street.

— À *Wall Street* ? Joli symbole, Batman.

— Je vais prendre une douche rapide. Ensuite, il faudra qu'on aille en ville.

— On n'a pas le temps de prendre un petit-déjeuner ? s'est inquiétée Kylie. J'étais en train de préparer des œufs brouillés.

— À ta place, je n'avalerais rien.

— Pourquoi ça ?

— Je te l'ai dit, le corps d'Alden a été déposé sous la statue. Sans la tête.

Kyle a ouvert de grands yeux.

— Il était décapité ?

— La tête a été coupée net.

— Waouh ! En effet, je vois mal comment on pourrait le pendre, maintenant.

78

En été, la sculpture en bronze de ce taureau en train de charger attire quotidiennement des milliers de touristes. La plupart gardent un souvenir de leur visite à Wall Street en posant devant la statue.

En ce dimanche glacial de janvier, le NYPD avait installé un périmètre de sécurité autour de ce symbole du capitalisme de plus de trois tonnes, et le seul qui prenait des photos était Chuck Dryden.

— Quatre corps en quatre jours, a soupiré Kylie au moment où nous arrivions sur place.

— Mais seulement deux têtes, a dit Trident en s'attardant avec son appareil autour des restes d'Hubert Alden. Si ça continue, il faudra inventer une nouvelle catégorie pour nos statistiques.

Kylie et moi le connaissions suffisamment pour savoir qu'il ne plaisantait pas.

— Heure du décès estimée entre 22 heures et 2 heures du matin, a poursuivi Dryden. Il a été décapité post mortem, comme la victime précédente, mais Chevalier a été attaqué dans un parking et sa tête sectionnée à l'aide d'une scie fil alors qu'Alden a été conduit dans un endroit où l'assassin a pu prendre tout son temps, ce qui lui a permis de sectionner la tête avec une précision chirurgicale.

J'ai établi dans ma tête la liste de ceux qui avaient à la fois des raisons d'en vouloir à Alden et les talents chirurgicaux nécessaires. Un seul nom m'est venu à l'esprit.

— A-t-on retrouvé la tête ? a demandé Kylie.

— Non. Le portefeuille de la victime se trouvait dans sa poche, personne n'avait touché à son argent. J'ai pu confirmer son identité grâce aux empreintes. Cela dit, vous avez bien retrouvé la première tête, je ne doute pas que vous fassiez de même dans le cas présent.

Personnellement, j'avais des doutes.

Il ne neigeait plus, et comme la finance est une priorité dans cette ville, les rues du district financier avaient été dégagées, prêtes à accueillir les traders à l'appel de la cloche de Wall Street le lendemain matin.

Nous avons trouvé un Starbucks sur Broadway, et résolu le meurtre d'Alden avant même qu'on nous tende nos gobelets de café.

— Patrice l'a tué, a déclaré Kylie.

— Sauf s'il a laissé un témoin derrière lui, ou que la police scientifique retrouve son ADN sur le corps, on n'arrivera jamais à le prouver. On peut toujours le convoquer pour un interrogatoire.

— Ne serait-ce que pour lui serrer la pince, a ajouté Kylie. Cela dit, je doute qu'il soit encore aux États-Unis.

— Il n'ira nulle part tant que les aéroports seront fermés. Essayons de lui mettre la main dessus.

Nous avons fait chou blanc. Patrice ne répondait pas au téléphone et son hôtel nous a indiqué qu'il était parti la veille. Il ne nous restait qu'une façon de le retrouver.

Nous nous sommes rendus chez Hubert Alden, où Tripp nous a ouvert la porte.

— Ma mère et mon grand-père sont à l'entreprise de pompes funèbres pour l'organisation des obsèques, nous a-t-il expliqué.

— Dans ce cas, tu feras l'affaire.

Il a haussé les épaules.

— Allons dans ma chambre.

Nous l'avons suivi jusqu'au deuxième où il nous a fait entrer dans une chambre d'ado riche typique. C'est-à-dire mal rangée, comme de juste, et immense. Nous nous sommes installés sur des fauteuils de réalisateur.

— Toutes nos condoléances.

— Vous pouvez les garder, m'a répondu Tripp. C'était vraiment un sale type. Croyez-moi sur parole.

— Nous ne sommes pas là pour juger la victime, mais pour attraper son assassin.

— Vous n'allez tout de même pas me demander s'il avait des ennemis.

— Nous allons commencer par te demander comment tu as fait pour arriver au commissariat sain et sauf hier soir. Tu es arrivé en compagnie du docteur Chevalier, et nous aimerions lui poser quelques questions. Sais-tu où nous pourrions le trouver ?

— Il est retourné en Haïti.

— Les aéroports sont fermés. Aucun avion ne pourra décoller avant midi.

— Les vols commerciaux, oui, mais les pistes sont rouvertes pour les vols privés depuis ce matin à l'aéroport du comté de Westchester. J'ai autorisé Patrice à se servir de notre jet privé pour rapatrier le corps de Peter.

On ne pourra pas interroger notre chirurgien de prédilection.

— Les obsèques de Peter ont lieu jeudi, a poursuivi Tripp. Patrice m'a demandé de prononcer son éloge funèbre. Vous m'autorisez à y aller, j'espère ? Mon avocat m'a dit de ne pas m'inquiéter au sujet de cette histoire de Taser.

— Augie Hoffman ne porte pas plainte et le bureau du procureur n'a pas non plus l'intention d'engager des poursuites, au vu des épreuves que tu as traversées. Tu peux absolument te rendre à l'enterrement de Peter. Nous sommes sincèrement désolés, nous savons ce qu'il représentait pour toi.

— Merci. Heureusement, il me reste Patrice. Une fois passé mon diplôme de fin de secondaire, j'irai vivre en Haïti avec lui.

— Et tes études supérieures ?

— Vous croyez peut-être que les écoles de cinéma où j'ai postulé accepteront ma candidature quand elles sauront que ma lettre de recommandation a été rédigée par un assassin ?

— Oh oui ! est intervenue Kylie. Ça pourrait même les intéresser d'en tirer un film.

— J'ai un scénar plus intéressant : « Un ado hérite de plusieurs milliards de dollars et décide de les redistribuer. »

— C'est ton intention ?

— Pour le moment, m'a répondu Tripp, mon intention est surtout de ne jamais ressembler à mon père. Il a consacré sa vie à accumuler du fric, sans se soucier un instant du mal qu'il pouvait provoquer au passage. À présent que sa fortune m'appartient, j'entends l'employer à réparer tout le mal qu'il a pu causer.

— C'est très généreux de ta part, a remarqué Kylie.

Elle a conclu sa phrase par un sourire forcé. J'ai tout de suite compris à son regard que Tripp Alden avait bousillé sa journée.

79

— Et maintenant, que fait-on ? m'a demandé Kylie en remontant dans la voiture.

— Je ne sais pas, mais il me semble qu'on devrait y réfléchir à deux fois avant de remettre cette clé USB aux Fédéraux.

— Zach, tu as une idée du nombre de copains flics qui sont morts ce jour-là ?

— Nous avons tous perdu quelqu'un de proche le 11 Septembre, Kylie, mais clouer Hubert Alden au pilori ne leur rendra pas la vie.

— Si je comprends bien, tu voudrais qu'on ferme notre gueule, c'est ça ? Non seulement ce type n'a rien fait pour empêcher l'un des crimes les plus monstrueux de l'histoire de l'humanité, mais en plus il en a profité.

— Que voudrais-tu ? Qu'on fasse un procès à son cadavre décapité ?

— Il a gagné plus d'un milliard de dollars sur la mort de tous ces malheureux.

— Tu le sais, je le sais, Tripp le sait et il est déterminé à dépenser sa fortune en guise de réparations. Si on donne l'alerte, je peux t'assurer que le gouvernement gèlera tous les actifs d'Hubert Alden et Tripp n'aura plus de quoi se payer une tasse de café.

— Tu n'en sais rien.

— C'est vrai, Kylie, je navigue à vue. Je ne sais même pas si les éléments que nous avons découverts sur cette clé USB sont recevables par la justice. Nous avons obtenu ce mandat sans autorisation et nos recherches n'étaient pas liées à l'enquête qui nous avait été confiée. Combien de temps tu crois qu'il faudra au Sorcier pour tout invalider ?

— Il n'y a qu'à envoyer cette clé anonymement aux Fédéraux. Je me fiche que nos noms ne soient jamais cités. C'est notre boulot de dénoncer les crimes dont nous avons connaissance.

— Je suis surpris de constater combien tu es à cheval sur le règlement, d'un seul coup. Tu as dû avoir une révélation depuis hier soir, quand tu racontais toutes sortes de bobards à la juge LaBreche.

Mon téléphone a sonné. Cates.

— La maire vous cherche partout. Vous laissez tomber ce que vous faites et vous filez immédiatement à Gracie Mansion.

— Savez-vous pourquoi elle demande à nous voir ?

— Elle ne me l'a pas précisé, mais le fils de son plus gros donateur est assassiné cinq jours après son entrée en fonction, alors je doute que ce soit pour vous décerner une médaille.

Quand nous sommes arrivés, Muriel Sykes se trouvait au rez-de-chaussée, entourée par une bonne douzaine de gamins ravis qui couraient dans tous les sens en s'amusant comme des fous.

— C'est rarement aussi débridé ici, nous a-t-elle expliqué, mais c'est le premier dimanche que je passe à Gracie Mansion, alors j'ai invité toute la famille pour pendre la crémaillère.

Nous l'avons suivie jusqu'à son bureau du premier étage. Elle a refermé la porte sans s'asseoir pour autant, signe que l'entrevue serait courte.

— Je vous remercie d'avoir résolu ce double meurtre et d'avoir permis à Tripp Alden d'en sortir vivant. Maintenant, il me reste à savoir comment gérer le fiasco qui entoure la mort d'Hubert Alden.

J'ai pris la parole.

— Madame le maire, il ne manque pas de personnes plus qualifiées que nous pour vous conseiller sur un sujet aussi politique.

— Sans doute, mais vous êtes les seules personnes de confiance capables de me dire si le NYPD a une chance d'attraper l'assassin d'Hubert. J'ai une conférence de presse demain, et je n'ai aucune envie de lancer des promesses que je ne serai pas en mesure de tenir, si telle est votre opinion.

Muriel Sykes avait occupé le poste de procureur fédéral du district sud de New York au cours des seize dernières années, le même qu'occupait Rudy Giuliani avant d'être élu maire. Personne ne connaissait mieux qu'elle la réalité et les limites du système judiciaire.

— Nous avons une petite idée de ce qui s'est passé, mais rien qui permette à un procureur d'inculper quelqu'un, a répondu Kylie. Ni aujourd'hui ni jamais.

— Dans ce cas, je me contenterai de souligner le fait que nous avons le malheur de perdre l'un des géants de la finance new-yorkaise, un membre éminent de notre communauté, un mari et un père aimant. J'éviterai de préciser que tout le monde détestait ce salopard.

Elle a ouvert la porte.

— Merci de vous être déplacés. Il est temps que grand-mère Muriel retourne à ses invités.

— Madame le maire, l'a arrêtée Kylie. Nous aurions une dernière question à vous poser. En privé.

Sykes a refermé la porte.

— Je vous écoute.

— Un témoin nous affirme qu'Alden a gagné une somme considérable en bénéficiant d'un délit d'initié, lui a expliqué Kylie. La femme en question souffre d'Alzheimer, mais elle évoque l'existence d'une clé USB contenant des preuves irréfutables.

— Quelle est votre question ?

— Comment réagir si jamais nous tombons sur cette fameuse clé ?

— Pourquoi diable voudriez-vous en examiner le contenu ? Hubert était une parfaite ordure. Je serais la première étonnée si l'on me disait un jour qu'il n'a *jamais* bénéficié de délits d'initié. Mais il se trouve qu'il est mort. Tout ce que vous pourriez découvrir ferait le plus grand tort à Hutch Alden, et bien que vous ne soyez pas les mieux placés pour donner des conseils en matière de politique, vous êtes assez intelligents pour savoir que les hommes et les femmes politiques ne mordent jamais la main qui les nourrit. Ils préfèrent lécher le cul de leurs bienfaiteurs.

On a toqué à la porte et Sykes a ouvert.

— J'arrive, a-t-elle dit aux deux petits garçons qui attendaient sur le palier.

Elle s'est retournée vers nous.

— Espérons que personne ne mette un jour la main sur cette clé USB, si elle existe vraiment.

Elle est redescendue avec les deux gamins en nous abandonnant sur le seuil de son bureau.

— Je reste toujours aussi perplexe, a déclaré Kylie.

— Il n'y a de toute façon rien à faire aujourd'hui. La nuit porte conseil.

Kylie m'a adressé un sourire espiègle que je me suis empressé de lui rendre en répondant :

— Chacun dans son lit, bien sûr.

80

J'ai très mal dormi. L'idée de révéler au reste de la planète l'iniquité d'Hubert Alden avait beau me travailler, j'étais conscient au fond de moi que Tripp ferait davantage de bien avec la fortune familiale si nous nous taisions. Restait à savoir si je parviendrais à convaincre Kylie.

Quand je suis arrivé chez Gerri lundi matin, j'avais surtout besoin d'un café, d'un bol de flocons d'avoine et d'un coin calme pour réfléchir. Vous avez peu de chance d'y parvenir quand l'enquête à laquelle vous vous consacrez fait la une de tous les organes d'information de la ville.

Un prof de l'enseignement privé enlève l'un de ses élèves, un flic envoie une voiture d'un million de dollars au fond du bassin de Central Park, le corps décapité d'un milliardaire est découvert sous le taureau de Wall Street. Le genre d'infos dont se repaissent les journalistes.

J'avais à peine poussé la porte du restaurant qu'une dizaine de flics hurlaient mon nom en me faisant une ovation, quand ils ne venaient pas me serrer la main.

Gerri m'a tendu le *Times*, le *News* et le *Post* avant de m'installer dans un box isolé tout au fond de la salle.

— Tu es peut-être un sale con dans la sphère privée, mais ça ne t'empêche pas d'être un putain de flic, m'a-t-elle dit.

J'ai parcouru les articles en diagonale. Kylie est arrivée sur ces entrefaites et nos collègues lui ont réservé la même réception. À la fin des applaudissements, quelqu'un a déclenché une appli sur son téléphone et un grand bruit de freins et de tôle froissée a résonné dans le snack. Humour de flic typique.

Kylie s'est installée en face de moi.

— Quoi de neuf dans la presse ?

— Apparemment, nous ne sommes pas les seuls héros. Hutch Alden est très doué pour renverser la vapeur en faveur des siens.

Je lui ai tendu le *Post* en lui désignant un gros titre en page 3.

— « Un milliardaire offre sa vie pour sauver celle de son fils ». Je te laisse lire les détails.

Elle a repoussé le journal après avoir lu le premier paragraphe.

— Pourquoi me montres-tu ce truc ? Ça me donne deux fois plus envie de crucifier ce salopard.

— Je te connais. Ta décision est déjà prise. Quel est le résultat des courses ?

Elle a glissé la main dans sa poche et posé la clé USB sur la table.

— Je me range à l'avis de la majorité. On ne peut montrer ça à personne.

— Merci. Je pensais bien que le petit discours de la maire te ferait changer d'avis. « On ne mord pas la main qui vous nourrit. »

— Oh, je ne suis pas tombée dans le piège, s'est défendue Kylie. C'est à cause de Spence que j'ai changé d'avis.

— Tu en as parlé à Spence ?

— Calme-toi. Je ne lui ai fourni aucun détail, juste les grandes lignes. On a dîné ensemble hier soir. C'est peut-être un toxico, mais il est clean en ce moment, et il a toujours eu des valeurs saines.

— Qu'a-t-il pu te dire de si convaincant ?

— Il m'a dit que si je balançais Hubert Alden aux chiens, je ferais tout aussi bien de le balancer au NYPD puisqu'il avait acheté de la drogue pendant des mois. Il a ajouté que je le savais, mais que j'avais préféré fermer les yeux. Il m'a dit : « Un délit est un délit, Kylie. Alors, arrête-moi. » Il a même tendu les poignets pour que je lui passe les menottes.

J'ai hurlé de rire.

— Comment as-tu réagi ?

— Je l'ai piqué avec ma fourchette en le traitant de connard.

— Mais tu ne l'as pas arrêté.

— Non, j'ai déjà assez de mal à le pousser à suivre une cure.

— Tu sais quoi ? Tu es encore plus hypocrite que je ne l'imaginais.

— Zach, depuis que nous avons découvert le contenu de cette clé USB, je rêve de traduire en justice Hubert Alden. Même mort, l'idée de le faire payer m'obsède. Mais, pour citer mon toxico repenti de mari : « La justice ne rend pas toujours le monde meilleur, contrairement à la compassion. »

J'ai récupéré la clé USB.

— On ne montrera ce truc à personne, mais que ça ne nous empêche pas de la conserver par-devers nous, au cas où Tripp ne tiendrait pas parole.

— Je connais la cachette idéale, a dit Kylie. Un endroit où personne ne trouvera jamais cette clé, et où il sera facile de la récupérer à tout moment.

Une demi-heure plus tard, nous étions dans le bureau du fonctionnaire chargé de la collecte et du stockage des pièces à conviction.

J'ai rempli un formulaire, il a étiqueté et glissé dans un sachet la clé USB en forme de crucifix, et l'unique preuve du crime contre l'humanité perpétré par Hubert Alden a entamé un périple bureaucratique qui la conduira en bout de course dans un immense entrepôt de Long Island City où elle sera conservée pendant des décennies.

Je me suis tourné vers Kylie.

— Pas de regrets ?

— Non, mais tu aurais mieux fait de ne pas me montrer cet article du *Post*. Je suis fumasse à l'idée que ce fils de pute ait droit à des obsèques de héros.

— Ce n'est que son corps. Je suis persuadé que sa tête passera le reste de l'éternité dans une fosse commune en Haïti.

ÉPILOGUE

Déprime

81

On dit souvent que le travail de police est un océan d'ennui ponctué par des moments de terreur absolue. La semaine qui a suivi la conclusion de l'affaire Alden a été la plus ennuyeuse de toute ma carrière.

Et la plus déprimante.

Je me souviens d'avoir ri chez Gerri le lundi matin quand Kylie m'a raconté qu'elle avait piqué Spence avec sa fourchette, mais le vendredi après-midi est arrivé sans que j'aie eu l'occasion de sourire une seule fois.

Tout allait de travers. Pour commencer, les services de la Ville ont décidé d'équiper de chasse-neige tous les camions-poubelles à cause de la tempête, si bien que les ordures se sont accumulées pendant cinq jours.

En quelques heures, le manteau d'un blanc immaculé qui recouvrait New York s'est transformé en une soupe grisâtre ; le temps que les éboueurs reprennent leur activité normale, cinquante mille tonnes de détritus avaient envahi les trottoirs et les caniveaux. Et comme nous étions début janvier, se sont ajoutés à ce désastre plus de cent mille sapins rabougris en attente de recyclage.

New York a les reins solides, mais Mère Nature s'était chargée une fois de plus de nous botter le train.

Les obsèques d'Hubert Alden ont eu lieu le mercredi, et je me suis glissé discrètement tout au fond de l'église presbytérienne de la 5e Avenue. Une longue litanie de personnages, tous plus influents et puissants les uns que les autres, se sont succédé au micro, sans nul doute à la requête de Hutch, pour vanter la sagesse d'Hubert, louer son sens des affaires, et même s'étendre sur l'ultime sacrifice qui l'avait poussé à donner sa vie en échange de celle de son fils.

J'ai bien failli bondir de mon siège en hurlant : « Regardez un peu la chronologie, bonnes gens. Tripp se trouvait entre les mains de la police six heures avant qu'Hubert soit exécuté en juste rémission de ses péchés. » Et puis je me suis dit que si Tripp était capable d'écouter toutes ces fariboles sans dire un mot, je pouvais imiter son exemple. J'ai tenu pendant cinq éloges funèbres avant de m'en aller quand la maire Sykes a pris la parole. En dépit de toutes les bonnes raisons qu'elle pouvait avoir, je n'étais pas obligé d'assister à ça.

Ma série de dîners en tête à tête avec Kylie s'est arrêtée à trois. Ce n'était pas la paperasse qui manquait, mais rien ne nous obligeait à travailler tard, si bien qu'elle a quitté le bureau tous les soirs avant 18 heures.

Jeudi, je l'ai entendue parler au téléphone avec sa copine Janet Longobardi, celle qui lui avait pris rendez-vous avec un avocat.

Je n'ai pas tout entendu, mais assez pour alimenter mon bourdon.

— *Il réagit très bien à ce nouveau programme. Non, non, il habite toujours chez Shelley, mais on envisage d'aller quelque part passer le week-end ensemble. Je suis en stand-by avec l'avocat, mais tu me connais, je me garde une porte de sortie.*

J'en arrivais à me demander si c'était moi, la porte de sortie.

Je ne pensais pas recevoir de nouvelles de Cheryl avant l'enterrement de Mildred le mardi, et elle ne m'en a pas donné. Vendredi après-midi, elle ne m'avait toujours pas fait signe, pas plus qu'elle n'avait remis les pieds au service.

Vers 15 heures, j'étais installé à mon bureau, en train de regarder un bagel à moitié entamé auquel je n'avais pas touché depuis le petit-déjeuner, en me demandant comment j'allais tenir tout le week-end. Au moment où j'étais persuadé d'avoir touché le fond, le destin m'a donné tort en m'envoyant un texto signé de Cheryl :

Je te préviens tard, la route était longue. D'accord pour dîner à NWHC à 20 heures ?

De nos jours, il est facile de rompre. Il suffit d'envoyer un texto, un e-mail, ou même de twitter en moins de cent quarante caractères, mais Cheryl appartient à la vieille école. Elle n'est pas du style à mettre fin à une relation de façon électronique. Quand elle envoie promener un mec, elle le lui dit en face.

D'où cette invitation à dîner de dernière minute dans un restaurant du comté d'Ulster, histoire de m'obliger à un aller-retour de trois cents bornes pour me larguer convenablement.

Je lui ai répondu sur le même mode :

Pas de souci.

C'était encore le meilleur moyen de mettre un point final à une semaine de merde.

82

Quitte à m'obliger à me taper deux heures de route pour me plaquer, Cheryl avait eu la décence de choisir un bon restaurant. Sa maison de Woodstock se trouve à moins de dix kilomètres de New World Home Cooking, et pour avoir déjà goûté à la cuisine du chef Ric Orlando, j'étais tout disposé à effectuer le trajet.

Je me suis garé sur le parking de NWHC avec dix minutes d'avance. Le restaurant lui-même est une vieille grange avec des tableaux accrochés aux murs, de la musique, et un personnel qui n'oublie jamais le visage d'un client. Lizz Corrado, la femme de Ric qui est aussi son associée, m'a pris dans ses bras.

— Cheryl n'est pas encore là, mais vous avez de la chance, m'a-t-elle accueilli en m'entraînant vers le bar. Ce soir, le bar ne fait pas payer les héros.

Sachant que je devais rentrer à New York après le dîner, je me suis contenté d'une eau pétillante.

Cheryl est arrivée quelques minutes plus tard en parka blanche, avec un bonnet de ski qui mettait en valeur ses yeux marron, ses cheveux d'un noir de jais et son teint caramel. Elle était plus belle que jamais.

Son visage s'est éclairé quand elle m'a vu. Elle m'a serré dans ses bras en m'embrassant longuement. Je ne m'y attendais pas du tout.

Liz nous a conduits à notre table et Cheryl a commandé une bouteille de champagne. Je ne m'y attendais pas non plus.

— En quel honneur ?

— C'est la Saint-Sylvestre.

— Tu devrais passer un coup de fil au *New York Times*. Ces imbéciles ont mis la date du 10 janvier en gros sur leur édition de ce matin.

Je m'attendais encore moins à sa réponse.

— Je me fiche du jour qu'il est pour le reste du monde. J'ai décidé que nous recommencerions l'année depuis le début. On s'accorde le droit de rejouer les dix premiers jours de janvier, ils n'ont jamais existé.

— Sans pénalités ?

— Autant éviter de recommencer les mêmes erreurs, mais pas de pénalités.

— J'ai déjà fait l'objet d'une analyse par une femme qui est aussi réputée pour ses talents de psychologue que pour ses crêpes.

— Ah, très bien. Et que dit le docteur Gerri ?

— Je n'ai pas retenu son diagnostic mot pour mot, mais elle a fait allusion au fait que j'étais un connard jaloux.

— Bien vu. Et que dit-elle à mon sujet ?

— Sauf erreur de ma part, le diagnostic est : « Absolument parfaite. »

— Ce n'est pas le cas. Je n'ai pas été tout à fait franche et je m'en excuse.

Elle a tourné la tête pour ne pas me montrer qu'elle avait les yeux brillants.

— Écoute, c'est du passé. Inutile d'en parler.

— Si, j'y tiens, a-t-elle insisté en se tamponnant les yeux. Mildred m'a appelée il y a quelques mois de ça. Elle savait que Fred serait anéanti le jour où elle mourrait et elle m'a demandé d'être là pour l'aider à passer le cap le moment venu. Je ne pouvais pas refuser.

— Waouh ! J'ai cru…

— Tu as cru que je laissais tout tomber pour Fred, alors que je ne l'aime plus depuis longtemps. Ce que j'ai fait, je l'ai fait pour Mildred. Je suis désolée. Je m'en veux terriblement.

— Pourquoi ? Tu as fait preuve de beaucoup de noblesse, au contraire.

— J'aurais dû t'en parler, mais tu étais sous pression avec l'affaire Alden, et quand j'ai compris que les jours de Mildred étaient comptés, je ne comprenais plus ce qui m'arrivait. Je m'étais promis de t'appeler après l'enterrement, mais…

— Fred avait besoin de toi.

— Il faisait le deuil de sa mère, et celui de ce bébé dont il était persuadé qu'il était le sien. J'ai fait de mon mieux, mais c'est terminé.

Elle a laissé échapper un soupir.

— Je suis prête à passer à la suite. Et toi ?

— Indique-moi le cap.

— Je pensais qu'on pourrait passer le week-end dans ma maison.

— Je n'ai pas apporté de fringues.

Elle a souri en laissant brièvement poindre sa langue.

— Qui te dit que tu en auras besoin ?

La serveuse nous a apporté le champagne, l'a débouché et a rempli nos deux flûtes.

— Je ne vous ai pas félicités, toi et Kylie, d'avoir résolu l'affaire Alden, a poursuivi Cheryl en levant son verre. Aux deux meilleurs flics du NYPD. Tu crois qu'elle va fêter ça, ce week-end?

J'ai trinqué avec elle.

— Je n'en ai pas la moindre idée.

À son regard, j'ai su que j'avais trouvé la bonne réponse.

Du même auteur
chez le même éditeur :

Pile ou face, 2020.
Alerte rouge, 2020.
Instinct, 2020.
Plus jamais, 2019.
Jeu de massacres, 2019.
Incontrôlable, 2018.
La Villa rouge, 2017.
Tue-moi si tu peux, 2017.
Menace sur Rio, 2016.
Invisible, 2016.
Lune pourpre, 2015.
Le Sang de mon ennemi, 2015.
Un si beau soleil pour mourir, 2015.
Week-end en enfer, 2014.
Tapis rouge, 2014.
Moi, Michael Bennett, 2014.
Zoo, 2013.
Dans le pire des cas, 2013.
Les Griffes du mensonge, 2013.

Copycat, 2012.
Private Londres, 2012.
Œil pour œil, 2012.
Private Los Angeles, 2011.
Qui a tué Toutankhamon?, 2011.
Bons Baisers du tueur, 2011.
Une ombre sur la ville, 2010.
Dernière Escale, 2010.
Rendez-vous chez Tiffany, 2010.
On t'aura prévenue, 2009.
Une nuit de trop, 2009.
Crise d'otages, 2008.
Promesse de sang, 2008.
Garde rapprochée, 2007.
Lune de miel, 2006.
L'amour ne meurt jamais, 2006.
La Maison au bord du lac, 2005.
Pour toi, Nicolas, 2004.
La Dernière Prophétie, 2001.

PAPIER À BASE DE FIBRES CERTIFIÉES

Le Livre de Poche s'engage pour l'environnement en réduisant l'empreinte carbone de ses livres. Celle de cet exemplaire est de :
300 g éq. CO_2
Rendez-vous sur www.livredepoche-durable.fr

Composition réalisée par Datamatics, Inc.

Achevé d'imprimer en France par
CPI BRODARD & TAUPIN (72200 La Flèche)
en juillet 2020
N° d'impression : 3039702
Dépôt légal 1re publication : août 2020
LIBRAIRIE GÉNÉRALE FRANÇAISE
21, rue du Montparnasse – 75298 Paris Cedex 06

75/8645/4